KB273813

오늘의 신화
[흙의 아들을 위하여]

강준희 장편소설

새미

작가의 말

나는 참 어지간히 딱한 친구다.

남이 장에 가면 나도 장에 따라 가고 남이 길을 질러가면 나도 길을 질러 가면 될 것을 괜히 장에도 안 따라 가고 길도 안 질러가면서 뭘 하려 하니 이게 영 잘 될 턱이 없다. 그런 데다 남은 또 곧잘 '바담풍' 하는데 나는 죽어도 '바람풍'이니 이게 또 길을 막고 생게망게 헤살부린다. 우선 이 책의 부제부터가 그렇잖은가. 이 글로벌 시대에, 이 월드 와이드 시대에 '흙의 아들을 위하여'라니 대체 뭔가. 흙의 아들이라니, 이는 제목만 봐도 농촌소설이나 농민소설임을 대번에 알 수 있다. 그래 어쩌자고 21세기 첨단 과학시대에 이런 글을 내놓는단 말인가. 흙의 아들이라니.

엽기물이나 치정물, 폭력물이나 섹스물, 그것도 아니면 기상천외하고 황당무계한 무협류를 써서 읽는 이로 하여금 혼을 쏙 빼야 잘 팔린다는데, 이건 만날 천날 선비가 어떻고 지조가 어떻고 농민이 어떻고 농촌이 어떻고만 진날 나막신 찾듯 찾고 있으니 이게 어디 될성부른 짓인가.

그러나 나는 써야겠다.

지금 농촌은 망해 가고 있다. 농민은 죽어 가고 있다. 이대로 간다면 몇 년 안 가 농촌은 장송곡을 부른다. 아니 벌써 여러 해 전부터 농촌은 장송곡을 부르고 있다. 우리의 터전이요 모향(母鄕)인 농촌이, 우리의 근본이요 본업인 농업이 이제는 못나고 못 배워 헐수할 수 없는 무지렁이나 짓는 것으로 인식된 이 빌어먹을 놈의 땅에 살면서 어찌 지식인의 한 사람으로, 아니 작가의 한 사람으로 농촌과 농민 얘기를 모르쇠 할 수 있단 말인가.

　　정부는 기회 있을 때마다 농업정책이 어떻고 귀농정책이 어떻고를 언 송아지 똥 갈기듯 번지르르 해대며 수캐 뭐 자랑하듯 자랑을 하는데도 왜 농촌은 날이 다르게 피폐하고 황폐해져 정든 고향 등지고 도시로 도시로 떠나 공동(空洞)이 되는가. 농촌에 살다가는 인간 노릇 못 하고, 농사를 짓다가는 장가도 못 가 몽달귀가 아니면 자살하기 십상인데, 어느 시러베아들 놈이 이런 농촌에서 시퍼런 목숨 눌러 앉혀 농사 지으려 하겠는가.

　　농촌이 살아야 나라가 산다.

　　농민이 살아야 국민이 산다.

　　농촌은 우리의 시원(始原)이요 농민은 근원(根源)이다. 단군 이래 우리에게 농촌이 시원 아닌 사람 어디 있으며 농사가 근원 아닌 사람 어디 있는가. 글로벌 시대가 아니라 글로벌 할애비 시대가 와도 우리는 농촌을 알고 농민을 알아야 한다. 더욱이 지난날의 민족 대준령의 보릿고개, 그 참담 무비의 눈물 겹고 기막히던 농촌과 농민을 알아야 한다. 그래서 그것을 오늘의 정신 못 차리는 위인들의 삶에 투영시켜 타산지석으로 삼아야 한다. 우리는 누가 뭐래도 농사꾼의 후예다.

2001년 1월,

계명산(鷄鳴山) 기슭 어초재(漁樵齋)에서,

姜睃熙 적음.

작가이자 국문학자인 문학박사 하명준(河明俊) 교수는 여름방학이 되자마자 그의 두 자녀를 이끌고 탈출하듯 고향행을 단행했다.

이는 벌써 몇 년 전부터 시도한 것이어서 올해는 가야지 올해는 결행해야지 했었으나 막상 방학이 되고 보면 이런 저런 일이 생겨 실천에 옮기지 못했던 것이다. 그래 금년엔 일찌감치 계획을 세워 방학이 되자마자 제백사하고 고향으로 내달은 것이다.

선영이 고향에 모셔져 있고 당내의 유복친인 사촌도 고향에 있는지라 일 년에 한두 번씩은 발걸음을 하는 터였지만 장성한 아이들을 데리고 고향행을 하기는 이번이 처음이었다.

아이들이 아직 어려 초등학교에 다닐 때는 녀석들의 손을 잡고 일 년에 한두 차례 고향을 찾았으나, 아이들이 중학교에 들어가고 고등학교에 진학하고부터는 아이들 쪽에서 시간이 나지 않아 녀석들과 함께 고향 찾기란 여간 어려운 일이 아니었다.

아이들도 어려서는 방학을 틈타 저희들끼리 고향을 더러 찾고 선영에 성묘도 곧잘 다녀와 고향이 타향처럼 서름서름하진 않을 것이나 다 자란 지금 아버지와 함께 고향을 찾는 건 이번이 처음이어서 여간 설레는 게 아니었다. 그런 만큼 이번의 고향길은 하 교수나 아이들이나 모두 각별하고 유달랐다.

더욱이 이번의 고향 방문은 하 교수의 장자이자 독자인 동호(東鎬)와 막내이자 고명딸인 동숙(東淑)에게는 놓칠 수 없는 물실호기였다. 왜냐하면 동호와 동숙은 아버지 하 교수가 지난날의 우리 생활, 다시 말하면 참혹했던 보릿고개 이야기를 현장(고향)에서 들려 주기로 약속했기 때문이다. 그러므로 사학을 전공하고 사학 중에서도 한국 근대사를 연구하는 동호와, 국문학을 전공과목으로 택하고 국문학 중에서도 현대문학을 연구하겠다는 작가 지망생인 동숙이 어찌 각별하고 유다르지 않을 수 있겠는가.

동호는 올해 대학원 1년생이요, 동숙은 올해 대학교 1년생으로 다 같이 보릿고개에 대해 지대한 관심을 가지고 있었다. 동호의 관심은 보릿고개에 얽힌 참담한 근대사를 민족사관 입장에서 천착해 학위논문을 쓰자함이었고, 동숙의 관심은 장차 보릿고개를 소재로 가장 한국적인 소설을 쓰고자함이었다. 그래서 동호와 동숙은 집을 나서기 전부터 들떠 있었고 차에 올라서도 흥분을 가라앉히지 못했다. 말로만 듣던 보릿고개 이야기를 현장(고향)에서 듣게 된다는 게 여간 신기하지 않았던 것이다. 게다가 또 아버지 하 교수는 보릿고개를 직접 겪은 생생한 체험이 있을 뿐만 아니라 글을 쓰는 작가여서 설명도 사실에 입각해 잘 할 것이고 표현도 사실적(寫實的)으로 극명히 잘 할 것이었다.

이런 기대감 때문인지 동숙은 오빠 동호가 운전석에 앉아 차에 시동을 걸기 바쁘게 아버지 하 교수에게 질문을 퍼붓기 시작했다.

"아빠, 그 땐 정말 먹을 게 없었나요?"

"그 때라니. 밑도 끝도 없이 그 때가 언제냐?"

하 교수가 동숙을 일별하고 등받이에 고개를 젖혔다.

"언제는 언제예요. 보릿고개 때 말이죠."

"아, 그 때? 물론 없었지. 헌데 벌써부터 질문공세냐?"

"왜요. 벌써부터 질문하면 안되나요?"

"안될 거야 없지만 그 얘긴 현장에서 듣기로 했잖니."

"아빠 참, 사전 지식이라는 게 있잖아요. 그리고 아까운 시간 낭비할 필요 없잖아요."

"그러니까 시간도 벌고 예비지식도 얻자 이거지? 녀석 참 실리적인데."

"아빠, 지금은 초스피드시대예요. 어영부영 할 시대가 아니란 말예요. 아셨죠. 아빠?"

"녀석 다 큰 게 만날 아빠구나."

"아이참, 전 아직 어리잖아요. 저도 이제 오빠 나이쯤 되면 아버지라고 부를게요."

"임마, 대학교 1학년이 어려? 옛날 같으면 시집가서 아이를 셋은 낳았겠다."

"아이, 망측해. 아빠 구식이에요. 대학교수님이 그렇게 고리타분하시면 어떡해요. 신사고를 가지세요."

"녀석 말은 잘한다. 좋다. 그럼 얘기하면서 가자꾸나."

"그러세요. 아버지. 동숙이 말은 애교로 받아들이시고 말씀하세요."

핸들을 잡고 묵묵히 운전만 하던 동호가 빙긋 웃으며 후사경을 쳐다봤다.

"그러자꾸나. 그럼."

하 교수는 차창을 활짝 열어 젖히고 말을 잇기 시작했다.

"그 땐 말이다. 한 동네 백 호 잡고 단경기(端境期)까지 계량하는 집이 서너 집에 불과했다."

"서너 집에 불과하다뇨. 양식 있는 집이 말인가요?"

"그렇다. 내 땅 가진 사람은 자작농의 부농과 지주들뿐이었고 나머지는 모두 남의 땅을 얻어 부치는 소작인들이었으니 왜 안 그랬겠니."

"아빠, 아까 말씀 중에 단경기와 계량이 나왔는데 그게 뭐죠?"

동숙은 노트를 꺼내들며 하 교수를 쳐다봤다.

"이거, 큰일났군. 국문학을 전공하겠다는 대학생이 단경기를 모르고 계량도 모르니. 더군다나 소설가가 되겠다는 작가지망생이 말이야."

하 교수가 요노옴 하듯 동숙을 노려보다 담배에 불을 붙여 물었다.

"아빤. 참, 안 배우면 모르죠. 뭐. 그 어려운 낱말을 어떻게 알아요."

동숙은 그러나 좀은 창피한 지 혀를 날름 내밀었다. 이 때 동호가

"동숙아, 이 무식한 대학생아, 단경기가 무엇인고 하면 말이다. 철이 바뀌어서 묵은 것 태신 햇것이 나오는 때를 말하는 거다. 맞죠 아버지?"

동호는 말을 해놓고도 자신이 없는지 하 교수에게 물었다.

"그래 맞다. 정확하게 맞췄다. 그래도 명색이 오라비라 동생보다 낫구나."

하 교수가 담배를 재떨이에 비벼 끄며 눈을 찡긋했다.

"아빠 만날 오빠편이야. 오빠 대학원생이고 전 이제 겨우 대학교 1학년이잖아요."

동숙이 뽀로통해 입을 삐쭉거렸다.

"오라 참 그렇지."

"그렇지가 뭐예요. 아빠 불공평해요. 오빠만 편애하시구."

"아이구, 우리 공주님께서 화가 단단히 나셨군. 미안하게 됐사와요.

공주마마?"

하 교수가 동숙의 어깨를 다독이며 껄껄 웃었다.

"그럼 오빠한테 묻겠는데 계량이 뭔지 오빠 알어?"

"계량? 계량이라……."

동호가 대답을 못하고 말끝을 흐리자 동숙은

"그것 봐. 계량도 모르면서 뭘 잘난 체해."

하고 동호의 뒤통수에 종주먹을 댔다.

"그럼 넌 알어?"

"대학원생도 아닌데 그걸 내가 어떻게 알어. 난 몰라."

동숙이 도끼눈을 하고 야무지게 쏴 붙였다.

"그러게 말이다. 동호 넌 대학원생인데 계량도 모르냐?"

하 교수가 동호를 핀잔 주며 동숙을 편들었다.

"계량이란 말이다. 그 해 지은 농사곡식이 다음 해 추수할 때까지 떨어지지 않는 것을 말함이다. 그러니까 1년 동안 양식을 끊이지 않고 먹을 수 있는 것을 계량이라 한다."

"그럼 그 땐 한 동네에서 서너 집 빼고는 먹을 양식이 없었다 이 말씀이죠?"

"그렇지."

"아빠도 그러셨나요?"

"암, 동네가 온통 부황이 나서 쓰러지는 판국인데 아빠라고 별 수 있니?"

"부황이라뇨, 부황이 뭐죠?"

동숙은 열심히 노트하며 피의자를 신문하는 수사관처럼 집요하게 물었다.

"부황이란 오래 못 먹고 굶주려서 살가죽이 들떠 붓고 누래지는 것을 말한다. 하지만 누렇게 붓는 것이 어디 부황뿐이냐. 나물만 먹어 채독으로 생기는 채달도 살가죽이 누우렇게 부어 손으로 살을 누르면 쑤욱쑥 들어가고 달병(疸病)이라 불리는 황달도 살가죽이 퉁퉁 부어 누래지는데, 이 병은 두통, 구토, 어질증, 식욕 부진에 오한이 심하고 변은 회백색에 오줌은 샛노랗게 나와 한 번 걸렸다 하면 살아남기 힘들었다."

"그렇다면 아버지, 그 무서운 병들이 다 못 먹어서 생긴 건가요?"

이번엔 동호가 질문하며 후사경에 눈을 주었다.

"그렇다고 봐야지. 그 땐 지금처럼 의료시설도 없었고 설령 있었다 쳐도 돈이 없어 병원에 갈 수가 없었다. 그래 병에 걸렸다 하면 거의가 죽었어."

"아이구 가엾어라. 굶어 죽자면 얼마나 배가 고프고 아파 죽자면 얼마나 고통이 심했을까……."

동숙이 혀를 끌끌 차며 한숨을 토해냈다.

"어쭈, 휴머니스트 하나 생겼네. 동숙이 너 작가 지망생이어서 그런지 역시 다르구나."

동호가 싱글대며 빈정거리는 투로 말하자 동숙이 총알같이 되받아

"오빠 참견 말고 운전이나 잘 해!"

하고 쏴 붙였다.

"야, 이 녀석들 또 싸우는구나. 그건 동숙이 말이 전적으로 맞다. 작가 지망생이 그 정도의 휴머니티가 없어선 안 되지. 그러니 동호 네가 양보해 강화조약을 체결해라. 그리고 동숙이 너도 조금은 양보해. 인접국은 호혜 원칙 정신을 바탕으로 우호가 증진돼야 우방이 될 수 있

는 거야."

　"그렇게 해야겠는데요. 동숙아, 아버지 말씀대로 우리 강화조약을 체결하자, 응?"

　동호는 이 말과 함께 액셀러레이터를 밟아 속력을 내기 시작했다.

　"거 봐, 백기 들고 항복하면서 오빠는 괜히……."

　동숙은 시소게임에 이긴 선수처럼 활짝 웃으며 차창 밖의 파노라마에 눈을 돌렸다. 차는 어느 새 복잡한 도심을 벗어나 시원하게 뚫린 4차선의 고속도로로 접어들었다. 고속도로로 접어들자 차는 더욱 속력을 내 나는 듯이 쾌주했다.

　"야아, 그 들판 한 번 푸짐하구나. 아직 한 여름인데 벼가 벌써 배동이 안아 배동바지가 된 것 같군."

　차가 톨게이트를 지나 탁 트인 들길을 달리자 하 교수가 질펀하게 전개되는 들녘을 바라보며 탄식처럼 말했다. 그러자 동숙이 재빨리

　"아빠, 배동 안아는 뭐고 배동바지는 또 뭐죠?"

　하고 따지듯 물었다.

　"아, 그거 좋은 질문이다. 배동은 벼 줄기가 통통하게 알을 밴다는 뜻이고 배동바지는 벼가 알을 밸 무렵 즉 시기를 말하는 거다."

　하 교수는 여기서 또 담배에 불을 붙여 몇 모금 빨고는 다음 말을 이었다.

　"요즘이야 수리시설이 좋고 안전답이 많아 전천후로 농작물을 생산할 수 있고 모도 곡우(穀雨)나 입하(立夏) 전에 심을 수 있지만 그 때는 초복이나 대서(大暑) 또는 중복 때까지 모를 심었고 날이 가물어 비가 안 오면 비가 올 때까지 기다려 말복에도 모를 심었다. 그래서 벼는 미발이 많았어. 일조량은 짧지 벼가 패서 여물 겨를이 없었거든. 그러

면 그 해 농사는 망치고 말아 하늘을 우러러 탄식을 했다. 그렇다고 논이라도 어디 자기 것인가? 칠촌의 양자 빌듯 사정사정 얻어 부치는 어울이논이 아니면 지주나 마름한테 종처럼 굽신거려 얻어 부치는 도지논이 고작이었다. 그럼 먹을 거라도 있어야 하는데 굶어 죽어도 베고 죽는다는 씨앗까지 바숴 먹고 초근목피로 연명하노라면 남는 건 그저 막막한 절망뿐이다. 아, 그 때의 참상을 어찌 말할꼬……."

하 교수는 그 때를 회상이라도 하듯 눈을 감았다. 그런 하 교수를 동숙이 조심스레 훔쳐봤다. 그러나 차는 살판난 듯 바람을 가르며 잘도 달렸다.

"그 때는, 그 때는 말이다……."

얼마나 지났을까 하 교수가 눈을 뜨며 천천히 입을 열었다.

"지금처럼 양수기도 없었고 수리시설도 안 돼 있어 죽으나 사나 하늘만 쳐다봤다. 물길이 좋은 논이야 제 때에 모를 낼 수 있지만 물이 없는 천봉답은 비가 올 때까지 기다려야 했다. 아참, 천봉답이 뭔지 너희들은 모르지.

천봉답이란 산자락이나 언덕배기에 매달려 있는 논으로 비가 오지 않으면 물이 없어 모를 심지 못하는 논을 말한다. 이런 논을 천수답 또는 천둥지기라 하는데, 이 천둥지기에 비가 안 와 모를 못 심게 되면 먼지가 팍팍 이는 논에 메밀을 심는다. 그러면 그 해 농사는 또 망치고 말아. 그러나 메밀을 심었을지라도 금세 비가 내리면 메밀 뿌린 논을 갈아엎고 모를 심었다. 일조량이 짧고 해뜻이 없어 벼가 미발진다 해도 메밀보다는 벼가 낫다 싶어서였지.

하지만 날씨가 또 가물어 논바닥이 거북이등처럼 쩍쩍 갈라터지면 그 땐 메밀을 그냥 두느니만 못해 게도 구럭도 다 놓치고 마는 격이 된다. 이러면 어찌되나. 그 해 농사는 폐농하고 말아. 참 기막힌 세월이었지……."

하 교수는 여기서 말을 그치고 눈을 돌려 들판 저쪽을 응시했다.

"올해도 또 풍년이겠구먼. 세세년년 어거리풍년이나 들어야지……."

하 교수는 혼잣말처럼 지껄이고 시선을 거둬들여 다음 말을 계속했다.

"그래야 국태민안 하고 강구연월 하지. 요즘이야 쌀이 남아돌아 쌀막걸리다, 쌀 라면이다 하지만 그 때는 쌀은 고사하고 보리쌀조차 귀한 시절이라 어거리풍년 들기만 하늘에 빌었다. 그래서 시화연풍이 국태민안이고 국태민안이 격양가로 이어졌어. 너희들 참 국태민안과 강구연월 알지? 격양가가 뭔지도 알 테고?"

하 교수가 동호와 동숙을 번갈아보며 반신반의 물었다.

"예. 그건 알겠는데 시화연풍과 어거리풍년은 모르겠어요. 아빠."

동숙이 볼펜을 노트에 바투 대고 하 교수를 쳐다봤다.

"동호 너도 모르냐."

하 교수가 자세를 고쳐 앉으며 동호에게 물었다.

"전 시화연풍은 알겠는데 어거리풍년은 모르겠어요."

"그럼 시화연풍이 뭔지 말해 봐."

"예, 시화연풍은 나라 안이 태평하고 해마다 풍년이 드는 것 아닌가요."

"맞다. 그 땐 시화연풍이 국태민안이었고 국태민안이 강구연월이었다. 그러니 농사가 대본(大本)인 농부들의 입에서 어찌 격양가 소리가 나오지 않았겠느냐.

민(民)은 의식(衣食)이 위천(爲天)이라 먹고 입는 것을 하늘로 삼는데

등 따시고 배부르니 더 바랄 게 무엇이냐. 그래 해마다 어거리풍년 되기를 하늘에 빌어 학수고대했었다. 아참, 너희들 어거리풍년이 뭔지 모른다 했지. 어거리풍년이란 썩 잘된 농사로, 드물게 보는 풍년을 말함이다.

"그 땐 그럼 풍년보다 흉년이 더 많았던가 보죠, 아빠?"

동숙이 노트에 눈을 준 채 하 교수에게 물었다.

"그랬었지."

"왜일까요 아버지. 그 때나 지금이나 같은 농사꾼이 같은 농토에 같은 농사를 지었을 텐데 말이죠."

동호가 차의 속력을 늦추며 또 후사경을 통해 하 교수를 쳐다봤다.

"거기엔 그만한 까닭이 있었지. 앞에서도 말했다만 요즘이야 수리시설이 좀 좋으냐. 그리고 농사 기술도 고도로 발달해 과학영농을 하잖니. 게다가 비료 또한 흔한지라 풍년이 안 들 수 없지.

하지만 그 땐 수리시설은 물론 영농기술이 전무했고 비료도 아주 귀했다. 그래 하늘만 쳐다보고 농사를 지었고 하늘이 결국 농사를 지어줬지."

"그러니까 하늘에 의한, 하늘만 믿는 원시적 농사법이었다, 이 말씀이시군요."

"그런 셈이지. 지금이야 논 한 마지기에 벼 열 가마니 소출의 다수확으로 5배출 생산도 가능하지만, 그 땐 논 한 마지기에 벼 두 가마니의 맞섬 먹기가 고작이고 벼 네 가마니의 양 석은 썩 드물었다. 그래서 벼 여섯 가마니의 3배출은 삼동네 통틀어 한두 집 될까말까 했고 벼 여덟 가마니의 4배출 소출은 군내에 한두 집 될까말까 해서 일등 호답(好畓)에 농사 박사라 할 수 있는 신농씨(神農氏)가 아니면 어림도 없었

다. 그러나 이것도 그 집에 천복이 내려 천우신조하지 않는 한 절대
될 수 없는 일로 치부했어. 가만 있자. 저어기 휴게소가 보이는구나.
우리 저기서 잠깐 쉬었다 가자. 괜찮지?"

하 교수가 몸을 곧추세우며 동호의 등에 대고 물었다.

"좋죠 뭐."

동호는 대답을 하고 차의 속력을 늦추었다.

"동숙이 너도 괜찮지?"

"예, 아빠 말씀에 맥이 끊길까 봐 걱정은 되지만요."

"무슨 소리, 쉬었다 하면 더 잘할 수도 있지. 안 돌아가던 전기면도
기에 충전을 하면 잘 돌아가듯 말이야."

"좋아요 아빠. 그럼 부디 많이 충전하세요?"

세 사람은 차에서 내려 매점으로 갔다.

"동호 너 뭘 먹을래? 커피 할래?"

의자에 앉자 하 교수가 매점을 한 바퀴 둘러봤다.

"전 아이스크림 먹겠어요."

"동숙이 넌?"

"저두요."

"다 큰놈들이 만날 이이스크림이구나."

"맛있잖아요. 차기두 하구요."

동숙이 하 교수가 건네준 돈으로 자판기서 커피 한 잔을 뽑아 하 교
수 앞에 놓더니 매점으로 쪼르르 달려가 아이스크림 두 개를 샀다.

시간은 어느덧 열 시를 지나 있었다.

선녀탕의 베바위까지 가자면 서둘러야 할 것 같았다. 이제 잠시 후
면 이글거리는 태양이 사정없는 불볕을 내리퍼부을 것이다.

선녀탕의 베바위까지는 빨리 가도 한 시간은 좋이 걸릴 거리였다. 아침 식사가 끝나는 대로 떠나기만 했어도 지금쯤 베바위에 도착하고도 남을 시각이었다. 그런 것을 골샌님 같은 아내가 이것저것 시시콜콜 챙기는 바람에 그만 늦고 말았다.

베바위와 선녀탕은 고향 마을 근처 무릉계곡이 있는 명소였다. 선녀탕은 집채만한 바위 한가운데가 움푹 패여 사시사철 옥계청수가 담겨 있었고 베바위는 교실 서너 칸 넓이의 반석이 선녀탕 바로 앞에 깔려 있었다.

전설에 의하면 선녀탕은 하늘의 선녀들이 밤마다 내려와 목욕을 했다해서 붙여진 이름이었다.

때문에 이 곳은 봄가을로 천렵꾼의 발길이 끊이지 않았고 풍류 즐기는 시인 묵객의 발길 또한 끊이질 않았다.

특히 기화요초가 현란한 봄철엔 꽃을 따다 전을 부치는 낭자들의 화전(花煎)놀이가 운치를 극했고, 온 산이 불타듯 물든 만산홍이면 총각들의 단풍놀이가 끊이질 않았다.

그래 하 교수는 이 곳에서 아이들과 함께 자연을 즐기고 천렵 삼아 점심을 먹으며 옥계청수에 발을 담근 채 세진을 말끔히 씻다가 해가 설핏해 석양이 되면 고향 마을로 향할 요량이었다. 이는 아이들도 찬성한 바여서 벌써 며칠 전에 되짜듯 말짜듯 짜놓고 있었다.

"애들아, 더 덥기 전에 그만 가자. 오늘도 33도는 될 거라니 어지간히 찔 거다. 벌써 10시 10분이구나. 베바위까지는 열한 시 반은 돼야 도착할 것 같다."

하 교수가 재떨이에 담배를 비벼 끄며 매점벽의 괘종에다 눈을 주었다.

"그래야겠어요. 동숙아 빨리 가자."

동호가 앞서 걸으며 동숙을 독촉했다.

"알았어. 오빤 신나게 달리기나 해."

차는 아까보다 한결 빠른 속도로 달리기 시작했다.

"너무 빨리 달리지 마라. 기왕 늦은 거 점심 때 까지만 도착하면 되잖니."

속도기가 백을 넘어 백 이십을 가리키자 하 교수는 은근히 겁이 나는지 근심 어린 소리로 닦달을 했다.

"고속도로에서 백 이십이면 보통이잖아요?"

"그래도 안전한 게 좋아. 매사는 불여튼튼이니까."

"점심 전에 도착해야 식사 준비할 시간이 있잖아요?"

"좀 늦게 먹으면 어떠냐. 한 두어 시쯤 먹지 뭘."

"알겠습니다. 백 킬로로 갈게요."

"그래라. 조금 가면 국도로 빠져야 한다. 알고 있니?"

"그럼요. 제가 어디 한두 번 가본 길인가요?"

"국도에선 속도를 더 줄여 칠팔십 정도로 가야할 게다."

"알겠습니다."

차는 백 킬로를 유지한 채 핏대처럼 쭈욱 뻗은 일직선의 고속도로를 달려갔다.

"그럼 이제 또 시작해 보죠, 아빠."

한동안 바깥 풍경에 정신을 팔고 망연히 앉아 있던 동숙이 어느 결에 노트를 펼쳐들며 자세를 바로 했다.

"벌써?"

"벌써라뇨. 아직 충전이 덜 되셨어요. 아빠?"

"허, 그 녀석 되게 끈덕지네. 이건 숫제 찰거머리야, 찰거머리."

하 교수는 그러나 동숙의 어깨를 툭툭 치고 입을 열기 시작했다.

"애비가 너희에게, 농사에 대해선 아무 것도 모르는 너희에게 농사 이야기를 한다는 게 부질없는 짓이 아니길 이 애비는 간절히 바란다. 애비는 지금 너희에게 고마움을 느끼고 있다. 고마움이란 무엇인고 하니 너희가 다른 아이들과는 달리 농사에 대해 관심을 갖고 농촌에 대해 관심을 갖기 때문이다. 대개의 젊은이는, 특히 도시에 사는 젊은이는 농사와 아무 상관이 없는 듯 생각하고, 농촌과 아무 관계가 없는 듯 생각한다. 그 중에서도 특히 대도시서 공부하는 학도들, 더 구체적으로 말하면 도시출신 대학생들은 농사나 농촌을 너무도 몰라 이를 마치 딴 세상처럼 느끼고 있다.

그러나 이는 얼마나 큰 잘못이냐. 너희는, 그리고 우리는 농촌은 물론 농사와도 결코 무관하지 않다. 무관하지 않을 정도가 아니라 불가분의 관계에 있다. 애비가 어려운 시간을 내 너희와 함께 농촌인 고향에 가는 것부터가 벌써 그렇다.

너희는, 아 우리는 도시인이기에 앞서 한국인이요, 한국인이기에 앞서 농경민이다. 그러므로 우리의 모태는 농민이요, 농촌이다. 이는 누가 뭐래도 부인할 수 없는 뿌리요, 터전이요, 바탕이다. 그런데 이제 그 뿌리요, 터전이요, 바탕인 농사와 농촌이 무너지고 있다. 아니 피폐화되고 황폐화되어 가고 있다. 급속한 산업화의 물결로 농촌은 텅 빈 공동화(空洞化) 현상에 직면하고 있다. 젊은이란 젊은이는 모두 도시로 나가고 농촌은 노인과 부녀자만 남아 있다. 그래 농촌은 지금 고령화, 부녀화된 채 죽어가고 있다. 이러니 농사는 누가 짓겠느냐. 노인들과 부녀자들이 농사를 짓는다. 여기다 정부의 농업정책 실패로 농촌으로 들어가려는 사람은 별로 없다. 농촌이 황폐하고 농사를 짓다간 빚투성이가 될 판이니 누가 농촌으로 들어가려 하겠느냐. 어디 또 이뿐이냐?
농촌에 있다간 장가도 못 든다. 실제로 우리는 농촌 총각이 장가 못
가 자살하는 비극을 보지 않느냐. 게다가 농산물 전면 개방의 우루과
이라운드로 농촌은 붕괴 직전에 놓여 있다. 그래서 조상대대로 살아온
정든 고향을 버리고 도시로 떠나는 이촌향도 현상이 생기고 있다.
자, 이 일을 어떡하면 좋단 말이냐?"
차는 어느새 고속도로를 버리고 국도로 접어들었다.
국도로 접어들자 차는 한결 속도를 늦춰 80km 이상을 상회하지 않
았다.
"이제 우리의 고향은 실종 직전에 놓여 있다. 안 그래도 고향 상실
이니 고향 망각이니 해 고향을 두고도 실향민 노릇 하는 현대인이 늘
어나는데, 여기다 마지막 보루요 마지막 교두보인 고향을 잃는다면 우
리는 대체 어디서 우리의 외로운 혼을 달랠 수 있단 말이냐.
고향은 우리에게 어머니 품 같은 곳이요 발뻗고 편히 쉴 수 있는 안
식처며 잘못을 용서하고 받아 주는 안방 같은 곳이다. 이는 아무래도
조상님들의 뼈가 묻힌 숨결 때문이요 부모 형제의 피붙이가 살고 있기
때문이며 조석으로 만나는 정든 이웃이 있기 때문일 것이다. 우리가
외롭거나 절망할 때 조상님들의 산소를 찾고 부모 형제의 피붙이를 찾
고 정든 이웃의 얼굴을 찾는 것도 다 이런 맥락에서인 것이다. 여우도
죽을 때는 고향 언덕을 향해 머리를 둔다는 수구초심(首丘初心).
말 못하는 미물도 고향 그리는 마음이 이렇거늘 항차 만물의 영장이
라는 인간이야 말해 무엇하겠느냐.
인간에게 있어 고향은 꿈이요 희망이다. 그리운 고향, 찾아갈 고향
이 있다는 것은 얼마나 축복 받은 일이냐.

　애비는 지명(知命)을 넘어 이순(耳順)을 바라보는 이 나이에도 고향 그리는 마음이 애틋하다. 그래 어느 한 날 고향 그리지 않는 날이 없고 어느 한 날 고향 생각지 않는 날이 없다.

　내 뛰놀던 고향 동산과 내 꿈을 가꾸던 고향 산천.

　이 고향에서 애비는 무구(無垢)하고 순일한 꿈을 먹고 자랐다. 천의무봉(天衣無縫) 그 가없는 동심으로 꿈을 먹고 자랐다. 때문에 애비는 청청한 산중, 그 아아(峨峨)한 산골에서 태어난 것을 큰 다행으로 생각한다. 아니 큰 축복으로 생각한다. 그러나 애비가 만일 회색의 콘크리트 문명, 그 반(反)인간적 메커니즘 속에서 태어났더라면, 그래서 그 반인간적 메커니즘의 도시를 고향으로 두었다면 어찌 될 뻔했겠느냐. 그랬다면 지금의 애비는 아니었을지도 모른다. 애비가 이원수의 「고향의 봄」을 즐겨 부르고 정지용의 시 「향수」를 즐겨 읊는 이유도 다 고향을 못 잊어하기 때문이다."

　하 교수는 농사와 농촌 그리고 고향에 대한 장광설을 끝없이 펼치다가 그 옛날을 회억하듯 눈을 감으며 조용히 시를 읊었다.

　　넓은 벌 동쪽 끝으로
　　옛이야기 지줄대는 실개천이
　　휘돌아 나가고
　　얼룩백이 황소가
　　해설피 금빛 게으른 울음을 우는 곳

　　－ 그 곳이 차마 꿈엔들 잊힐리야

　　질화로에 재가 식어지면

빈 밭에 밤바람 소리 말을 달리고
엷은 조름에 겨운 늙으신 아버지가
짚베개 돋아 고이시는 곳

ㅡ그 곳이 차마 꿈엔들 잊힐리야.

흙에서 자란 내 마음
파아란 하늘빛이 그리워
함부로 쏜 화살을 찾으러
풀섶 이슬에 함초름 휘적시던 곳

ㅡ그 곳이 차마 꿈엔들 잊힐리야.

전설바다에 춤추는 밤물결 같은
검은 귀밑머리 날리는 어린 누이와
아무렇지도 않고 예쁠 것도 없는
사철 발벗은 아내가
따가운 햇살을 등에 지고 이삭줍던 곳

ㅡ그 곳이 차마 꿈엔들 잊힐리야.

하늘에는 성긴별
알 수 없는 모래성으로 발을 옮기고
서리 까마귀 이리짖고 지나가는 초라한 지붕
흐릿한 불빛에 돌아 도란도란 거리는 곳

ㅡ그 곳이 차마 꿈엔들 잊힐리야.

눈을 감은 채 조용히 읊조리는 하 교수의 시는 정지용의 「향수」였다.

하 교수의 표정은 진지하고 엄숙했다. 이는 동호와 동숙이도 마찬가지여서 숨소리조차 들리지 않았다. 하 교수는 한참을 멍한 자세로 있다가 다시 또 시를 읊기 시작했다. 이번에는 한하운의 목동요지 행화촌(牧童遙指 杏花村) 같은 「봄언덕」이란 시였다.

보리 피리 불며
봄 언덕
고향 그리워
피—ㄹ 닐니리

보리 피리 불며
꽃 청산
어린 때 그리워
피—ㄹ 닐니리

보리 피리 불며
인환(人寰)의 거리
인간사 그리워
피—ㄹ 닐니리

보리 피리 불며
방랑의 기산하(幾山河)
눈물의 언덕을 지나
피—ㄹ 닐니리.

하 교수의 시 읊조림이 끝나자 모두는 상장(喪章)처럼 숙연해져 할 말을 잊었다. 이는 하 교수의 진지한 표정과 함께 시가 주는 분위기 때문이었다.

그러나 동호와 동숙은 아버지가 왜 하필이면 한하운의 「보리 피리」를 읊조렸는지 알 수가 없었다. 시의 무대야 고향(시골)이지만 시의 소재(素材)는 한(恨)이 응어리진 피의 절규였기 때문이다.

살이 는적는적 문드러지는 천형(天刑)의 박행한 생애를 살다간 문둥이 시인 한하운.

온갖 모멸과 박대 속에서 하늘이 내린 절망과 형벌을 청청무구한 동심으로 승화시킨 채 한 많은 생애를 살다 간 시인 한하운.

하 교수는 이런 한하운의 시를 비장감 넘치게 읊조렸다. 그래서 동호와 동숙은 할 말을 잊었다. 세 사람은 싸우기라도 한 듯 말이 없었다. 왠지 분위기가 서먹서먹했던 것이다. 이를 하 교수가 눈치챘는지 담배에 불을 붙여 몇 모금 빨더니 다시 입을 열었다.

"얘기의 각도가 좀 달라졌다만 애비는 한하운을 좋아한다. 애비가 한하운을 좋아하는 것은 그의 시를 사랑하기 때문인데 이상하게도 그의 시를 읊조리면 고향을 느끼고 향수를 느끼고 그러다간 마침내 어린 날의 눈물겨운 동심과 함께 처절한 애향까지를 느끼게 된다. 이는 아무래도 한하운이 절박한 절망감에서 어린 날의 고향을 소재로 피를 토했기 때문인지도 모른다."

하 교수의 표정은 여전히 엄숙했다. 아니 어쩌면 참담한 표정마저 하고 있었다.

"기왕에, 그렇다 기왕에 한하운의 얘기가 나왔으니 좀더 얘기하자. 한하운의 이런 시 「봄 언덕」같은 시를 쓸 수 있었던 것은 문드러지는 육신을 붙안고 절망하고 또 절망하며 문전문전 유리걸식했기 때문에 가능했는지도 모른다. 그래서 우리는 그의 시를 가슴을 치고 공감하면서 우리의 잃어버린 '꽃 청산'과 '봄 언덕'을 찾았는지 모른다. 그리고 또 절박함이 극에 달한 어쩌면 호흡마저 멎어 버릴 것 같은 애절 무비 때문에 '보리 피리'를 탄생시켰는지도 모른다. 기실 보리피리는 피보다 더 진한 그 무엇으로 우리의 가슴을 뭉클하게 한다. 이는 처절을 극한 몸부림이요 단말마를 극한 울부짖음이다. '봄 언덕 그리워'가 그렇고 '인간사 그리워'가 그렇고 '방랑의 기산하 눈물의 언덕'이 또한 그렇다. 각 연마다 피의 외침으로 끝나는 '피-ㄹ 닐니리'.

살은 썩어 문드러져도 영혼(정신)만은 살아 숨쉬는 영롱한 그의 시혼. 하늘의 불벼락에 천형의 화를 입어 문둥이가 되었어도 영혼만은 때묻지 않게 피를 토한 피닉스의 시혼. 그래서 그는 '아아 구름 되고파/바람 되고파/어이 없는 창공에/섬이 되고파' 하고 노래했는지 모른다.

자신의 이름 하운을 따서 「何雲」이라 이름 붙인 이 시.

이 시에서도 우리는 천진난만한 동심의 세계를 볼 수가 있다. 한 줄기 바람처럼 한 자락 구름처럼 되고팠던 그 무구한 동심. 반기는 사람 하나 없어 모두가 고개 돌리고 백안시하는 문둥이. 뉘라서 그 아픔을 이 이상 극명하게 표현할 수 있겠느냐. 하지만 그의 아픔이 어찌 또 이 뿐이겠느냐.

'파랑새'라는 시에서도 그의 아픔은 무구한 영혼과 함께 영롱히 살아 있다.

나는
나는
죽어서

파랑새 되어

푸른 하늘
푸른 들
날아다니며

푸른 노래
푸른 울음
울어 예으리
나는
나는
죽어서
파랑새 되리.

얼마나 푸른 하늘 푸른 들이 그리웠으면 죽어서는 파랑새가 되어 푸른 하늘 푸른 들을 날아다니며 푸른 노래 푸른 울음을 울고싶다 했겠느냐.

'보리 피리'가 단장의 애끓는 가락이라면 '파랑새'는 푸르름 즉 소년 동화 건강 자연의 희구이다. 그러니까 파랑새의 이미지적 의미는 불사조의 영원한 상징이라 할 수 있다……."

하 교수의 한하운론은 여기서 일단 끝이 났다. 무릉계곡의 베바위가 가까워졌기 때문이었다.

"아, 이제 얼추 왔구나. 이쯤 어디다 차를 대고 걸어가자꾸나. 여기선 엎어지면 코 닿을 데니까."

하 교수는 말하고 사방을 두리번거렸다. 아마 차 댈 만한 곳을 찾는 모양이었다.

“그래야겠죠?”

동호도 사방을 두리번거리며 차 댈 만한 곳을 찾았다. 시간은 어느새 11시 40분을 가리키고 있었다.

“오, 조오기 조 소나무 밑이 어떻겠니? 차가 몇 대 세워져 있긴 하다만 햇볕도 피할 것 같고 차 대기도 괜찮을 것 같다.”

하 교수는 사방을 살피다 전방 한 곳에 시선을 박으며 그 곳을 손짓했다. 그 곳엔 하 교수의 말대로 이미 대여섯 대의 자가용이 포진하고 있었다.

“글쎄요. 한 번 가나 보죠, 뭐.”

차는 하 교수가 말한 소나무 밑에 가까스로 세워졌다. 길 왼편은 산이요, 길 바른 편은 계곡이어서 안쪽으로 더 들어가면 차 세울 만한 데가 없을 거라는 하 교수의 말을 좇아서였다.

계곡은 피서객의 인파로 파시를 방불케 했다. 좀 괜찮다 싶은 곳엔 인파가 복작거렸고 그럴싸하다 싶은 곳이면 원색의 텐트가 들결쳤다.

“이거 대체 무슨 난리 속이냐 그래. 애비가 어렸을 땐 화전놀이와 단풍놀이 외엔 사람이라곤 없었는데…….”

하 교수가 북새통의 계곡을 바라보며 탄식하듯 말했다.

“그 때가 언젠데요. 아버지가 어리셨을 땐 요순우탕 시절이죠.”

하 교수는 동호의 말에 격세지감을 느끼며 추연한 모습으로 담배를 뽑아 물었다. 계곡은 번잡하고 요란했다. 사람들은 웃고 떠들고 소리치며 흡사 고삐 풀린 망아지 꼴을 하고 있었다. 기타를 둥둥 치고 시시껄렁한 가요 카세트를 틀어놓고 라디오의 음량을 극대화 시켜놓고…….

계곡은 완전히 광란의 도가니였다.

그러나 광란이 이것뿐이라면 또 모른다. 돼지 멱따듯 고래고래 소리치는 사람, 뚝배기 깨지듯 악악 악을 쓰며 말다툼하는 사람도 상당수 있었다. 그래 계곡은 난장판 저리 가라로 시끌벅적했다.

하 교수는 눈살이 찌푸려졌다.

'괜히 왔구나! 그냥 돌아갈까?'

하 교수는 후회 막급이었다.

고향 근처의 명소에서 아이들과 함께 점심 해 먹고, 시원한 청계 옥수에 발 담근 채 옛이야기 하며 조용히 시간 보내다 해가 설핏하면 고향을 찾으려던 소박한 꿈. 그 꿈이 뜻하지 않은 반란으로 산산조각 났으니 어찌 후회가 안될 수 있겠는가.

'이럴 줄 알았으면 안 오는 건데. 이럴 줄 알았으면 안 찾는 건데……'

하 교수는 분하고 속상해서 억울하기까지 했다.

그 고즈넉하던 계곡이 잡다한 발길에 짓밟혀 몸살을 앓고, 그 청정하던 베바위가 온갖 세진(世塵)에 더럽혀져 신음한다는 게 못 견디도록 속상했다.

'어떻게 한다? 모른 체 꾹 참고 놀다 가? 아니야. 그렇게는 할 수가 없어.'

하 교수는 고개를 세차게 도리질했다. 아무리 생각해도 이 곳에서의 놀이는 취소해야 될 것 같았다.

무릉계곡에서의 놀이를 단념하자 하 교수는 그 길로 아이들을 설득시켜 매봉산 찔렛골을 향해 곧장 차를 달렸다. 찔렛골은 찔레나무가 유난히 많아 그렇게 이름 붙여진 곳으로 베바위에서 30여 리 떨어진 계곡인데, 봄이면 계곡 전체가 온통 하얀 찔레꽃으로 뒤덮일 뿐만 아니라 향기로운 꽃냄새가 계곡을 가득 메워 방향(芳香)이 진동하는 곳이었다.

"……참, 큰일이로구나. 산이란 산, 계곡이란 계곡은 부라쿠 같은 인간들로 죄 망가져 가고 있으니. 이러다 이 강산이 어찌 될꼬……."

차가 계곡을 빠져나와 국도로 나서자 하 교수가 독백처럼 지껄이며 입맛을 쩝쩝 다셨다.

"어디 산과 계곡뿐인가요? 강과 바다는 또 어떻구요. 인간의 발길이 닿는 곳이면 어디든 다 골병이 들었죠."

동호가 하 교수의 독백을 메우듯 말하며 차에 속력을 가했다. 그러더니

"큰 일이죠 뭐. 자연은 그대로가 좋은데, 못된 인간들이 자구 못살게 굴어서요."

했다. 하 교수는 그래 맞다 하는 표정으로 고개를 두어 번 끄덕이고 나서,

"누가 아니냐. 자연은 자연 그대로가 자연이다. 그러기에 장자(莊子)는 무위자연(無爲自然)을 말했을 것이다. 인위(人爲)가 없는 무위, 이 무위 이상의 자연이 어디 있겠느냐."

하면서 동호의 말에 전폭 찬동했다. 그런데도 이상하게 등숙은 꿀 먹은 벙어리처럼 말 한 마디 없었다. 적이나 하면 자연이 어떻고 인간이 어떻고 하며 재잘거릴 텐데 동숙은 가타부타 말이 없었다. 하 교수가 웬일인가 싶어 고개를 돌리자 동숙은 혼곤히 자고 있었다.

차가 매봉산 찔렛골에 닿은 것은 한 시가 다 되어서였다.

찔렛골은 무릉계곡처럼 사람이 복작대지 않아 좋았으나 생각했던 것보다는 많아 여기 저기 경성드뭇 했다.

"너희들 배고프지? 적당한 곳에 자리잡고 점심부터 해 먹자. 가만 있자. 어디가 좋을까. 오, 저기 바위 밑이 좋겠다. 물도 있고 그늘도 있다."

하 교수가 대단한 거라도 발견한 듯 큰 소리로 산자락 한 곳을 가리키곤 차의 트렁크를 열어 솥과 식기류 등 취사도구를 꺼냈다.

"동호 넌 코펠에 불 붙이고, 동숙이 넌 찌개 끓일 준비 해. 애빈 쌀 씻어 안칠 테니까."

세 사람은 하나 같이 시장기를 느껴 천둥의 개걸음으로 서둘렀지만 점심은 두 시가 가까워서야 먹을 수 있었다.

마파람에 게눈 감추듯 밥 두 공기씩을 단숨에 먹어치운 세 사람은 설거지가 끝나기 바쁘게 숲속으로 들어가 물에 발을 담갔다.

"어이 시원타! 이렇게 시원한 걸 땀을 바가지로 흘렸구나!"

하 교수가 바위에 몸을 비스듬히 뉘며 어린애처럼 좋아했다.

한데도 동호와 동숙은 이내 싫증이 나는지 주위를 둘레둘레 살피더니 계곡 안으로 들어갔다.

하 교수가 이런 아이들을 물끄러미 바라보며 너무 깊이 들어가지 마라 이르고 눈을 감았다. 그리고는 그만 깜박 잠 속으로 빠져들었다.

얼마가 지났을까.

코끝이 간지러워 눈을 뜨니 동숙이 강아지풀의 삘기로 콧구멍을 간질이고 있었다.

"예끼놈!"

하 교수는 재채기를 연거푸 몇 번 해대고 동숙의 이마에 가벼운 알밤을 먹였다.

해는 그 새 한쪽으로 처억 기울어 있었다.

“아빠 이거.”

동숙이 이름 모를 들꽃 한 움큼을 하 교수에게 내밀었다.

“꽃 꺾었니?”

들꽃에서는 상큼하고 향긋한 꽃내음이 물씬 풍겨왔다.

찔렛골을 떠난 것은 이러고도 한참이 지나서였다.

해는 그 새 더 기울어져 매봉산을 꼴깍 넘어갔다.

“아빠, 저것 보세요, 저 저녁 놀!”

차가 매봉산을 돌아나와 마악 넋고개로 올라서자 동숙이 탄성을 발하며 서쪽 하늘을 가리켰다. 그 곳엔 낙조와 함께 오렌지색 저녁놀이 찬란히 불타고 있었다.

“아름답구나 동숙아!”

“장관이군요 아버지!”

하 교수와 동호가 동시에 소리치며 감탄을 연발했다.

“아름답죠 아빠? 장관이지 오빠?”

동숙은 손뼉까지 치며 좋아 어쩔 줄 몰라했다.

“오빠, 차 잠깐만 세워. 그리구 두 분 다 빨리 내리세요. 저 멋진 저녁놀을 그냥 놓쳐서야 말이 돼요? 사진에다 담아야죠.”

동숙은 안달이 나서 폴짝폴짝 뛰었다.

“녀석 수선두 참. 그래 우리 한 판씩 찍자꾸나.”

차를 세우자 동숙이 먼저 놀을 배경으로 하 교수의 팔짱을 꼈다. 사진은 하 교수와 동숙이, 하 교수와 동호, 동호와 동숙이로 바꿔가며 세 차례에 걸쳐서 찍었다.

"이제 됐냐?"

사진 찍기가 끝나자 하 교수가 동숙의 어깨를 토닥이며 말했다.

"예, 아빠. 근데 이 고개 말예요. 왠지 슬픈 사연을 간직하고 있는 것 같애요. 넋고개란 이름부터가 그래요. 그렇죠 아빠?"

동숙이 좀 전과는 달리 정색을 하고 물었다.

"그렇단다. 이 고갠 보내는 장소요 기다리는 장소였다. 그런 만큼 한이 맺히고 기쁨이 서려 애환이 교차하던 고개였다. 한 번 가서 못 오는 사람을 기다릴 때는 한의 고개였고, 보냈던 사람을 맞이할 땐 기쁨의 고개였다."

"그럼 할머니께서도 이 고개서 아빠를 보내고 기다리셨겠네요?"

"물론 그러셨지. 할머니는 매번 이 고개서 애비를 보내고 기다리셨어. 하지만 어디 또 보냄과 기다림뿐이냐? 사람들은 읍내 장에 갈 때도 이 고개를 넘었다. 일정 때 군대나 징용 또는 정신대에 끌려갈 때도 이 고개를 넘었고, 6·25 때 인민군에 끌려갈 때도 이 고개를 넘었어. 그리고 마지막 가는 저승길의 상여도 이 고개를 넘는 경우가 많았다. 그래서 이 고개를 넋고개라 부르고 더러는 한(恨)고개라 부르기도 한다."

"그렇다면 아버지, 이 고갠 민초들의 애환이 점철된 역사의 고개군요."

하 교수의 설명을 열심히 듣던 동호가 고개를 주억거리며 한 발 앞으로 다가섰다.

"그렇다고 볼 수 있지. 이 고갠 민초들의 희비가 엇갈린 하고 많은 사연을 간직한 고개지. 우선 저길 봐라. 저 바위 중간 움푹 패인 곳에 얹혀진 돌무더기 말이다. 저게 뭔지 아니? 사람들은 저 곳에다 돌을 던져 길흉을 점쳤다. 돌이 저 바위 움푹한 곳에 얹혀지면 소원성취 하고, 돌이 저 바위에서 떨어지면 운이 아주 나쁜 것으로 믿었다. 때문에 한 해 운수의 길흉을 점치는 곳도 저 바위요, 객지에 나간 남편과 군대에 간 아들이 언제 돌아오나를 점친 곳도 바로 저 바위였다.”

하 교수는 말을 마치고 돌 두 개를 찾아들더니 바위를 향해 냅다 던졌다. 그러나 돌은 하나는 얹히고 하나는 떨어졌다.

“애빈 운이 좋지도 나쁘지도 않구나. 너희들도 한 번 던져 봐. 마음속으로 한 가지씩의 소원을 빌면서.”

하 교수가 몇 발 뒤로 물러나며 동호와 동숙을 번갈아보자 동호가

“그럼 저도 한 번 던져 볼까요?”

하더니 돌 두 개를 집어 조심스레 던져 올렸다.

“저도 아버지처럼 운이 좋지도 나쁘지도 않군요.”

동호가 던진 돌도 하나만 얹히고 하나는 떨어졌다.

“이번엔 동숙이 네 차례다. 잘 좀 던져 봐.”

하 교수가 돌 두 개를 집어 동숙에게 건네자 동숙은 좀 켕기는지 잠시 망설이다가

“좋아요! 이리 주세요!”

하고는 하 교수에게 돌을 건네받아 ‘하낫 둘 세엣’ 하는 구령과 함께 돌 두 개를 던져 올렸다. 돌은 신통하게도 두 개 다 보기 좋게 얹혀졌다.

“야아! 얹혔다. 아빠 얹혔어요. 오빠도 봤지?”

동숙은 깡충깡충 뛰며 손뼉까지 쳐댔다.

“보긴 봤는데, 그건 장님 팔매에 새 잡은 격이구, 뒷걸음치다 쥐잡은 격이야.”

동호는 이것 봐라 싶으면서도 동숙을 곯려 주기 위해 짐짓 딴청을

부렸다. 그러자 동숙이 득달같이

"뭐가 어째? 오빠, 그 말 취소 못해?"

하고 손톱을 세워 악다귀처럼 대들었다.

"그건 동숙이 말이 맞다. 동호 너, 그 말 취소해. 아, 동숙이 운수대통해서 올 핸 시집가겠는데 뭘 그러니."

하 교수가 빙긋 웃으며 동숙의 편을 드는 체하자 동숙이

"아이 몰라요. 아빠까지 절 놀리시기예요?"

하며 하 교수의 가슴을 콩콩 쥐어박았다.

차가 넋고개를 내리기 시작한 것은 매봉산 마루에 잔양이 스러질 무렵이었다.

"애들아……."

차가 넋고개를 내려 질펀한 들녘으로 나서자 하 교수가 넋고개를 한 번 돌아보고 아이들을 불렀다.

"저 넋고갠 애비에게 있어 희망의 고개였다. 꽃피고 새우는 봄날, 고향 찾는 설렘으로 저 고개에 오르면 장끼란 놈이 꿔엉 꿩 울다가 그 화려한 깃털을 자랑이라도 하듯 푸드득 날아올라 넋고개 아래로 내려앉지. 그러면 애비는 이런 노래를 불렀다.

고향길은 희망의 길
산꿩이 운다.
서낭당 장승이
매양 그리워…….

하는 노래 말이다. 동네 앞에는 서낭당이 있었고 그 서낭당 조금 못

미처엔 장승이 세워져 있었다. 천하대장군 지하여장군 하는 그 장승 말이다……."

하 교수는 또 진지한 표정이 된 채 눈을 감았다. 이 때 멧새 몇 마리가 뭐라고 지껄이면서 서녘 하늘로 포록포록 날아갔다. 아마 날이 어둡기 전에 귀소하는 모양이었다.

아이들과 함께 선영에 참배하고 부모님 산소에 성묘를 마치자 날은 이미 어둑어둑해졌다. 장대처럼 긴 여름 해가 하루를 마감하고 어디론가 가뭇없이 자취를 감춰 대지에 포돗빛 장막을 드리우기 시작한 것이다.

"아이구 형님, 왜 이제 오십니까. 전화론 여섯 시 안에 오신다 하시구요."

종제(從弟) 명수는 진작부터 기다린 듯 마당에 멍석을 깔아놓고 있었다. 멍석뿐만 아니라 명수는 마당 가 한쪽에 모깃불까지 피워놓고 있었다. 그러고 보니 명수는 하 교수가 이른 대로 미리미리 준비해 놓은 듯했다.

"그렇게 됐어. 온다는 시간보다 두어 시간 늦었구만."

그런 걸 전 또 혹시 무슨 사고가 났나 싶어 얼마나 걱정했다구요. 그래 서울에다 전화를 하려던 참이었지 뭡니까. 아무일 없으시니 다행이군요. 형님 절 받으세요."

명수는 어린애처럼 한참을 부산하게 수선을 피우더니 러닝 셔츠 위에 남방을 꿰어 입고 넙죽 절을 했다.

"절은 무슨…… 같이 늙어가면서……."

명수는 하 교수와 일곱 살 차이가 나는데도 하 교수보다 더 늙어 보였다.

이 때 명수의 아이들이 줄 남생이처럼 한 줄로 서서 하 교수에게 절

할 채비를 했다. 마침 군에서 휴가 나온 맏이 동식이와 서울서 대학 다니다 방학이 돼 집에 와 있는 둘째 동근이 그리고 읍내 여고에 다니는 막내 동순이가 차례로 절을 했다.

"형님, 시장하실 텐데 땀 좀 씻으시고 저녁부터 잡수셔야지요. 너희들도 배고프쟈? 아버지 모시고 뒤꼍 옹달샘으로 가. 어여 씻고 와 저녁 먹게."

동식이들이 인사를 끝내고 한쪽에 앉자 명수가 또 수선스레 부산을 떨었다.

그러나 동호와 동숙이는 당숙한테 절을 하고 나서야 뒤꼍 옹달샘으로 갔다.

저녁밥은 쌀과 보리쌀이 반반 섞인 반지기였다. 밥에는 달걀 만한 감자가 두어 개 올라 있었고 밥밑으론 광저기(양대라고도 한다)가 듬성 듬성 놓여 있었다. 당초 하 교수는 명수에게 밥밑은 감자나 광저기로 하되 밥은 쌀을 섞지 말고 순꽁보리밥으로 하라 일렀다. 그리고 반찬은 밥으로 뺄뺄 걸어가는 열무 겉절이와 애호박에 조선고추를 썰어 넣고 끓인 된장찌개면 되고, 여기에 곰삭은 고추장만 있으면 더 덮을 게 없다 일렀다. 그랬는데 명수는 약속을 어기고 쌀이 반나마 섞인 반지기를 했던 것이다.

"형님, 이것 잡수세요. 형님 좋아하시는 겉절이와 된장찌갭니다."

명수가 열무겉절이와 된장찌개를 하 교수 앞으로 밀쳐놓으며 씨익 웃었다.

이런 명수의 웃음은 하릴없는 황소웃음 같았다.

"이 사람아, 겉절이와 된장찌개는 좋은데, 밥은 왜 꽁보리밥이 아닌가. 곱삶이 꽁보리밥이 그리워 우정 전화까지 했었잖아."

"아이구 형님도 참. 보리밥이야 천천히 잡수셔도 되잖습니까. 오시자마자 그래 보리밥 타령만 하시깁니까? 며칠 계시면서 실컷 잡수세요. 그러면 될 것 아닙니까."

"그래도 난 오자마자 허리끈 끌러놓고 배터지게 보리밥을 먹으려 했지."

"이것도 보리밥이지 쌀밥은 아니네요 뭐. 보세요, 쌀보다 보리쌀이 더 많이 섞였잖아요."

명수는 밥그릇을 들어 하 교수에게 보이곤 또 씨잇 황소웃음을 지었다.

"좋아. 그럼 먹지. 거, 물박 하나 갖다 주게."

"비비시게요?"

"그래야 제 맛이 나지 않겠나?"

"형님, 식성과 입맛은 여전하시군요."

"암. 난 누가 뭐래도 초근목피에 꽁보리밥 먹고 자란 이 두메산골 태생 아닌가."

"그렇지만 형님, 배고프던 옛날 맛은 안 날겁니다. 입들이 하 간사해져서요."

"그렇기도 하겠지. 하지만 난 좀 달라. 애들아, 너희들도 비벼먹으려므나."

하 교수는 시커먼 물박에다 밥을 그릇째 쏟아 붓고 열무겉절이와 된장찌개를 퍼 넣더니 고추장을 푹 떠서 썩썩 비볐다. 그런 다음 걸신들린 듯 허발나게 퍼먹기 시작했다. 그러나 동호와 동숙은 밥이 잘 먹히지 않는지 젓가락을 들었다 놓았다 하며 허발나게 퍼먹는 하 교수를 힐끔힐끔 쳐다봤다. 그래도 동호는 맛있게 먹는 시늉이라도 하는데 동숙은 밥을 들이씹고 내씹고 하며 흡사 고양이 밥먹듯 깨작거리기만 했다. 당숙모가 이 눈치를 알아차리고 하 교수 몰래 쌀이 낫잡아 섞인 밥과 햄, 그리고 소시지와 샐러드야채 등의 반찬을 챙겨 줘서야 동숙은 밥 한 그릇을 얼추 비웠다. 저녁 식사는 단란하고 유쾌했다.

땀을 뻘뻘 흘리며 순식간에 밥 한 그릇을 다 때려누인 하 교수는 음식 찌꺼기가 딩게딩게 묻은 빈 물박에 물을 부어 숟가락으로 휘휘 저은 다음 그 물을 우걱우걱 입가심 해 삼켰다. 그러더니 '끄르륵'하는 게트림과 함께

"어 참, 자알 먹었다."

했다. 하 교수로서는 실로 오랜만에 맘껏 먹어 본 함포고복이었다.

마당에 멍석 깔고, 마당가에 모깃불 피워놓은 채 하늘의 현란한 별무리 쳐다보며 겉절이와 된장찌개에 보리밥 썩썩 비벼 먹는 저녁식사.

이런 저녁식사를 하 교수는 실로 오랜만에 해 본 것이다. 그래서인지 하 교수는 콧날이 시큰한 게 자꾸 눈물이 나려했다.

"형님 그럼 쉬고 계세요."

저녁상을 물리자 명수는 동네 일 때문에 잠깐 나가봐야 하겠다며 랜턴을 들고 일어났다. 그 놈의 이장인가 뭔가 맡다보니 짜투리 시간은 동네 일로 죄다 빼앗긴다면서……

"응, 그래 다녀와."

명수가 대문을 나서자 하 교수는 담배 한 대를 맛있게 태우고 팔베개를 한 채 멍석에 드러누웠다.

"너희들도 드러누워 저 하늘의 별좀 봐라."

하 교수가 한숨처럼 말하며 하늘을 쳐다봤다.

"저희들은 앉아서 볼게요."

동호가 대답하며 고개를 뒤로 젖혔다.

"아니다. 별은 드러누워서 봐야 제격이다."

"아빠, 그래도 돼요?" 버릇없다고 야단 안 치실 거예요

동숙이가 좋아라 하면서도 마음이 안 놓이는지 확인하듯 물었다.

"녀석, 걱정도 팔자다. 애비가 허락했는데 무슨 야단이냐."

"그럼 그럴게요. 오빠, 우리도 아빠처럼 팔베개 하고 드러눕자."

별은 쏟아질 듯 총총했다.

그리고 금가루를 뿌려놓은 듯 현란했다.

저 무수한 별, 그것은 영락없는 금가루였다. 아니 금꽃 바다였다.

"어떠냐, 아름답지?"

"예, 아빠."

"애빈 말이다. 저 반짝이는 별무리를 보노라면 왠지 자꾸 슬픈 생각
이 든단다."

"슬픈 생각이요?"

"그래."

"어째서죠?"

"글쎄다. 그건 아무래도 별들이 눈물을 글썽이는 것 같기 때문일 거
다."

"예?"

"너흰 그렇게 안 느끼냐?" 애빈 그렇게 느끼는데. 자알 보려므나. 그
럼 별이 눈물을 글썽이는 것 같을 게다."

"아빠도 참!"

"아빠도 참이 아니다. 너희가 별을 보고도 그런 느낌이 들지 않는다
는 건 슬픈 일이다.

생각해 봐라.

너희가 그런 느낌을 가지고 있고 애비가 그런 느낌을 가지고 있지 않다면 또 모른다. 그렇다면 조금도 이상할 게 없다. 그런데 어떻게 한창 감성을 가지고 꿈을 먹고살아야 할 너희가 그런 느낌을 안 가지고, 반대로 감성이나 꿈과는 담을 쌓아야 할 애비가 그런 느낌을 가지고 있느냐. 이건 참으로 중대한 일이어서, 애비는 이렇게 멍석이나 풀밭에 누워 밤하늘의 아름다운 별을 쳐다보며 어린 날의 꿈을 키웠기 때문이고, 너희는 그런 경험 하나 없이 허구헌날 기계 문명 속에 파묻혀 밤하늘의 별을 쳐다보지 않았기 때문이다. 그러니 이건 얼마나 불행한 일이냐. 애빈 너희가 이러다 행여 가슴이 메마르지 않을까 염려된다……."

"……그건 아버지 말씀이 옳으세요. 저흰 기계 문명 물질 문명만 알았지 자연은 모른 채 자랐거든요. 저희가 이나마도 아버지 말씀에 공감하는 건 아버지를 따라 어려서 고향을 많이 찾았기 때문일 겁니다. 그렇게 본다면 고생 모르고 자란 저희보다는 고생하시며 자라신 아버지가 훨씬 더 행복한 청소년기를 보내셨어요."

동호가 죄스러운지 고개를 떨구며 말했다. 이 때 시원한 바람 한 자락이 살랑살랑 불어와 끈끈한 목덜미를 스치고 지나갔다. 그러자 매캐한 모깃불 냄새가 코끝에 아릿하게 스며들었다.

"그럴지도 모르지. 애빈 몸은 찢어지게 가난했어도 마음만은 늘 푸른 부자였으니까. 하지만 너흰 좀 달라. 너흰 몸은 비록 부자일지 몰라도 마음은 언제나 가난해. 이러니 이 얼마나 불행한 일이냐. 느낌이 없고 감성이 없다는 건 비극이다. 아, 얘들아, 저어기 저 하늘을 봐라!"

하 교수가 갑자기 목청을 높여 하늘 한 곳을 가리켰다. 그 곳엔 유성이 찌익 포물선을 그으며 매봉산 너머로 떨어지는 중이었다.

"유성이다. 아니 별똥별이다. 우린 저것을 별똥이라 했고 별똥돌이라 불렀다. 그래 애비는 친구들과 잔디에 누워 별똥이 떨어지길 애타게 기다리며 밤하늘을 하염없이 쳐다봤다. 그러면 별똥은 어느 순간 찌익 포물선을 그으며 매봉산 너머로 떨어진다. 이런 날 밤이면 우리는 별똥이 어디쯤 떨어지는지 눈여겨봐 났다가 다음 날 아침 가슴을 설레며 매봉산 너머로 별똥돌을 주우러 갔다."

"그럼 진짜 별똥돌이 있나요, 아빠?"

여태껏 입을 다문 채 말이 없던 동숙이 이게 무슨 소리냐는 듯 몸을 발딱 일으켰다.

"있지 그럼."

"정말이요?"

"정말이잖고."

"어떻게 생겼는데요?"

동숙은 신기한 지 하 교수 앞으로 바투 다가앉았다.

"울퉁불퉁 생겼지, 볼품없게. 별똥돌은 운석(隕石)이라 하는 돌인데 시커멓게 타서 그런지 가볍하단다. 어떤 건 구멍이 숭숭 뚫려 있기도 하고……."

"돌은 큰가요?"

"웬걸. 큰 것이라야 아이들 주먹만하고 보통은 호도알만한 게 고작이지. 동숙이 너 참 제주도 수학여행 가서 봤겠구나. 화산 폭발로 시커멓게 탄 가볍한 돌 말이다."

"예, 봤어요."

"그것과 비슷하다고 생각하면 된다."

"에이, 별똥별이 뭐 그렇게 시시해요 아빠."

"그럼 휘황 찬란한 보석쯤으로 알았니?"

"그래도 최소한 반짝거리긴 해야죠?"

"그건 네 바람이지. 별똥별은 전설이 아니라 실제란다."

"전 전설로 생각하고 싶어요 아빠. 어느 작가던가 말했잖아요. 태양이 바래면 역사가 되고, 달빛이 바래면 전설이 된다구요."

"그러나 동숙아, 암스트롱이 달에 가서 캐온 월석도 지구의 여느 돌과 다르지 않단다. 그 친구가 달에 갔다오곤 달의 낭만은 깨졌다. 그곳엔 계수나무도 옥도끼도 없었으니까……."

밤이 깊자 또렷하던 별빛이 스러지고 총총하던 별무리도 성기기 시작했다. 그런데도 은하만은 부우연 우윳빛을 띤 채 한결같이 흐르고 있었다. 그리고 풀벌레도 여일하게 울어대고 있었다.

문득 부르기라도 한 듯 바람이 몰려와 나뭇잎을 헤집고 떠나갔다. 그러나 바람은 꼬리를 물고 불어 동산 숲을 술렁이었다. 풀벌레도 여기 질세라 목청을 돋구었다.

"아, 어느 새 은하가 입 가까이 왔구나! 그리고 보니 달포 남짓 지나면 햇곡을 먹겠어!"

하 교수가 몸을 일으키며 혼잣소리로 지껄였다. 그러자 동호가

"그게 무슨 말씀이죠, 아버지?"

하고 몸을 따라 일으켰다. 동숙은 앉은 자세 그대로 매봉산 쪽에 시선을 주고 있었다.

"저 은하가 흘러 누운 상태에서 입과 일직선이 되면 곡식이 여문다는 뜻이지."

"그 때쯤이면 가을이 된다는 뜻이군요?"

"그렇지!"

하 교수는 대답하고 담배를 꺼내 물었다.

이 때 건넛산에서 이름 모를 밤새가 '우후, 이후후후' 하고 청승맞게 울어댔다.

개밥바라기가 저만큼 기울어진 것을 보니 밤이 꽤 이슥한 듯 싶었다.

이튿날 하 교수는 아이들과 함께 늦잠을 자고 일어나 푹 쉬었다. 무얼 한 일이 있다고 오자마자 푹 쉬느냐 할 지 모르지만 하 교수로서는 다 생각이 있어 아이들을 쉬게 한 것이다. 내일부터 아이들을 데리고 다니며 일을 시켜야 할 테니 오늘은 맥놓고 쉬게 해야 될 것 같았다. 일도 어디 보통 일인가. 태어나서 한 번도 해 보지 않던 센 농사일을 직접 해야 될 아이들은 모르긴 해도 하루해를 못 넘기고 초주검이 될 것이다. 녀석들은 이것도 모르고 농사일이 무슨 낭만이라도 되는 양 좋아하고 있지만 한 번 겪어 보라지. 일도 하루만이 아니어서 적어도 사흘은 재래식 농사법으로 일을 시켜 농사일이 얼마나 힘들고 고되다는 걸 보여 줄 작정이었다. 이는 이미 종제 명수와 되짜듯 짜서 아이들만 모르고 있었다. 요놈들 어디 한 번 겪어봐라.

하 교수는 어떻게 해서라도 아이들에게 지난날의 농촌 실상과 지금의 농촌 실상을 가르쳐 주고 싶었다. 그래서 앞으로의 인생길에 시금석이자 타산지석으로 삼게 하고 싶었다. 아니 할아버지와 할머니와 아버지가 얼마나 어렵고 힘들고 배고프게 살았나를 느끼게 해 주고 싶었다. 어려움을 모르고 힘든 것을 모르고 배고픈 것을 모른 채 자란 놈들에게 어려움이 무엇이고 힘든 것이 어떤 것이며 배고픔이 얼마나 서러운 것인가를 체득하게 해 주고 싶었다. 더욱이 동호는 한국사를 공부하고 한국사 중에서도 근대사를 전공하지 않는가. 게다가 민초들의 생활상을 연구해 학위를 받겠다는 포부 아닌가. 그리고 동숙은 소설을 공부하는 작가지망생으로 장차 가장 한국적인 소설을 쓰겠다며 단단히 벼르는 녀석 아닌가.

그래, 해 보아라.

너희들 뜻대로 도남(圖南)의 날개를 활짝 한번 펼쳐 보아라. 이 애비가 도와줄 것이니. 이 애비가 밑거름이 돼 줄 것이니.

이 날 밤 하 교수는 친구들과 함께 술자리를 벌였다. 명수네 마당에 멍석을 깐 자리에서였다. 저녁을 먹고 나자 동네 친구 셋이 하 교수를 찾아왔다. 하 교수와 코 흘리며 같이 자란 불알친구들이었다.

"아이구 하 박사, 우린 하 박사가 언제 오나 하고 눈 빠지게 기다렸지."

"이 사람, 이렇게 시간을 내다니. 바쁜 사람이."

"반갑구먼. 잊지 않고 매년 고향을 찾아 주니."

친구들은 수선을 떨며 하 교수를 얼싸안았다. 태수와 봉구, 그리고 칠복이라는 친구였다.

"이 친구들, 이젠 많이들 늙었구먼. 그래, 고생들이 얼마나 많은가."

하 교수는 잠시 안김을 당한 자세로 있다가 한 사람 한 사람 손을 잡아 흔들었다. 친구들은 작년보다 훨씬 더 늙어 세 사람 다 머리에 허연 서리가 내려 있었고, 이마엔 깊게 골이 파여져 있었다. 하 교수는 이런 친구들을 보자 괜히 콧날이 시큰거리고 목울대가 뻐근해졌다.

"늙을 나이 아닌가. 낼모레가 환갑인데 안 늙고 어쩌나."

태수가 말하며 한숨을 내뱉었다.

"하긴…… 환갑 나이가 그냥 있는 나인 아니지. 하지만 자네들 보니까 아직 끌끌해. 저 높고 험한 매봉산을 내 집 드나들 듯한 솜씨들 아닌가."

하 교수는 괜한 말을 했구나 싶어 얼른 다른 말로 휘갑을 쳤다.

"그래? 이 사람 이거 대학교수 하더니 거짓말도 늘었구먼. 우리가 끌끌하다구? 속 빈 강정이여. 제 살 다 파먹힌 올뱅이 꼴이란 말이여. 매봉산 넘나든 거야 젊을 때 아니었나. 하 박사도 많이 넘나들었잖어."

봉구가 이젠 다 틀렸다는 듯 고개를 좌우로 저었다.

"그러게나 말이여. 대학교수님께서 거짓말을 하시면 안 되지. 더군다나 문학박사님께서 말씀이야. 그리고 보니 하명준 박사님께선 순 엉터리시구먼. 응?"

이번엔 칠복이가 맞장구를 치며 하 교수를 훔쳐봤다.

"예끼, 고약한 친구들 같으니라구. 이 친구들 이제 보니 나 골탕 먹이려고 아주 작정하고 왔구먼. 아, 분하도다. 우정의 배신이여. 언젠가는 이 날을 설욕할 때가 오리니."

하 교수가 손을 들어 친구마다 때리는 시늉을 하자 좌석은 일시에 와르르 웃음바다가 됐다. 이 때 명수가

"거 형님들 뭐가 그리 재미나 웃음꽃이 활짝 피었습니까. 저도 우연만하면 그 웃음꽃 속에 좀 끼워 주세요. 예? 형님들."

하며 술상을 받쳐들고 멍석마당으로 나왔다.

"어, 명수 아우님 어서 오게. 안 그래도 자네가 금세 안 보여 어디 갔나 했더니 술상 보러 갔구먼."

칠복이가 얼른 술상을 받아 멍석자리에 내려놓으며 입을 헤벌쭉 벌렸다.

“자, 우리 하 박사부터 먼저 한 잔 받으시게. 누구보다 바쁘다 들었는데 이렇게 고향을 잊지 않고 찾아 주니 고맙네.”

태수가 하 교수에게 잔을 건네며 말했다.

“무슨 소리. 수구초심 아닌가. 말 못하는 미물도 제 고향을 찾는데 항차나 인간 되어 고향 찾는 게 뭐 그리 대수인가. 자, 술은 나보다 자네들이 먼저 받게. 힘든 농사일 하느라 얼마나 고생들이 많은가.”

하 교수가 태수에게 술병을 달라했다. 그러자 태수가

“안 될 소리. 아, 술잔은 손님이 먼저 받아야지 줸이 먼저 받는 법이 어딨어. 그리고 하 박사, 병권은 나한테 있다구.”

태수가 어림도 없다는 듯 술병을 힘 주어 잡았다.

“뭐 손님? 그리고 줸? 아니 그럼 내가 자네들한테 손님이란 말인가?”

“손님이지. 손님도 아주 큰손님이지.”

이번엔 봉구가 앞으로 주척 나서며 말했다. 그러자 칠복이도,

“맞어. 이 사람들 말이 맞어. 하 박사가 아무리 이 곳이 고향이요 또 우리가 아무리 하 박사와 불알친구들이라 해도 우린 하 박사가 어렵고 자랑스러워. 사실 우리가 어떻게 하 박사 같은 사람과 한 자리에 앉아 보겠어. 우리로선 하 박사 친구라는 것만으로도 무한한 영광이지.”

했다. 이는 칠복이 평소 하 교수에게 가지고 있던 마음이었다. 그러나 이 마음은 칠복이만이 아니어서 친구들 모두가 그랬다.

“쓸데없는 소리. 자네들이 이러면 나 서운하네. 난 지금 이 시각에도 자네들과 벌거벗고 뛰놀던 그 가식 없던 어린 시절의 동무로만 생각하지 그 이상도 그 이하도 아니야. 그러니까 자네들도 제발 나를 그 때 그 시절의 소꿉동무로 생각해 주게. 우린 누가 뭐래도 소꿉친구야 소꿉친구!”

하 교수는 친구들 앞앞이 담배 한 대씩을 권하고 일일이 라이터를 켜댔다. 그러러니 동호와 동숙을 불러

"너희들, 이 어른들께 인사 올려라. 애비 친구분들이시다. 이 분들은 애비와 함께 이 동네서 나서 이 동네서 자란 죽마고우들이시다."

하 교수는 동호와 동숙을 친구들에게 큰 절로 인사시키고는 한쪽에 앉게 했다.

"이 녀석은 동호라는 녀석으로 대학원에서 한국사를 전공하고, 이 놈은 올해 대학 1학년인데 소설을 공부하지. 뭐 장차 가장 한국적인 소설을 쓰겠다나. 이름은 동숙이야. 이 놈들 달랑 남매뿐이네."

하 교수가 소개를 마치자 동호와 동숙은 무릎 꿇음의 자세로 앉아 있었다.

"하 박사, 듣던 대로 자식 농사 자알 지었구면 그래. 농사 중엔 뭐니 뭐니 해도 자식 농사가 제일 아닌가."

봉구가 부러운 듯 하 교수를 쳐다보자 태수와 칠복이도,

"암암, 농사 중엔 자식 농사가 제일이지. 제일이고말고."

"하 박사가 훌륭한데 그 자식들이 어디 가겠나. 왕대밭에 왕대 나고 똘배밭에 똘배 나는 법이지."

하고 맞장구를 쳤다. 그러자 명수도 이에 질세라

"아, 우리 형님이 어떤 분입니까. 형님이야말로 세상의 사표요 귀감 아닙니까. 그리고 입지전적 인물로 살아 있는 전설 아닙니까. 그런데 그런 형님의 자녀가 데면데면할 리 있습니까. 콩 심은 데 콩 나고 팥 심은 데 팥 나는 법이지요."

했다. 이런 명수는 신이 나서 그런지 쑥스러워 그런지 자꾸 하 교수를 흘끔거렸다.

"원 싱거운 사람들 같으니라구. 사람을 앞에 앉혀 놓고 무슨 소리들을 하고 있나. 자자, 우리 쓸 데 적은 소리 그만하고 술이나 마시세. 시절 얘기하면서. 어떤가 금년농사 풍년들겠나?"

하 교수가 엉너리치며 화제를 바꾸었지만 태수가,

"가만 있어 봐 하 교수. 하 교수가 아무리 박사라도 여기선 우리가 박사여. 오늘 아주 자알 만났어. 이런 기회 일부러 만들어도 안 될 거구먼. 그러니 동호 동숙이 귀담아 자알 들어. 이런 애긴 대학교에서도 안 배워 못 듣고 귀신 같다는 컴퓨터에도 안 나와 있어 몰라."

하더니 동호와 동숙이 앞으로 한 발 바투 다가앉았다.

"자네들도 알겠지만 아버님은 아주 훌륭한 분이여. 우린 아버님과 친구지간이지만 아버님을 존경하지. 한 마디로 아버님은 하늘이 낸 인물이시여."

"암, 인물이고말고. 그래서 우린 옛날에 아버님을 우리의 호프라 불렀지. 그 땐 호프란 말이 유행했거든."

태수의 말을 받아 칠복이 머리를 끄덕였다. 그러자 봉구도,

"두말하면 잔소리지. 하 교수는 매봉산 정기 타고 난 인물이여. 우린 그런 하 박사 친구고. 아아, 오늘 술맛 한번 조오타. 여보게 태수, 얘기 계속해 봐."

하며 술잔을 비워 하 교수에게 건넸다.

"이 친구들 이거 왜 자꾸 이러나. 자꾸 이러면 나 서울로 가네."

하 교수는 술잔을 받아 놓고 손사래까지 쳤지만 태수는 듣지 않았다.

"갈 테면 가게. 난 자네 아들딸하고 얘기할 거니까. 자네들 아버님에 대해 얼마나 알고 있는지 모르지만 자네 아버님 고생 참 많이 하신 분이여."

태수가 진지한 표정이 된 채 동호의 손을 덥석 잡았다.

"암, 고생 많이 하고말고. 생각하면 참 눈물겨운 일이지. 아버님은 여기서 30리 밖 읍내까지 나무를 져다 팔아 그 돈으로 공불 하셨어. 눈이 오나 비가 오나 그러셨어. 고추 같이 매운 겨울도 그러셨고 찜통 같은 더운 여름도 그러셨어. 아버님은 그렇게 공부하신 분이여. 물론 이 곳을 떠나 서울 가서 고학하며 대학 다닐 때도 고생 많았지만……."

태수가 이번엔 동숙의 손을 덥석 그러잡았다.

"너희들 아버님 자알 모셔야 한다. 그리고 아버님 뜻 자알 받들어야 한다. 아버님은 이제 아버님 혼자만의 아버님이 아니여. 아버님은 우리 친구들의 자랑이고 우리 마을의 자랑이고 우리 고향의 자랑이여. 아니 우리 나라의 자랑일 수도 있지. 아버님이 박사여서가 아니여. 아 대학교수치고 박사 아닌 사람 어디 있어. 아버님은 가난과 불우와 역경에도 굴하거나 좌절하지 않고 오직 의지 하나로 극복해 오늘에 이르셨어. 그걸 너희는 알아야 해!"

태수는 말하고 동호와 동숙의 어깨를 다독였다. 하 교수는 이런 태수를 더는 볼 수가 없었던지

"이 사람 이제 그만 하게. 그만 하고 술 마셔야지. 짧은 밤에 명만 잦다 말 텐가?"

했지만 소용없었다. 태수는 막무가내로 고집을 부렸다.

"너희들 잘 들어라. 사람마다 벼슬하면 농사꾼이 왜 생기고, 의원마다 병 고치면 북망산이 왜 생기나. 배고파 허기지던 암울한 보릿고개. 그 범보다도 무섭다는 보릿고개 때도 우리는 화투치고 땡땡이 치고 꾀만 바수기에 여념이 없었지만 아버님은 국으로 공부하고 나무하고 부모님께 효도하며 우리와는 딴판 다른 길을 걸었지. 그래 우리는 그 때

그런 아버님이 싫어 따돌림 시키고 우리끼리만 모였지. 말하자면 아버님은 요새 말로 우리한테 왕따를 당한 셈이지. 그런데 결과는 우리는 요모양 요꼴로 땅두더지의 농투성이가 됐고 아버님은 이 나라의 한다 한 학자가 되셨어."

태수는 여기까지 말하고는 술잔을 들어 단숨에 들이켰다.

"자자, 이제 그만하고 술이나 드세. 듣기 좋은 꽃노래도 한두 번이 아닌가."

하 교수가 태수한테 술잔을 건네며 휘갑을 쳤다.

"아니지, 아니여. 내 아직 할 말이 많어. 그러니께 하 박사는 가만히 있으라고."

태수가 술잔을 받아 놓고 하 교수를 쳐다봤다.

"그려, 하 교수는 가만 있어. 아, 태수 저 사람 고집이 어떤 고집인가. 황소고집 아닌가. 황소고집."

봉구가 손사래를 쳐 하 교수의 말을 막더니 담배 한 대를 태워 물었다.

"이 친구 고집은 여전하구먼. 벽창우 같으니라구."

하 교수도 할 수 없는지 담배를 태워 물었다.

"앞에서도 말했지만 아버님이 공부하고 나무하고 효도할 때 우리는 화투치고 땡땡이 치며 꾀만 바수었어. 그러니 그 때 벌써 운명의 길은 정해졌지. 그래서 운명은 지배하는 자에겐 약하고 지배당하는 자에겐 강하다고 했을 거여. 왜냐하면 제 운명은 제 스스로가 정한다니까 말이여. 누가 말했지? 운명아 비켜라 내가 간다는 말? 우린 국민학교 요즘의 초등학교가 아니면 고작 읍내의 중학교만 나와 촌에서 썩는 신세가 되었지만 아버님은 가혹한 운명과 싸워 이겨 오늘의 하명준 박사가 되신 거여. 갖은 고생 온갖 역경을 다 겪으면서 말이여. 그래 우리는 아버님이 친구지만 사실 어렵고 두려워. 존경스러운 건 말할 것도 없고. 어때, 내 말 이해하겠어? 나는 읍내 중학교 밖에 안 나와 무식은 해도 뭐가 옳고 뭐가 그르다는 건 알고 있어. 그리고 어떤 것이 훌륭하고 어떤 것이 훌륭하지 않다는 것도 알고 있어. 아버님은 훌륭하신 분이여. 아버님은 장하신 분이여. 자네들은 이런 아버님의 자식이라는 걸 영광으로 생각하고 항상 가슴속에 아로새겨서 잊지 말아야 돼. 알았지들?"

태수는 여기까지 말하고 술잔을 높이 들어 벌컥벌컥 들이켰다.

"그려그려, 태수 이 사람 말이 맞어. 그러니게 자네들은 하 박사 같은 훌륭한 아부지 자식이라는 걸 영광으로 생각해야 되어. 암. 생각해야 되고말고."

태수의 말이 끝나기 바쁘게 칠복이 득달같이 장단을 맞췄다. 봉구도 이에 질세라

"누가 아니래. 참 어지간히도 지독스레 공부하더니 박사가 되었어. 설움, 괄세, 고생, 배고픔은 또 얼마나 많이 겪었어. 생각하면 너무도 기가 막혀 눈물이 다 나올라고 해."

했다. 그러자 이 때껏 잠자코 있던 명수가 한 마디 거들었다.

"저는 그 때 어려서 잘은 모르지만 우리 형님께선 의지로 운경을 개척하신 것 같아요. 참 대단한 양반이지요. 하늘이 낸 분이랄까요. 아무튼 형님은 백절불굴의 표본이세요. 그러니 조카들도 아부지가 어떤 분인 줄 알고 있어야 한다구. 아부진 우리 가문의 명예여!"

좌석은 분위기가 분위기여서인지 숙연하고 엄숙했다. 이 때 명지바람 한 자락이 살랑살랑 불어와 목덜미를 스치고 지나갔다.

"자자, 우리 이제 진짜로 술 마시세. 어떤가. 올해도 풍년이 들 것

같은가?” 하 교수가 칠복이에게 술잔을 건네며 누구에게랄 것 없이 물었다.

“풍년이야 들겠지. 요즘에야 옛날과 달라 수리시설이 좋고 또 가물어도 양수기가 있어 물을 퍼 올릴 수 있으니까.”

칠복이 대답하며 혼자소리로 “세상 참 많이 달라졌지.” 했다.

“세상이야 기막히게 달라졌지. 인심이 흉악해져 탈이지. 옛날 우리가 젊을 때 짓던 농사에 비하면 요즘 농산 농사도 아니고 농사꾼도 아니여. 어디 뼛심 드는 일 하나 해야 말이지. 그전처럼 논매기를 하나 밭매기를 하나. 그렇다고 논에 갈을 뜯어넣어, 밭에 퇴비를 베어깔어. 밭 갈고 논 가는 경운기가 산꼭대기 가파로운 비탈길까지 오르내리며 농작물 다 실어 나르지, 돌 많고 경사진 밭은 도자(불도저)가 밀고 포크레인이 파고 다듬어 일등 밭을 만드니 지게질 쟁기질로 있는 골병 다 들어 등골 빠지던 농산 이제 전설이 돼 버렸어. 아, 그 콤바인이란 기계 말이여. 그 기계가 처음 나와 그 자리서 벼 베고 벼 떨어 자루에까지 담아 주는 걸 보고 글쎄 이게 도무지 생게망게해 탄복을 했다니까. 귀신 곡할 노릇이라며.”

태수가 술잔을 비우고 하 교수에게 잔을 권했다.

“그게 다 위대한 과학의 힘이 아닌가. 세상 참 많이 좋아졌어. 엄청나게 발전도 하고.”

“글쎄 그게 위대한 과학의 힘이어서 좋아진 건지 발전한 건지 모르지만 농촌은 지금 젊은이가 없어 결딴이여. 하여간 젊은이란 젊은이는 짜기라도 한 듯 모두 도시로 가고 농촌은 늙은이들만 지키고 앉아 농사 지으니 이 늙은이들이 다 죽고 나면 그 땐 대관절 농촌은 누가 지키며 농산 누가 지을 거여? 농촌은 지금 송장 냄새나는 노인네만 모여 살고 있어. 그러다 노인네가 돌아가시면 사람 아닌 포크레인으로 땅을 파 장례를 모셔. 그러니 이게 어디 가당키나 한 일인가. 장례는 생로병사의 통과의례로 인생의 마지막 길 아닌가. 그런데 그런 마지막 길을 동네 청년들의 산역으로 치러지지 않고 기계로 땅을 파 끌어 묻으니 이게 어디 사람이 할 짓인가. 하 교수는 어떻게 생각하나. 우리가 젊었을 때는 동네에 큰일이 들면 경사든 흉사든 발벗고 나섰잖어. 특히 장사 같은 궂은 일은 내 일처럼 나섰지."

"그랬었지 동네가 한 타령으로."

"근데 지금은 아니여. 지금은 울력도 없고 두레도 없고 품앗이도 없어진 세상이여. 아니 젊은이가 없어 품을 살 수조차 없어. 형편이 이런데도 정부는 농촌으로 가라. 농촌으로 가라 하고 있지. 그러니 어떤 미친놈이 농촌으로 오겠나. 정부에서는 영농자금과 귀농 정착금을 대 주고 영농후계자니 농업 후계자니 하면서 그럴듯한 감언이설로 꼬시고 있지만 이걸 믿고 농촌으로 돌아오는 젊은이는 드물어. 어쩌다 죽지 못해 한두 사람 들어와도 몇 년을 못 버티고 떠나가. 왜 그런지 알어? 농촌에 있다가는 인간 취급도 못 받고 농사를 짓다가는 장가도 못 갈 판이니 누가 이런 농촌에 돌아와 농살 짓겠나. 하 교수! 이는 하 교수 같은 사람들의 책임이 커. 하 교수가 정치인이 아니어서 정책적으로는 어쩔 수 없을 지 모르지만 여론을 만들고 문제를 제기하는 역할은 할 수 있잖어. 농촌은 이제 황폐할 대로 황폐하고 피폐할 대로 피폐해져 빈사 상태에 놓여 있어. 아니 장송곡을 부르기 직전에 놓여 있어. 하 교수는 농촌 출신이고 또 농사꾼 출신이니 누구보다 농촌 사정을 잘 알겠지만 이 세상 어천만사 중에 농사보다 더 정직하고 더 신성하고 더 순수한 게 어디 있어. 한데도 농군은, 농사꾼은 못나고 못 배워 빙충이 같은 머저리 무지랭이들만 짓는 것으로 돼 있어. 지난 날 농경시대 땐 농사꾼을 뭐라고 했어. 농사는 천하의 근본이라고 해 '농자 천하지대본(農者天下之大本)'이라 했어. 한데 지금은 농자가 천하지대졸(大拙)이요 농자가 천하지대치(大癡)여. 이런데도 뭐? 농촌이 우리의 모향(母鄕)이요 농민이 우리의 대본이라고?"

태수는 여기까지 말하고는 억장이 무너지는지 '후유'하고 한숨을 토했다. 그리고는 앙가슴을 두들겼다.

"이왕 농촌 말이 나왔으니 한 마디 더하지. 지금 농촌은 빛 좋은 개살구여. 겉으론 번드레해도 속은 죄 피멍이 들어 있어. 다 파먹은 김칫독이란 말이여. 다 그 놈의 호랑이 같은 농가부채 때문이여. 그래서 남부여대 자꾸 떠나는 거지. 내가 나서 내가 자란 정든 고향, 조상의 산소가 모셔져 있어 대대로 살갑게 살던 상자지향(桑梓之鄕)을 왜 떠나 이촌향도(離村向都)하겠는가. 우선 우리 동네 학촌만 해도 떠난 집이 태반이여. 80여 호나 되던 초실한 동네가 반나마 떠나 이젠 40여 호밖에 안 돼. 그런데 이 중에서도 빈집이 또 여남은 채나 돼. 이러니 동네꼴이 뭐가 되겠어. 이는 그러나 우리 동네만 그런 게 아니여. 농촌은 어디 할 것 없이 대동소이해. 큰일이여. 정말 큰일이여. 이대로 가다간 농촌은 미구불원 망해. 문을 닫어!"

태수가 하늘가로 눈을 주며 또 한숨을 토했다. 이 때 건넛산에서 올빼미가 '쪽쪽쪽' 하고 울었다. 별똥이 찌익 포물선을 그으며 매봉산 너머로 떨어졌다. 뒤란과 풀섶에서는 상기도 풀벌레 소리가 애잔했다. 그런데도 동네가 시끄럽게 울어대던 개구리 소리는 그친 지 오래였다. 좌석은 한밤인 양 정적이 흘렀다. 봉구가 정적을 깨고 입을 열었다.

"여보게 하 박사. 무슨 수가 없을까? 아까 태수 이 사람도 말했지만 지금 농촌은 씨도 싹도 없이 망했네. 찬바람이 휙휙 돌아. 우리가 젊을 때만 해도 한 집에 청년이 한둘씩은 돼 좀 껀쩡했나. 80여 호에 젊은이가 백여 명이나 됐잖어. 헌데 이젠 한 사람도 없어. 환갑이 다 된 우리가 젤 젊어. 안 그러면 언제 돌아가실 지 모를 70노인과 80노인들뿐이고. 그래 동네는 늘 나간 집구석처럼 휑뎅그렁해. 친구들도 벌써 많이 죽고 또 이 곳을 떠나서 우리 또래는 우리 세 사람 뿐이여. 아, 구칠이와 만득이가 있긴 하지만 골골하니 살아 있어도 산목숨이 아니여. 구칠이는 풍으로 기동도 잘 못하고 만득이는 당뇨로 저릅처럼 삐쩍 말랐어. 촌눔이 무슨 대수로 당뇨에 걸려 그래. 당뇨는 고급병이라 돈 많은 사람한테만 걸린다는데. 우리가 하 박사한테 말을 안 해 그렇지, 우루과이라운든가 우루루라운든가가 생기고부터 농촌은 완전히 붕괴했어. 농사 짓다간 굶어죽는다고 대처에 나간 자식들 따라 갔다가 자살한 사람은 또 얼마나 많은데. 우선 우리 동네만 해도 상호 어른하고 종구 어른 두 분이여. 산 설고 물 선 타관 객지니 친구 없지 갈 데 없지 하는 일마저 없는 데다 골방에 처박아 놓고 본체만체 하니 국으로 농사만 짓던 양반들이 무슨 수로 살어. 이런 일은 다른 동네도 마찬가지여서 경성드뭇해. 그래 아무리 산업화시대요 정보화사회라 해도 우리의 뿌리인 농촌이 이렇게 무너져야 해? 나라에서는 무엇을 하고 농림부에서는 무엇을 하길래 농촌과 농민을 원두장이 쓴 외 보듯 하는 거여. 아니 이 나라에도 농림부가 있고 농업정책이 있어?

　하 교수! 무슨 수가 없을까? 무슨 방도가 없을까? 하 교수가 농림부 장관이 될 순 없어? 우리가 한번 대통령한테 하명준 박사를 농림부장관에 임명해 달라고 진정서를 내볼까? 연판장을 돌릴까? 아이구, 농민은 사람도 아니고 농촌은 사람 살 곳도 아닌지 원!"

봉구는 술을 자작으로 따라 거푸 석 잔을 마시고는 담배를 태워 물었다. 어지간히 속이 타는 모양이었다. 칠복이도 속이 타는지 술잔을 단숨에 비우고는 열을 올렸다.

"하 박사! 이 친구들 말이 다 맞어. 다 옳다구. 소화제 한 알 안 먹고도 나랏돈을 수백억 수천억 원씩 꿀꺽꿀꺽 삼킨 높은 사람들 돈만 몽땅 다 게워내 농촌에 투자하면 농촌은 좋아져. 그런데도 언 놈 하나 그 자들을 못 건드리고 있잖어. 본인들도 뻔뻔하게 곧댓질 하며 내전보살 하고 있고. 망해야 돼. 이러고도 안 망하면 그게 되레 이상하지. 지금 농촌엔 노는 땅이 말도 못하게 널브러졌어. 도시에선 노는 땅을 유휴지니 공한지니 하지만 농촌에선 이런 땅을 묵밭 또는 묵논이라 하잖어. 옛날엔 내 땅 한 평 없어 도지로 얻어 부치는 남의 땅도 얼마나 애지중지 공들여서 알뜰살뜰 농사지었어. 마름한테 7촌의 양자빌 듯 사정사정해 부치는 어울이논이나 도지논은 또 어땠고. 작인들은 지주한테 종살이보다 더한 모욕을 당하면서도 목구멍이 포도청이라 절치부심 참았어. 평생에 소원이 뭐였어. 일구월심 내 땅 몇 뙈기 갖고 내 소 한 마리 갖는 거였어. 이는 누구보다도 하 박사가 잘 알잖어.

하 박사!

지금 농촌은 기지사경에 놓여 있어. 그 귀한 땅, 그 귀한 토지가 그냥 묵어 있어. 천지 사방이 묵밭 묵논으로 나자빠져 있어. 손포가 없어서지. 땅을 부칠 만한 일손이 없어서지. 아니 농사는 무조건 안 짓겠다며 모두 모두 도시로 나간 때문이지. 그래, 이러고도 농촌이 안 망하고 농민이 안 망해? 그 뭐냐 아이엠에픈가 국제통화기금인가 하는 거 말이여. 그거 누구 땜에 생긴 거여. 그거 그냥 생긴 거여? 농촌이, 농민이 잘못해 생긴 거여? 그거 다 정치하는 사람들 잘못해서 생긴 거여. 이

나라 다스리는 사람들 잘못으로 생긴 거란 말이여. 안 그래 하 박사? 우린 다 그렇게 생각하고 있어. 보라구. 요즘은 어떤지 모르지만 아이엠에픈가 뭔가로 직장 잃고 사업 망해 길거리로 나앉은 사람이 얼마여. 노숙하는 사람이 얼마냐고. 그리고 자살한 사람은 또 얼마여. 오죽하면 자살을 하고 여북하면 가족 버리고 지하철 같은 데서 한둔하며 걸인 아닌 걸인 생활을 할까만 딱한 점도 없지 않어. 이 사람들이 농촌으로 들어와 농사 짓고 살면 얼마나 좋아. 노는 땅 많겠다 빈 집 있겠다. 몸뚱아리만 오면 되는데도 안 오거든. 도지 한 푼 안 받고 공짜로 부쳐 먹으라 해도 안 와. 젊은 사람들이라 힘도 좋고 머리만 좀 쓰면 특수작물로 돈도 벌 텐데 말이여. 왜 그런 줄 알어? 일을 하기 싫어서 그래. 힘든 일은 죽어도 안 하겠다 이거여. 그 왜 있잖어. 어렵고 힘들고 더러운 일 말이여. 그걸 뭐라더라. 3뭐? 아 그래 3D현상. 그 3D현상 땜에 농촌으로 안 들어오는 거여. 그러니 이게 어디 보통 일인가. 세상에 어렵지 않고 힘들지 않은 일이 어디 있어. 일을 신성하게 생각하고 해야는데 더럽다고 생각해 피하니 평생 배곯고 살어야지. 모두 배가 덜 고파서 그래. 옛날 같어 봐. 어디서 그따위 포시라운 소리가 나와. 남의 밑에 들어가 일 배우는 거나 기술 배우는 거, 그거 밥 먹여 주는 것만도 감지덕지해 돈 한 푼 안 받었잖어. 남의 집 일하는 것도 일부터 먼저 해 주고 품값은 나중에 겉곡으로 받었잖어. 그래도 서로 일을 하겠다고 자청했잖어. 헌데 요새는 빈둥빈둥 먹고 놀아도 일 좀 해 달라면 유세가 보통이 아니여. 요새는 일꾼이 일꾼 아닌 상전이여. 밥 해 먹이지. 술 사 주지, 담배 사 주지, 여기다 꼴에 군밤타령 하느라 고기반찬 없으면 밥도 안 먹으려들어. 송피 먹고 똥구멍 막혀 찢어지게 가난하던 생각은 왜 못하는지. 나물죽 조당수도 못 먹어 피똥만 싸던 그 기막히던 때는 왜 생각 못하는지. 앙화가 있지. 천벌을 받지……”

　칠복이 말을 마치고 담배에 불을 붙여 뻑뻑 빨아댔다. 좌석은 법당처럼 숙연했다. 동호와 동숙은 노트 하느라 정신이 없었다. 노트는 다시없는 물실호기여서 처음부터 열심이었다. 얼마나 좋은 기회인가. 그리고 얼마나 좋은 호재인가. 동호와 동숙은 정신 바짝 차리고 노트를 했다. 그런데도 하 교수는 꿀먹은 벙어리처럼 아무 말이 없었다. 적이나 하면 농업정책을 비판하며 열을 낼 만도 한데 하 교수는 조용히 듣기만 했다. 하 교수는 왠지 농촌이 이렇게 된 게 마치 자기 책임이라도 되는 듯 느껴졌다. 그래 차라리 함구하자 마음 먹었다. 할 말이 없어서가 아니었다. 말을 하기로 하면 태수들 보다 많으면 많았지 결코 적지는 않았다. 모처럼 찾은 고향을, 더욱이 그리던 옛친구를 만난 자리에서 농촌이 어떻고 농민이 어떻고를 말하기가 싫었다. 하 교수는 옛친구들과 함께 어린 날 그 가식 없던 시절로 돌아가 잃어버린 향수를 찾고 싶었다. 배고파 허기져 배를 움켜잡고도 좋아라 날뛰던 그 때를 찾고 싶었다. 그래서 실컷 웃고 실컷 떠들고 실컷 짓이 나고 싶었다. 그랬는데 그만 화제가 엉뚱한 쪽으로 흘러 분위기가 서먹해졌다. 하 교수는 가늘게 한숨을 토하고 하늘을 쳐다봤다. 하늘엔 성긴 별이 눈을 깜박이며 졸고 있었다. 금모래를 뿌려놓은 듯 반짝이던 별이 듬성듬성 성긴 것으로 봐 밤이 꽤 깊은 듯했다. 그러고 보니 개밥바라기도 한쪽으로 척 이울어져 있었다.

　다음 날부터 하 교수는 종제 명수를 따라 일터로 나갔다. 일터엔 물론 동호와 동숙이도 함께였다.

하 교수는 맥고모에 작업복 차림을 하고 꽁무니엔 타월까지 척 걸친 채였다. 손엔 호미가 들려져 있었다.

"단단히 단도릴 하셨군요, 형님."

하 교수의 차림새를 보자 명수가 알 만하다는 듯 예의 황소웃음을 웃었다.

"놈들에게 행여 동정을 보내선 안 되네. 놈들이 아무리 힘들어해도 모른 체해야 하네."

하 교수는 아이들 몰래 명수에게 당부한 말을 재삼 강조했다.

"그렇지만 형님, 센 농사일을 한 번도 안 해본 아이들에게 어떻게 시킵니까. 일은 일대로 안 되고 애는 애대로 먹습니다."

"어허, 웬 말이 그리 많은가. 시키면 시키는 대로 할 일이지."

"형님도 고집은 참⋯⋯."

"고집이 아니야. 농사가 얼마나 힘든다는 걸 알아야 해. 그래서 산다는 게 얼마나 힘들고 먹는다는 게 얼마나 소중하다는 걸 알아야 해."

"그래도 그렇지요. 아, 햇피둘기가 어떻게 재를 넘습니까. 이 복중에 가만히 있어도 땀이 줄줄 흐르는데, 무슨 수로 저것들이 그 일을 해냅니까."

"어허 이 사람, 한 입 가지고 두 말하네. 가만 있겠다 한 건 언제고 지금 와서 딴 소리야."

"암만 생각해도 부대견한 것 같아 그렇지요."

"괜찮아. 놈들도 선뜻 따라 나섰잖아."

"그거야 멋도 모르고 따라나선 거지요. 동호는 또 몰라도 동숙인 큰일나요. 괜히⋯⋯."

"잔소리 말고 빨리 가기나 해. 저 놈들 듣겠다."

하 교수는 뒤를 한 번 돌아보고 걸음을 재게 놀렸다. 이런 속내도 모르고 동숙이,

"아빠, 두 분이 무슨 말씀을 그렇게 재미나게 하세요?"

하더니 쪼르르 달려왔다. 그런 동숙이 벌써 이마와 콧잔등에 땀이 송알송알 맺혀 있었다.

"아니다. 농사에 대한 애길 나눴다."

하 교수는 어벌쩡 휘갑치며 걸음을 더욱 재게 놀렸다.

오늘 일은 그루조밭 매기였다.

그루조는 수익성이 높지 않고 또 잘 먹지도 않아 남들은 별로 심지 않았지만 명수는 그러나 보리를 베어내고 그루조 한 뙈기씩을 매년 심었다. 이는 그루콩도 마찬가지여서 해마다 콩가마 소출은 심었다. 그리고 남들이 기피하는 밀과 보리도 조금씩은 갈았다. 힘 안 들이고 짓는 농사는 왠지 농사 같지가 않아 비닐하우스니 멀칭재배니 하는 비교적 힘 덜 들고 수익성 좋은 특수작물 외에도 힘든 농사일을 자청해서 하고 있는 터였다.

"자, 이제 한번 해 볼까."

밭에 이르자 하 교수가 손바닥에 침을 타악 뱉으며 호미를 그러쥐었다. 그러더니 조밭 고랑의 두둑에 쪼그려 앉아 시범을 보이기 시작했다.

"자알들 보거라. 조밭을 어떻게 매는고 하면 말이다. 우선 호미 끝으로 바랭이부터 뽑는다. 바랭이란 비름이나 닭의 장다리 같은 풀인데, 이건 비름이고 이건 닭의 장다리다. 그런 다음 두둑을 이렇게 허비고 조가 촘촘해 뵌다 싶은 곳은 이렇게 솎아낸다. 그리고 그 솎아낸 조 사이사이를 호미 끝으로 허벼준다. 알겠지들?"

하 교수가 시범을 마치고 아이들을 돌아봤다.

“예!”

동호가 힘차게 대답하며 밭두둑에 쪼그려 앉았다.

“동숙이 넌?”

“저두요.”

“그럼 빨리 시작해. 근데 말이다. 너희들 중도 포기하면 안 된다. 애비하고 약속한 대로 해 저물 때까지 하기다?”

“염려 마세요, 아버지.”

동호가 자신 있게 말하며 호미질을 시작했다.

“동숙이 너두지?”

“예, 아빠.”

“좋다, 딴 소리하면 국물도 없다.”

그러나 명수는 머리를 절레절레 흔들며 사뭇 애처로운 표정이었다. 아무래도 안 되겠다는 얼굴이었다. 한데도 하 교수는 막무가내로 모른 체했다. 그래도 아이들은 눈치채질 못했다.

일은 어렵고 힘들었다.

처음 한참 동안은 별로 힘드는 줄 몰라 서투른 대로 할 수 있었는데 시간이 지남에 따라 일은 점점 더 어렵고 힘들었다. 우선 무엇보다 다리가 아프고 허리가 뒤틀려 견딜 수가 없었다. 게다가 용광로처럼 이글거리는 태양이 불을 퍼붓듯 머리 위에 화끈거려 땀이 몸 전체로 뒤발하듯 흘렀다. 그런 데다 달 대로 단 지열까지 후끈후끈 치받쳐 올라와 숨통을 막히게 했다.

“아이고 죽겠네!”

동숙은 그만 밭고랑에 퍼질러앉아 울상을 지었다. 동호도 못 견디겠는지 주리틀 듯 몸을 뒤틀고 있었다. 그런데도 아버지와 당숙은 아무렇지 않은 듯 저만큼 앞서 잘도 매 나아갔다.

이런 경황에서도 동숙은 자기가 매 나온 이랑을 돌아보고 피식 웃었
다. 여태껏 죽어라 맨 것이 겨우 서너 발 될까말까 했다. 동호도 오십
보 백 보로 서너 뼘 앞서 있을 뿐이었다.

"동숙아, 힘들지?"

동호가 가아맣게 긴 사래를 내다보며 절망하듯 말했다.

"죽겠어, 어쩌지?"

동숙이 호미 끝으로 땅을 콕콕 찍으며 징징 우는소리를 했다.

"글쎄 말야, 아버지와 단단히 약속을 했으니 안 할 수도 없잖아. 이
럴 줄 알았으면 약속은 안 하는 건데."

"누가 아니래, 난 쉬운 줄 알고 좋아라 약속했단 말야."

동숙은 아버지가 원망스러웠다. 그리고 당숙이 얄미웠다. 적이나 하
면 아버지를 설득시켜 말릴 만도 한데, 당숙은 처음부터 그런 낌새라
곤 없어 보였다.

"자업자득이지 뭐. 우리 죽을 각오로 한 번 해 보자!"

동호는 감당 못하게 흐르는 얼굴의 땀을 타월로 닦아내며 등산모를
벗어 활랑활랑 부채질을 해대더니 다시 밭을 매기 시작했다. 그러나
동숙은 여전히 징징 우는 얼굴로 쌕쌕 가쁜 숨만 몰아 쉬었다. 죽으면
죽었지 이제 더는 배겨낼 수가 없었던 것이다. 한데도 아버지는 이 딱한
사정을 아는지 모르는지 당숙과 사이 좋게 밭을 매 나아가기만 했다.

동숙은 사정없이 내리 퍼붓는 불볕을 노박이로 맞으면서 저 만큼 앞
서 간 아버지와 당숙을 바라봤다.

아버지는 화끈거리는 지열에 발바닥이 뜨거운 지 두꺼운 농구화를
신었음에도 불구하고 발을 옮길 때마다 신발 밑바닥에 풀을 깔아댔다.

그러나 당숙은 밑창이 다 닳아빠진 얇은 고무신을 신었는데도 풀 한 번 대지 않고 맨으로 버텨나갔다.

동숙은 이런 아버지와 당숙을 멀거니 바라보다가 무슨 생각이 들었는지 호미에 힘을 쥐 다시 밭을 매기 시작했다. 땀이 비오듯 흘러 눈을 뜰 수가 없고 허리와 다리가 잘려나가듯 아팠지만 이를 물었다. 그리고 팔뚝이 쓰라려 욱신욱신 하고 손바닥에 물집이 생겨 입이 딱딱 벌어지게 고통스러웠으나 역시 이를 물었다. 아버지와 당숙은 그사이 긴 사래의 밭 한 고랑씩을 다 매고 밭 가 밤나무 그늘에 앉아 한가로이 담배를 태우고 있었다. 동숙은 부럽기 그지없었다. 앞가슴을 탁 풀어 헤친 채 시원한 그늘에 앉아 매미 소리 들으며 편안하게 쉬는 아버지와 당숙이 신선처럼 느껴졌다. 매미는 이런 신선을 의식하기라도 한 듯 기를 쓰고 울어댔다. 매미는 '맴맴 매에엠' 하고 우는 참매미였는데, 참매미 소리에 심통이 났는지 개울가 미루나무에선 말매미가 '째에' 하고 귀청 떨어지는 소리를 했다. 그러자 밭 귀퉁이 뽕나무에서 지울매미가 너희들만 울기냐는 듯 '지울 지울 지울' 하며 다부진 소리로 떠들어댔다. 주위는 삽시에 반란을 일으키듯 매미 소리로 뒤덮였다.

오뉴월 긴 긴 해라더니 과연이었다.

웬놈의 해가 그리도 긴 지 아무리 쳐다봐도 해는 삶아 박은 듯 그 자리에 있었다. 정말 지겹도록 긴 여름 해였다. 아니 역사처럼 긴 여름 해였다.

동호는 쳐다봐도 쳐다봐도 넘어갈 줄 모르는 해를 보고 문득,

"저 씨팔놈의 해는 품도 안 팔아봤나!" 하고 절규했다던 어느 작가의 처절한 체험소설(자전소설)을 떠올렸다.

긴 긴 여름 날, 막노동판에서 피오줌의 혈뇨를 누며 코에서 단 내가

확확 나도록 센 일을 하면서 이 때나 저 때나 해를 쳐다봐도 해는 넘어
갈 생각조차 않은 채 하늘 복판에 그대중으로 붙박혀 있어 욕을 해댄
다는 그 소리, 저 씨팔놈의 해는 품도 안 팔아 봤나.

　동호는 이제야 그 작가의 말뜻을 알 것 같았고, 그 작가의 심경을
헤아릴 것 같았다. 얼마나 고되고 얼마나 힘이 들면 쳐다봐도 쳐다봐
도 넘어가지 않는 해한테 저 씨팔놈의 해는 품도 안 팔아봤나 하고 욕
을 했을까.

　동호는 다리가 아프고 허리가 뒤틀려 땡볕의 깨벌레처럼 몸부림치
면서도 독하게 마음 먹고 조밭을 매 나아갔다. 이제 땀 같은 건 문제도
안 되었다. 팔뚝이 얼얼하고 손바닥에 물집이 생겨 쓰린 것도 문제 밖
이었다.

　그러나 목마르고 배고픈 건 견딜 수 없는 고역이었다. 아니 참을 수
없는 형벌이었다. 동호는 시원한 냉수와 김이 무럭거리는 보리밥 생각
이 간절했다. 오장 육부가 시린 냉수 한 사발을 벌꺽벌꺽 들이키고, 옷
을 훌훌 벗어던져 시원한 냇물에 텀벙 뛰어들었다가 보리밥을 바가지
에 붓고 겉절이와 된장찌개를 고추장과 함께 썩썩 비벼 허발나게 퍼먹
었으면 원이 없을 것 같았다.

　생각이 여기에 미치자 동호는 똥마려운 강아지처럼 좌불안석했다.
물이 눈앞에 있어도 마시지 못하는 이 비극. 이는 얼마나 기막힌 탄탈
로스의 비극인가.

　동호는 손을 내밀면 닿을 것 같은 밭가의 냇물을 바라보며 몸달게
입맛만 다셨다. 그러다 문득 동숙이 생각이 나 고개를 뒤로 돌렸다. 내
가 이토록 목이 타고 배가 고푼데 동숙은 오죽하랴 싶었던 것이다.

　아니나 다를까, 동숙은 초주검이 된 몰골로 축 처져 있었다. 그것은

흡사 서리맞은 호박잎 꼴이 아니면 지쳐 늘어진 파김치 꼴이었다. 이 때 하 교수가 "애들아, 어떠냐. 할 만하냐? 얼른 한 고랑씩 매고 쉬어야지." 하고 소리쳤다. 보니 아버지는 당숙과 함께 벌써 두 고랑째의 밭을 반 이상 매 나오고 있었다. 그런데도 빈말이나마 애쓴다, 쉬었다 하라는 말 한 마디 없었다. 이는 당숙도 마찬가지여서 헛말 삼아 수고한다는 말 한 마디 없었다.

동호는 그런 아버지와 당숙이 좀은 야속했다. 그러나 원망하진 않았다.

동호는 알고 있었다.

왜 아버지와 당숙은 농사에 대해 아무 것도 모르고 농사일 또한 전혀 할 줄 모르는 우리를 생으로 고생시키는가를…….

아버지와 당숙이 정녕 손이 모자라 밭매기꾼이 필요했다면 동식이 동근이는 물론 동순이까지도 밭매기에 동원했을 것이다. 그러나 동식이들은 동원되지 않았다. 이것 하나만 봐도 아버지와 당숙의 저의가 무엇인지 그 속내를 확연히 알 수 있었다.

점심은 꿀맛이었다.

점심은 하 교수의 제의에 따라 집에서 먹지 않고 들에 내다 밭 가 밤나무 그늘에서 먹었는데, 너무 배가 고프던 터라 어떻게 먹었는지도 모르게 고봉밥 한 그릇을 먹어치웠다.

동호는 세상 천지 이렇게 밥맛 좋은 건 처음이었다. 밥은 쌀보다 보리쌀이 더 섞여 있어 꽁보리밥에 가까웠는데도 들이라 들이라 했다.

이는 동숙이도 마찬가지여서 들이씹고 내씹고가 없었다. 그래 어제 저녁 식사 때처럼 젓가락을 들었다 놓았다 하며 고양이 밥먹듯 깨작거리질 않았다. 몸은 지쳐 파김치가 되고, 팔다리는 뒤틀려 삭신이 쑤시는데도 밥맛은 꿀맛이어서 천하일미였다.

천하일미는 저녁 식사 때도 매한가지여서 동숙은 밥 한 그릇을 게눈 감추듯 했다.

"어떠냐? 밥맛이 꿀맛이지?"

저녁 식사를 마치고 상을 물리자 하 교수가 비로소 아는 체하며 입을 열었다.

"예!"

동숙은 기어드는 소리로 대답하고 몸을 비틀었다. 몸이 자꾸 뒤틀려 저도 몰래 비틀어졌던 것이다.

"수고들 했다. 고단할 텐데 좀 눕거라."

하 교수가 멍석에 벌렁 몸을 누이며 팔베개를 했다.

"어쩔 테냐. 내일 하루 더 할 테냐 말 테냐. 내일은 콩밭에 풀 뜯는 일이다."

그러나 동숙은 대답하지 않았다.

"왜, 못하겠냐? 그러나 해야 한다. 내일 하루만이라도 더 해야 한다. 그리고 나서 애비와 얘기하자. 알겠니?"

"예!"

동숙은 또 기어드는 소리로 대답했다.

"동호, 너도 알았지?"

"예!"

"그럼 됐다. 동호 너는 동식이와 함께 앞내에 가서 목물하고, 동숙이 넌 동순이와 함께 뒤꼍 샘물에 가서 등물해라. 그리고 일찌감치 자거라. 오늘밤은 잠맛도 꿀맛일 게다."

하 교수는 말하고 쫓다시피 아이들의 등을 밀었다. 한데도 아이들은 몸을 잘 가누지 못해 한참을 버둥대다가 일어났다.

"형님, 너무하셨어요. 쟤들 지금 몸도 제대로 가누지 못해요."

아이들이 일어나 안으로 들어가자 명수가 마당으로 나오며 혀를 끌끌 찼다. 명수는 개다리상에 이홉짜리 소주 한 병을 받쳐들고 있었다.

"죽을상이지? 그럴 거야. 하지만 내일 아침 일어나 보라지. 굴신도 못할 테니."

"원 형님도 참. 무슨 재미로 애들 일 시킨 것 같네요. 그런 형님은 온전하실 것 같애요?"

"나야 해본 솜씨 아닌가."

"그래도 몇 십 년 안 하셨잖아요. 농사일이란 삼동 놀다 봄에 시작해도 생부지 같은데요 뭐."

"하긴…… 나도 실은 지금 말을 안 해 그렇지 삭신이 쑤시고 뒤틀려 떨어져 나갈 것 같애. 몸도 천 근은 되는 것 같고……."

"거 보세요. 형님이 그런데 쟤들은 어떻겠어요?"

"죽을 지경이겠지."

"아시긴 아시네요. 쟤들 아마 밤새 꽁꽁 앓을 겁니다. 자, 형님 술 한 잔하십시다."

명수가 하 교수에게 잔을 권하고 술을 쳤다.

"어떤가. 올해도 평년작은 되겠지?"

하 교수가 잔을 비워 명수에게 반배했다.

"그럼요. 요즘이야 흉풍이 따로 있나요? 해마다 풍년이지요."

"하지만 옛날이야 어디 그랬나. 한 해 풍년이다 싶으면 몇 년은 흉년이었지."

"누가 아닙니까. 다 시절 못 만난 탓이지요."

"시절? 시절은 그래도 그 때가 백 배는 나앗지."

"인심이야 그랬지만 농사야 지금이 열 배는 낫지요."

"허, 사람. 난 혼사말 하는데 자넨 장사말 하는구만!"

술이 몇 순배 돌자 하 교수는 거나해졌다. 명수도 술이 오르는지 얼굴이 불콰해졌다.

"그 때는 웬 흉년이 그리 드는지, 골골마다 아우성이었지."

"가뭄과 장마는 또 얼마나 심했구요. 비가 안 와 곡식이 배배 타 들어가는 꼴은 목불인견이었지요. 다 지은 농사 장마 홍수에 파묻히는 꼴도 목불인견이었구요."

"그리기에 자식 죽는 꼴과 곡식 타죽는 꼴은 눈뜨고 못 본다 했겠지. 홍수에 전답 파묻히는 꼴도 그렇고……."

"누가 아니랍니까. 추위는 또 얼마나 매웠는데요. 삼한사온이 맞았으니 망정이지 안 그랬다면……."

"못 먹고 못 입어 더 추웠을 거야. 헐벗고 굶주리는 데야 장사가 있나?"

"그렇지요. 잘 먹고 잘 입어야 추위도 덜 타지요."

"어디 추위뿐인가? 더위는 또 얼마나 대단했는데."

"대단했지요. 그러나 가물에 곡식 타죽고, 장마에 곡식 녹는 것에 대면 아무 것도 아니지요. 요즘이야 수리시설이 좋고 양수기도 흔해 웬만한 가뭄이야 이겨낼 수 있지만 그 때야 어디 그랬나요? 가물기만 하면 꼼짝없이 당했지요."

"그랬었지. 참, 기막힌 시절이었어."

"그 땐 그리고 형님, 강철이 골골마다 휘젓고 다닌 모양이지요?"

"강철이? 지나가기만 하면 초목과 곡초(穀草)가 죄 말라죽는다는 그 강철이 말인가?"

"예!"

"어른들은 그렇게들 말씀하셨지. 그리고 강철이는 또 미운 골만 찾아다닌다는 말도 있었고…… 그래 강철이 간 데는 가을도 봄이라는 말이 생겼어."

두 사람은 주거니 받거니 소주 한 병을 다 비웠다.

"형님, 한 병 더 하실래요?"

명수가 빈 소주병을 흔들며 아쉬운 듯 물었다.

"왜, 더 하고 싶은가?"

"전 됐습니다만 형님께서……."

"아니야. 나도 됐어. 지금이 딱 알맞아."

"그럼 저랑 뒤꼍에서 등물이나 하고 주무시지요. 고단하신데."

"그러지."

하 교수는 대답하고 몸을 일으켰다. 그러나 하 교수는 그 자리에 풀썩 주저앉고 말았다. 무릎뼈가 떨어져 나가기라도 하듯 '우두둑' 어긋나는 소리와 함께 허리가 뒤틀려 몸의 중심을 잡을 수가 없었기 때문이었다.

"거 보세요 형님. 맨날 청춘인 줄 아세요?"

명수가 하 교수를 일으켜 세워 부축했다.

"나이엔 장사가 없구만. 그 일에 이 모양이니."

"그 일이라니요. 그 일이 얼마나 힘드는데요. 게다가 형님은 몇 십 년만에 하셨잖아요. 그것도 갑자기 말이지요."

"하긴……."

하 교수는 누구한테 실컷 두들겨맞은 듯 온 몸이 쑤시고 결렸다.

다음 날은 예정대로 콩밭 매는 일을 시작했다.

콩밭은 그러나 김을 맨다기보다는 풀을 뜯는 작업이어서 호미 대신 손으로 풀을 뜯어야 했다.

콩밭 풀 뜯는 일은 고역 중의 고역이었다. 콩의 키가 무릎 높이를 지나 겨드랑이까지 차 올라 와 여간 힘든 게 아니었다. 선 자세로 허리를 굽혀 풀을 뜯으려니 허리도 아플 뿐만 아니라 억센 콩잎이 얼굴과 턱을 찔러 견딜 수가 없고, 앉아서 풀을 뜯으려니 콩숲에 묻혀 숨이 확확 막혀서 질식할 것 같았다.

'아, 이것도 무지 힘드는구나!'

동숙은 앉았다 일어섰다 하면서 구슬땀을 뚝뚝 떨구었다. 그러나 가장 참기 힘든 것은 질식할 것 같은 콩밭 속의 공기와 물집으로 터져 쓰라린 손바닥의 통증이었다.

한데도 동숙은 이를 물고 참았다. 아니 참지 않을 수가 없었다.

동숙이 자신이 생각해도 용하다 싶게 참을 수 있었던 것은 의지와 오기 때문이었다. 그리고 돈을 주고도 살 수 없는 귀한 체험 때문이었다. 고되고 힘들어 미칠 것 같은 고통을 생각하면 세상 것을 다 준다해도 결코 못할 일이었다. 하지만 장차 작가가 되겠다는 꿈을 가지고 있고 또 작가만이 필생의 업이어야 한다고 치부하다 보니 아무리 고되고 힘들어도 참고 견디지 않을 수가 없었던 것이다. 가장 한국적인 작품을 쓰고 싶고, 또 가장 어려운 시대를 살았던 사람들의 이야기를 써 보고 싶은 게 희망인 동숙으로서는 설령 이보다 더한 고통을 겪는다 할지라도 견뎌야 할 수밖에 없는 노릇이었다. 그리고서라도 훌륭한 소재(素材)와 훌륭한 제재(題材)를 얻을 수만 있다면 그것으로 고통에 대한 보상은 충분한 것이었다.

이런 생각은 동호도 비슷한 바여서 이를 물고 고통을 참았다. 명색이 한국 역사를 공부하고 한국 역사 중에서도 한국 근대사를 전공하는 사학도가 이런 고통 한 번 겪지 않고 어찌 죽백(竹帛)을 온당하게 기록할 수 있으랴 싶었던 것이다.

'그렇다, 나는 사학도다. 역사를 바로 알아야 할 사학도다!'

동호는 입으로 쏟아져 내리는 땀방울을 푸푸 내뱉으며 허물어지려는 자신을 타일렀다. 그 타이름은 동숙이 큰 교훈으로 작용했다. 저 어리고 연약한 동숙이가 이 엄청난 고역을 참고 견디는데 오빠인 내가, 더욱이 튼튼한 사나이인 내가 이것 하나 못해낸다면 장차 아무 일도 할 수 없을 것 같았다. 생각이 여기에 미치자 동호는 애써 휘파람까지 불면서 고통에 맞섰다. 그러나 아무리 그래도 고통은 상쇄되지 않았다.

'아아, 이렇게 힘드는 것을 농군들은 평생 동안 하는구나!'

동호는 그만 괜히 죄스러워 휘파람을 그친 채 그 자리에 풀썩 주저앉았다.

그리고는 손을 가린 채 해를 쳐다봤다. 도무지 배가 고파 견딜 수가 없었던 것이다. 뱃속은 아까부터 아이구 배고파 아이구 배고파 하며 아우성치듯 반란을 일으키고 있었다. 그런데도 해는 아직 하늘 복판에 이르자면 차례 먼 시각이었다.

이런 시각이 얼마나 흘렀을까. 하 교수가 마침내

"얘들아, 나오너라. 점심 먹자!"

하고 소리쳤다. 동호는 이 소리가 너무 반가워

"예, 아버지!" 하는 대답과 함께 밭가로 뛰어갔다. 동숙이도 이 소리가 반가웠던지 단숨에 밭가로 뛰어왔다. 동호는 또 해를 쳐다봤다. 해는 이제사 하늘 복판에 와 있었다.

'아아, 한나절 해가 이렇게도 길다니!'

동호는 한나절 해가 천 년이나 된 듯 아득하게 느껴졌다.

점심은 어제의 그 밤나무 그늘에서 먹었다. 콩밭과 조밭은 한 곳에 있었으므로 밭은 한 뙈기였다.

"어떠냐. 고단들하지?"

보리밥 한 사발을 겉절이에 비벼 걸신들린 듯 퍼먹고 나자 하 교수가 대견스러운 표정을 지은 채 입을 열었다.

"피곤들 할 게다. 자, 시원한 그늘에 한 잠 푹들 자거라. 애비도 담배한 대 태우고 잘 테다."

하 교수는 말하고 담배를 태워 물었다.

"그려, 한 잠 푹들 자. 그럼 고단한 게 좀 풀릴 거야. 여기 드러누우면 얼마나 시원하다구. 드러눕기만 하면 단박 잠이 솔솔 올 거야."

당숙도 그렇다는 듯 머리를 주억거렸다.

"그럼 자고들 있어. 아저씬 볼일이 있어 집에 좀 다녀올게."

당숙은 이 말과 함께 몸을 일으켰다.

당숙이 집으로 가고 아버지가 돌베개를 돋워 베자 동호와 동숙은 잠시 정물처럼 앉아 있다가 누울 자리를 만들었다. 이런 데서 낮잠을 잔다는 게 퍽은 우스웠지만 그러나 되레 잘된 일이지도 모른다 싶었다. 기왕에 나선 걸음 아닌가. 그렇다면 제대로 한 번 해 보는 것도 괜찮은 일이었다. 그래서 철저하게 적극적으로 한 번 동화돼 보는 게 좋을 성싶었다. 이는 동호와 동숙이 똑같이 느낀 바여서 차라리 잘된 일이다 싶었다.

자리를 대강 다듬은 동호와 동숙은 누가 먼저랄 것 없이 몸을 뉘었다. 하 교수는 어느 새 고롱고롱 가는 코까지 골고 있었다.

"아빤 벌써 주무시나 봐."

동숙이 누운 자세로 하 교수를 돌아봤다. 하 교수는 한밤중인 양 혼곤히 잠들어 있었다.

"좀 고단하시겠니. 젊은 우리가 이렇게 죽을 지경인데."

"하긴……"

"근데 동숙이 너 참 잘 참는구나. 난 놀랬다, 네 의지에."

"죽기 기를 쓰고 참는 거지 뭐. 오빠두 죽겠지?"

"말도 마. 농민들을 다시 보기로 했어. 농민이라면 무조건 고개 숙이기로 했어."

"정말이야. 난 농사일이 이렇게 힘드는 줄 몰랐어. 농민들이 가여워."

"우리가 애먹는 건 일이 익숙지 못해 더할 거야. 어려서부터 농사일이 몸에 뱄다면 덜 할 텐데."

"아무리 그래도 고역이야. 난 이번에 참 많은 것을 배웠어. 몸은 고단해 죽을 지경이지만 잘했다 싶어."

이 때 바람이 쏴아 하고 여울물 소리를 내며 불어왔다.

"어, 시원하다. 이거 처녀 죽은 바람이구나."

"처녀 죽은 바람?"

"그래!"

"그게 무슨 뜻이야."

"몰라 나두, 이런 바람을 처녀 죽은 바람이래."

"누가?"

"책에서 봤어."

"에이, 엉터리."

동호와 동숙은 여기까지 말하고 또 누가 먼저랄 것 없이 눈을 감았다.

눈을 감자 두 사람은 이내 아련한 잠 속으로 꼬물꼬물 빠져들었다.

얼마나 잤을까.

동호와 동숙은 하 교수가 흔들어 깨우는 소리를 잠결에 어렴풋 들으면서도 냉큼 눈이 떠지질 않았다.

"이 놈들 이거 아주 단단히 곯아떨어졌구만 그래. 아, 이 놈들아 어서 일어나. 해 넘어간다."

하 교수가 재차 흔들어 깨워서야 두 사람은 비로소 눈을 떴다."

"무슨 잠을 한도 끝도 없이 자냐. 해를 봐라. 벌써 석양이다."

하 교수가 미소를 띤 채 해를 가리켰다. 그러고 보니 해는 그 사이 설핏 기울어 있었다.

"실컷들 잤지? 암. 늘어지게 잤을 게야. 하마 시간이 얼만데. 자, 이제 좀 씻고 원두막으로 가자. 가서 참외랑 수박이랑 먹자."

당숙이 수선을 떨며 예의 황소 웃음을 웃었다.

"그래, 그렇게 하자. 너흰 이 시각부터 해방이다. 혼들 났다. 그리고 장하다. 정말 장하다!"

하 교수는 동호와 동숙의 어깨를 툭툭 몇 번 쳐 주고 자리를 일어났다.

동숙은 그러나 왠지 아쉬웠다. 그리고 왠지 눈물이 나려했다. 해방

이라는 소리가 구세주나 되듯 반가우면서도 마음 한구석엔 뭔지 모를
아쉬움이 앙금처럼 남겨졌다. 농사일이 아무리 힘들지라도 지쳐 쓰러
질 때까지 버티면서 극한 상황이 어떤 것인가를 맛보고 싶었는데 이제
그만 허사가 되고 보니 아쉬움으로 남는 지 모를 일이었다.

그렇다면 눈물이 나려함은 또 무엇 때문일까?

이는 아마도 장하다 칭찬하며 어깨를 툭툭 두들겨 준 하 교수의 부
정(父情)에 감동해서인지 모를 일이댔다.

이런 감정은 동호도 비슷한 바여서 해방이 주는 기쁨에 뛸 듯이 반
가우면서도 마음 한 구석이 왠지 석연찮았다.

원두막은 동구 밖 장승백이 쪽에 있었다.

"자, 실컷들 먹어라. 자식 입에 음식 들어가는 것하고 마른논에 물
들어가는 것하고가 제일 보기 좋다니까 아버지 마음이 흡족하실 거다.
그렇지요 형님?"

원두막에 올라앉자 당숙은 수선부터 떨며 하 교수를 흘끔거렸다. 그
러나 하 교수는 빙긋 웃기만 할 뿐 대답이 없었다.

참외는 달고 맛있었다.

수박도 예외는 아니어서 입안에서 살살 녹았다.

"거 참 맛있는데. 이거 참외와 수박 맛은 변하지 않았구만."

하 교수가 사발만한 참외와 아이 머리통만한 수박을 반나마 먹고는
당숙을 쳐다봤다.

"그럼요 아, 형님, 이 밭이 어떤 밭입니까? 수박 참외는 이 밭 토질
따라갈 밭이 근동에선 없지요."

동호와 동숙이도 정신없이 먹어댔다.

"어떠냐. 맛있지? 서울서 먹던 것하고는 비교도 안 되지?"

당숙은 의기양양해서 칼 놀림이 더욱 빨라졌다.

"그런데요 정말. 둘이 먹다가 한 사람이 죽어도 모르겠어요. 아저씨."

동호가 농반 진반으로 우스갯소리를 하자 당숙은

"암 암. 참외 수박은 이 밭 따라올 밭이 없지 없어!"

하며 또 황소웃음을 씨익 웃었다.

"이제 그만 깎으세요. 아저씨. 맛은 꿀맛인데 배가 불러 더 못 먹겠어요."

동숙이 실컷 먹었는지 한 발 물러앉으며 말했다.

"그래, 그만 깎어. 그리구 볼일 봐. 우린 예서 얘기하다 저녁 먹을 즈음해서 갈 테니까."

하 교수가 원두막 기둥에 등을 기대며 담배를 태워 물었다.

"그러실래요? 이따 그럼 제가 다시 오지요."

"아니야, 올 것 없어. 우리가 가면 될 텐데 뭘."

"그렇게 하세요. 그럼, 저 먼저 갑니다."

당숙이 집으로 가자 원두막은 한결 조용해졌다.

"고단들 한데 기둥에 등 대고 편한 자세로 앉아라. 발도 쭈욱 뻗고 말이다."

하 교수가 발을 뻗으며 인자하게 말했다. 이 때 풀무치 한 마리가 푸르르 날아와 동숙의 바지에 앉았다.

"엄마! 이게 뭐얏!"

동숙이 자지러지듯 소리치며 몸을 벌떡 일으켰다. 하 교수가 빙긋 웃으며

"녀석 놀라긴. 괜찮다. 그건 풀무치라는 거다."

하고는 동숙의 바지에 붙은 풀무치를 떼어 풀섶으로 날렸다.

"너희들 조오기 조기를 봐라. 푸른 바탕에 검은 색깔 띤 메뚜기처럼 생긴 거 있지? 저건 송장메뚜기라는 거다."

하 교수가 원두막 밑 풀섶을 가리켰다.

"가만 있자. 저긴 또 방아깨비도 있구나!"

하 교수는 이 말과 함께 원두막을 펄쩍 뛰어내려 방아깨비를 움켜쥐었다. 그리고는 뒷다리 두 개를 잡고

"아침 방아 찧어라, 저녁 방아 찧어라."

하고 아래위로 움직였다. 그러자 방아깨비는 신통하게도 꺼떡꺼떡 방아 찧는 시늉을 했다.

"아이 어쩌면…… 아빠, 그거 진짜로 방아 찧는 거예요?"

동숙이 신기해서 손뼉을 짝짝 쳤다.

"그럼. 어떠냐, 재밌지? 너도 한 번 해 보련?"

하 교수가 방아깨비를 동숙에게 건네자 동숙이

"괜찮아요 아빠? 안 깨물어요 아빠?"

하면서 몇 번이나 다짐한 끝에 조심스레 방아깨비를 받아들었다.

"야아, 방아 찧네 정말!"

동숙은 좋아라 소리치며 어린애처럼 깡총거렸다.

"그러게 방아깨비지."

"방아를 잘 찧어서 붙여진 이름이군요."

"그렇지. 방아에 있어선 단연 선수지."

"타의 추종을 불허할 만큼요?"

"암!"

"아빠 어리셨을 때 이거 많이 해 보셨죠?"

"물론. 애빈 이런 놀이로 유년기를 보냈단다. 방아 찧다 싫증나면 실로 다리를 묶어 끌고 다니고, 끌고 다니다 싫증나면 구워먹기도 하면서……."

"이걸 먹어요 아빠?"

"먹었지. 이건 본시 먹는 거란다. 고소하고 맛이 좋다, 메뚜기처럼."

방아깨비는 동숙의 손에서 계속 방아를 찧어댔다.

"아이 재밌어. 요고 아주 지칠 줄도 모르고 계속 찧네."

동숙은 방아깨비가 꺼덕일 때마다 고개를 따라 꺼떡이며 까르르 까르르 웃었다.

"그렇게 재밌니? 그럼 나도 한번 해 보자."

동숙이 재미있어 어쩔 바를 몰라하자 동호가 호기심 어린 눈으로 동숙을 쳐다보며 한 발 가까이 다가앉았다.

"오빠두 해 봐. 너무 너무 재밌어."

동숙이 방아깨비를 동호에게 건넸다.

"야아, 이거 정말 재밌구나!"

동호가 방아깨비 다리를 쥐고 아래위로 흔들자 방아깨비는 다시 방아를 찧기 시작했다.

"그렇지, 재밌지?"

"그래, 신기하리만큼. 아침 방아 찧어라 저녁 방아 찧어라."

동호는 아까 하 교수가 한 대로 흉내내며 입을 함지박 만하게 벌렸다.

"신기하구나. 농약 때문에 방아깨비며 풀무치며 송장메뚜기며가 죄 없어진 줄 알았는데……. 그래두 여긴 농약 공해가 그닥 심하지 않은 모양이야. 잘 하면 이따가 반딧불도 볼 수 있겠다."

동호의 방아깨비 놀음을 넋 나간 듯 지켜 보던 하 교수가 혼잣소리로 말하며 고개를 주억거렸다.

"반딧불이요? 개똥벌레 말인가요, 아빠?"

동숙이 반딧불이란 말에 귀가 번쩍 뜨이는지 반색하며 물었다.

"그래. 애비가 너희만 할 땐 반딧불이 지천으로 많았는데…… 날이
어두워지기 시작하면 동네는 온통 반딧불로 수를 놓았단다."

"근사했겠네요, 아빠?"

"암, 낭만적이었지. 아니 환상적이었지. 밤이면 마당이고 고샅이고
동구 밖이고 할 것 없이 동네 전체가 온통 반짝이는 반딧불 천지였으
니까."

하 교수는 말하고 동네를 한 바퀴 휘익 둘러봤다.

"그런 속에서 자라신 아빠가 한없이 부러워요."

동숙이도 하 교수를 따라 동네를 한 바퀴 훑어봤다.

"부럽지? 생각해 봐라. 꽁무니에 반짝반짝 불 밝히고 밤하늘을 어지
러이 날아다니는 무수한 반딧불과 금가루를 쏟아 부은 듯 반짝반짝 영
롱히 빛나는 총총한 밤하늘의 별을 쳐다보며 마당에 멍석 깔고 온 식
구가 오순도순 모여 앉아 저녁 먹는 풍경을. 이는 한 편의 시요, 한 폭
의 그림 아니냐? 아니 어느 시가 이렇게 아름답고 어느 그림이 이렇게
아름답겠니?"

"오늘밤도 아버지, 그런 반딧불이 지천으로 있었음 좋겠어요. 아버
지 말씀대로 방아깨비가 있으니 반딧불도 있겠죠?"

여태껏 방아깨비 놀음에 정신없던 동호가 방아깨비를 풀섶으로 날
리며 참견했다.

"글쎄다. 지천까지는 몰라도 몇 마리는 있을 수 있겠지. 암튼 희망을
가지고 기다려 보자꾸나."

“아참, 아빠! 엊저녁엔 없었잖아요. 엊저녁에 없던 것이 오늘 저녁이라구 있겠어요? 아빠, 없으면 어떡하죠?”

동숙이 큰일났다 싶은지 ‘아참’에다 유독 강한 억양을 넣고 말했다.

“누가 또 아냐? 여긴 동네 밖이고 산기슭이니 혹시 있을는지. 방아깨비가 있는 걸로 봐 적이나 하면 있을 법도 하다만……”

“여기 있음 뭘 해요. 저녁 먹는 마당에 날아 다녀야죠.”

“마당에? 애빈 여기서 잘까해서 그랬지.”

“이 원두막에서요?”

“그래, 얼마나 좋으냐. 저녁 먹고 와 얘기하고 놀다 자면…… 풀벌레 소리도 들어가면서 말이다.”

“무섭잖아요, 아빠?”

“무섭긴 뭐가 무섭니? 애비가 있는데, 오빠도 있구……”

“좋아요. 여기서 자요.”

“동호 너도 괜찮지? 이 곳은 집과 달라 아주 시원할 게다.”

“예 전 무조건 찬성입니다.”

해는 그 새 서쪽으로 척 기울어 매봉산 꼭대기서 대롱거렸다. 건넛산이 뉘엿뉘엿 넘어가는 잔양에 비껴 스러지고 있었다.

해가 넘어가자 바람이 한결 시원했다. 바람은 상큼한 솔향기를 원두막에 실어와 뿌리고 실어와 뿌리곤 했다.

해가 지자 산 위는 이내 황혼으로 물들기 시작했다.

“아 저것 보세요, 아빠! 소를 몰고 가는 저 농부의 모습을요.”

동숙이 탄성처럼 소리치며 동구쪽 둑길을 가리켰다. 하 교수와 동호는 동숙이 가리키는 곳에 눈을 주었다. 그 곳엔 오렌지 빛 저녁놀을 가슴에 안은 농부가 바지게에 소꼴을 진 채 소를 앞세워 마을로 들어

가고 있었다. 소는 이따금 씨익씩 하는 숨소리를 뿜어냈고 목에서는 뎅그렁뎅그렁 하는 워낭소리가 절간의 풍경소리처럼 청량히 들려왔다.

"어떠냐, 좋지? 그리고 목가적이지?"

하 교수가 동숙의 어깨에 손을 얹으며 나직이 물었다,

"예, 좋아요 아빠. 마치 알퐁스 도데의 소설을 읽는 것 같아요."

"그렇지?"

"예. 근데 아빠, 또 생각나는 게 있어요."

"또? 뭔데?"

"대지(大地)의 작가 펄벅 여사 있잖아요."

"그래."

"그 펄벅 여사가 한국에 왔을 때 가장 인상적인 게 뭐였냐는 기자 질문에 황혼의 들녘을 농부가 소를 몰고 가는 거라고 대답했다는 말 말예요."

"오, 그거? 그러고 보니 애비도 생각이 난다. 어느 신문에서 읽은 건지는 기억 안 나지만……."

주위는 이제 어둠의 장막이 한 겹 두 겹 쳐지기 시작했다.

저녁 식사를 마치자 하 교수는 아이들에게 베개와 홑이불을 들려 다시 원두막으로 나왔다.

"아빠, 없잖아요. 반딧불이."

원두막에 다다르기 바쁘게 동숙이 주위를 살피며 안타까운 듯 말했다.

"그러게나 말이다. 몇 마리쯤은 있을 줄 알았는데……."

하 교수도 서운한 지 사방을 둘레둘레 살폈다. 그러나 아무리 살펴도 반딧불은 보이질 않았다.

"할 수 없죠 뭐. 이젠 반딧불도 전설이 되었군요."

동호도 아쉬운 듯 사위를 두리번거렸다.

"에이 속상해. 반딧불이 한 마리도 없을 게 뭐람. 그 대신 아빠, 얘기나 빨리 해 주세요. 어제오늘 일하느라 얘길 못 들었잖아요."

하 교수가 모기향을 피우고 램프에 불을 댕기자 동숙이 재빨리 노트를 펼쳐들었다.

"얘기? 해 주지."

하 교수는 그러나 담배에 불을 붙여 한 대를 다 태우고 나서야 천천히 입을 열었다.

"너희들 욕 봤다. 수고들 많이 했어. 온 몸이 뒤틀리고 팔뚝이 얼얼하지?"

하 교수가 얼굴에 미소를 띤 채 동호와 동숙의 손을 어루만졌다.

"말씀도 마세요, 아빠. 몸도 몸이지만 팔다리가 떨어져나갈 것 같애요. 그리고 팔뚝은 불에 덴 듯 쑤시고 따갑고 쓰리고 화끈거려 견딜 수가 없어요. 지금도 욱신욱신한 걸요 뭐. 어디 또 그뿐인 줄 아세요? 팔뚝이 벌겋게 익어 허물이 벗겨져요. 손바닥은 숫제 오므릴 수도 없이 아프구요. 보실래요, 아빠?"

동숙이 팔뚝과 손바닥을 번갈아 들어 보였다.

"안다, 알어. 왜 안 그렇겠니. 그러나 너희는 돈 주고도 살 수 없는 귀한 것을 배웠다. 그게 얼마나 값진 건지는 차차 알게 된다. 아마 어쩌면 너희들은 어제와 오늘의 힘든 농사일을 평생 못 잊을 거다. 그리고 비록 하루 한 나절의 짧은 시간이었지만 많은 것을 느끼고 배웠을 게다. 그렇지들?"

　"예!"

　"예!"

　동호와 동숙이 동시에 대답했다.

　"고맙다. 너희들이 그 힘들고 센 일을 참고 견뎌내 주었으니 망정이지 안 그랬다면 아무 것도 못 느끼고 못 배웠을 게다."

　하 교수는 잠시 사이를 두었다가 말을 이었다.

　"그런데 말이다. 너희들이 고생한 것 몇 백 배 몇 천 배로 농부들은 고생하거든. 평생을 두고 말이다. 지금이야 옛날에 비하면 농사가 아주 편한 셈이지만 옛날엔 그게 아니었다. 그러니 얼마나 고생들을 했겠니."

　하 교수는 여기서 또 잠시 말을 그치고 무엇인가를 생각하더니 다시 입을 열었다.

　"사람이 하는 일 중에서 가장 힘든 건 땅파기요, 가장 골병드는 건 지게질이다. 때문에 농부가 죽으면 제일 먼저 썩는 데가 어깨와 손바닥이다. 어깨론 짐질을 많이 하고 손으론 땅파기를 많이 했기 때문이지. 임질을 많이 한 아낙이 죽으면 정수리가 제일 먼저 상하고 노름 많이 한 노름꾼이 죽으면 무릎이 제일 먼저 상한다. 그리고 주먹질 많이 한 파락호가 죽으면 주먹이 제일 먼저 상하는 법이다. 땅 파기가 얼마나 힘들면 어느 건 땅 팔 노릇이라 했겠으며, 지게질이 얼마나 골병 들면 어느 건 짐 질 노릇이라 했겠느냐. 그런데 농사일은 이 두 가지 것을 다 해야하니 오죽이나 고통스럽겠느냐. 그래 고문진보(古文眞寶)라는 책의 전집(前集)에는 이선(李紳)이라는 사람이 농부를 딱하게 여기고 또 농사일이 힘드는 것을 민망하게 생각한다 하여 지은 '민농

(憫農)’이란 시가 있다. 그 시가 어떤 것이냐 하면 이렇다. 동숙이 너 그 노트 이리 다오.”

하 교수는 동숙으로부터 노트를 받아 민농시를 써내려 가기 시작했다.

鋤禾日當午
汗滴禾下土
誰知盤中飧
粒粒皆辛苦

“자, 이 시가 어떤 내용이냐 하면 잘 듣거라. 서화일당오에 한적화하토요, 수지반중손에 입입개신고라 하는 건데 뜻은 ‘벼를 호미질 하여 해가 낮이 되니. 땀이 벼 밑의 흙으로 방울져 떨어진다. 뉘 알리요, 상 위의 밥이 알알이 다 피땀인 것을’ 이라는 뜻이다. 지금이야 논을 안 매고 설령 맨다 하더라도 기계가 다 하지만 옛날엔 논을 호미로 일일이 맸다. 논도 어디 한 번 매는 것으로 끝나나? 첫 번째 매는 아시와 두 번째 매는 이듬과 세 번째 매는 만물까지 세 번을 매야 끝났다. 그래서 쌀농사는 손이 여든 여덟 번 가야 된다는 말이 있다. 쌀미(米) 자의 자형을 봐라. 위로 여덟팔(八) 자가 있고 아래로 여덟팔자가 있잖니. 그러니까 합치면 여든 여덟이 되지. 맞지?”

하 교수는 말하며 동호와 동숙을 번갈아 봤다.

“그렇군요, 맞아요 아빠. 여든여덟 번이에요.”

동숙이 손바닥에 쌀미자를 써 보고는 고개를 끄덕였다.

“정말 그런데요? 참 묘하군요.”

동호도 글자를 써 보고 나서 고개를 끄덕였다.

"이렇게 애써 매는 논은 아시와 이듬까지는 그래도 덜하다. 그러나 마지막 매는 만물은 고역 중의 고역이다. 이글대는 태양은 용광로처럼 마구 퍼붓지, 벼이파리는 눈과 목을 사정없이 찔러대지, 허리는 아파 끊어질 것 같지, 땀은 비오듯 흘러 눈을 뜰 수 없지, 벼포기 헤치며 머리 디밀자니 숨막히지, 벼포기 사이사이의 흙을 호미로 파 뒤집자니 손목 아프지, 거머리는 장단지에 달라붙어 피 빨아먹지. 이건 참 어떻게 형언할 수 없으리 만큼 힘이 든다.

너희도 조밭 매고 콩밭 매 봐 알겠지만 만물의 논매기는 조밭이나 콩밭 매는 것보다 몇 배 더 힘이 든다.

그래서 말이 있다. 농사 안 짓는 사람은 도둑놈이라고……

농사가 얼마나 힘이 들면 이런 말이 생겼겠느냐.

그렇다.

농사는 피와 땀의 결정이다. 민농의 시에서처럼 알알이 다 피땀이니까.

자, 그러면 이렇게 애써 지은 쌀농사를 그 지은 농부들이 맘놓고 먹느냐 하면 천만의 말씀이다. 거의가 남의 땅을 부치는 소작인들인지라 지주나 마름에게 칠촌의 양자 빌 듯 사정사정 해서 몇 마지기 얻어 부치면 가을 타작과 함께 도지로 반 이상 나가 해동이 되기도 전에 벌써 양식이 동난다. 반양(半養) 또는 어울이라 해서 주인 반 소작인 반의 5 대 5 도지도 있긴 하지만 대개는 주인 7 소작인 3의.삼칠제가 주종이어서 배불리 쌀밥 한 번 먹질 못한다."

하 교수는 그 때를 생각하는지 긴 한숨과 함께 눈을 감았다. 동호와 동숙은 이런 하 교수를 조심스레 살피며 숨소리를 죽였다. 그러자 분위기는 갑자기 엄숙해지며 싸우기라도 한 듯 서먹해졌다.

그런데도 아무도 이 서먹한 분위기를 깨뜨리려 들질 않았다. 어떻게 그리고 무슨 수로 이런 분위기를 깨뜨릴 수 있단 말인가. 세 사람은 정물처럼 그렇게 앉아 있었다. 이런 시간이 얼마나 흘렀을까. 하 교수가 눈을 뜨며 조용히 입을 열었다.

"그러니 봄만 되면 나물과 송피(松皮) 혹은 칡뿌리 같은 초근목피로 명줄을 이어야 했다. 죽도록 농사 짓고도 먹을 게 없는 농부들.

애비는 여기서 또 고문진보 전집에 나오는 무명씨의 「잠부(蠶婦)」라는 시 하나를 인용하지 않을 수가 없다. 이 시는 '편신기라자(遍身綺羅者) 불시양잠인(不是養蠶人)' 이란 신데 전문은 다음과 같다."

하 교수는 또 동숙의 노트에 잠부시의 전문을 쓰기 시작했다.

昨日到城郭
歸來淚滿巾
遍身綺羅者
不是養蠶人

"자, 그럼 너흰 이 시를 잘 익혀두어라. 작일도성곽에 귀래루만건이요, 편신기리자에 불시양잠인이라 하는 이 시말이다. 이게 무슨 뜻인고 하면 '어제 성밖에 갔다가, 집에 돌아와 눈물이 손수건을 적시었다. 온 몸에 비단을 두른 사람은 곧 누에를 기른 사람이 아니었다'라는 내용이다. 그러니까 이 시는 전신에 비단옷을 감고 다니는 사람은 실상 비단옷을 만들기 위해 누에를 기르고 베를 짜는 사람이 아니라는 뜻이다. 그러므로 쌀밥을 먹는 사람은 벼농사를 짓는 농부가 아니고 비단

옷을 입는 사람은 누에를 치고 베를 짜는 사람이 아니라는 이야기로 우리 속담의 대장장이 부엌에 식칼이 없고, 짚신장수 마누라 맨발로 다닌다는 뜻과도 일맥상통한다. 그리고 이 시 '잠부'는 앞에서 말한 '민농'과도 일맥상통한다."

하 교수는 여기서 또 긴 한숨을 토하고는 담배를 뽑아 물었다. 동숙이 얼른 성냥을 찾아 불을 그어댔다.

"아빠, 송피 있잖아요? 그 송피 벗겨 먹던 얘기 좀 해 주세요. 그게 궁금하고 또 알고싶어요."

동숙이 강아지처럼 고개를 치켜들고 하 교수를 쳐다봤다.

"해 주지. 헌데 그 얘기에 앞서 담배 얘기부터 해야겠다. 담배를 태우니까 문득 생각이 난다."

하 교수는 담배 몇 모금을 맛있게 빨아들이고 나서 말을 계속했다.

"이 담배 말이다. 지금은 흔하고 많아서 아무 데서나 살 수 있고, 아무나 태울 수 있지만 그 땐 아주 귀하고 비싸 여간한 사람은 태울 수가 없었다. 그래 순썰이라 하는 엽초를 썰어서 담뱃대에 쟁여 태우거나 종이에 말아 나팔담배로 태웠는데, 이게 어찌나 독한 지 딸꾹질이 나곤 했다. 그러나 이 엽초의 순썰이마저 귀해 인동이라는 풀의 인동덩굴을 말려 태웠고 더러는 호박잎을 말려 태우기도 했다. 인동덩굴은 풋내가 나고 많이 태우면 혓바닥이 아려 입맛까지 없지만 그래도 호박잎보다는 나아서 많이 애용했다. 그런데 이 호박잎은 혓바닥이 아림은 물론 좁쌀 같은 혓바늘이 돋고 입안이 화끈거려 종이 타는 냄새만 났다. 하지만 종이인들 또 어디 있나. 어쩌다 구한 잡기장 쪼가리에 나팔담배를 말아 피우고 이것마저 떨어지면 쇠가죽처럼 질긴 비료포대를 뜯어 이것으로 나팔담배를 말아 피웠다. 그러나 이 포대 종이도 늘 있는 게 아니어서 종당엔 갈 이파리나 참나무 이파리를 종이 대신 말아 태웠다. 너흰 이해가 잘 안 되겠지만 그 땐 대처에 사는 양복쟁이나 펜대 잡고 사무 보는 사람이 아니고는 궐련을 피울 수가 없었다. 담배를 썰어서 봉지에 담은 것으로 희연(囍煙) 또는 장수연(長壽煙)이라는 봉지담배가 없었던 건 아니고 농민들을 상대로 만든 풍년초(豊年草)라는 봉지담배가 없었던 건 아니지만 이것도 찢어지게 가난한 애옥살이들은 생의조차 낼 수가 없었다. 그러니 천상 순썰이 엽초요 그것도 아니면 인동덩굴 호박잎이 고작이었다.

그렇다면 담배를 재배해 태우면 될 게 아니냐 하겠지만 천만의 말씀이다. 담배는 그 때나 지금이나 전매품이어서 허가 없이는 단 한 포기도 심을 수가 없었다. 그래 사람들은 지혜를 짜 곡식 사이사이에 몇 포기씩 심어 태웠고 이것도 위태롭다 싶으면 큰 산 후미진 곳에 들어가 여남은 포기씩 심어 태웠다. 자, 그런데 그렇게 귀한 담배를 애비는 지금 이렇게 흔하게 태우고 있다. 그것도 한 갑에 천 원이 넘는 고급 담배를 말이다……."

하 교수는 새 담배에 불을 붙여 아까처럼 몇 모금 맛있게 흡연하고는 말을 이었다.

"그러나 애비는 단 하루도 그 때를 잊어 본 적이 없고 단 하루도 그 때를 생각지 않는 날이 없었다. 이렇게 흔하게 태우는 담배가 죄스럽고 이렇게 값비싼 고급 담배를 태우는 게 부끄럽고…… 그래서 애비는 내가 이래도 되는 건가, 이래선 안 되는데 하고 자신을 꾸짖고 성찰하며 한 달에 반 이상은 값싼 하급 담배를 태운다. 너희는 이런 애비가 못마땅해 그 때는 그 때고 지금은 지금이니 좋은 담배를 태우라 하지만 애비는 결코 그럴 수가 없다. 그래도 너희는 그 때를 모르니 그런

소릴 할 만하다. 그러나 그 때를 알 만한 같은 연배의 동료 교수들이
하급담배 태우는 애비한테 궁상떨지 말라 종주먹질 하는데는 부아가
치민다. 애비는 궁상떨기 위해 하급 담배를 태우는 게 아니라 어려웠
던 그 때를 생각해 안 태우는 것인데 동료들은 이런 애비를 마치 구두
쇠나 자린고비처럼 취급하니 어찌 부아가 안 나겠느냐. 개구리 올챙잇
적 생각 못하듯, 지금 형편이 괜찮다고 어려웠던 지난날을 생각 않는
다면 그게 어디 사람이냐?”

하 교수는 그 때를 회상하는지 중간중간 눈을 감았다 떴다 하며 당
시의 상황을 열심히 설명했다. 그런 하 교수의 얼굴은 상기돼 있었고
억양도 얼마는 흥분으로 고조돼 있었다. 그러자 분위기는 아까처럼 또
엄숙해져 싸우고 난 사람들 같았다.

“요즘 사람들은 물질이 풍부해 고생을 모르고, 고생을 모르니 배도
안 고파 봐 음식 귀한 줄을 모른다. 그래서 먹다 만 찬밥은 버리기 일
쑤요, 멀쩡한 물건도 버리기 예사다. 하지만 애비는, 그리고 그 때를
살아온 사람들은 밥이 상해 케케 쉬어터지면 몰라도 웬만큼 상해 쉬피
하면 물에 말거나 불에 끓여 먹었다. 이는 버리기가 아까워서이기도
했지만 하늘이, 시퍼런 하늘이 벼락을 칠까 봐 겁이 나서였다. 네 이노
옴 하고 호통을 치는 것 같아 두려워서였다.

그런데 요즘 사람들은 어떠냐?

허연 쌀밥을, 윤기 차르르한 허연 쌀밥을 가책 없이 마구 버린다. 원
두장이 쓴 외 버리듯 마구 버린다. 이러고도 하늘이 무섭지 않고, 이러
고도 하늘이 두렵지 않은지. 허연 쌀밥을 눈 하나 까딱 않고 버리다니.
허연 쌀밥을 가책 하나 받지 않고 버리다니. 천벌이 있지. 앙화가 있
지…….”

밤이 어느 만큼 깊었을까. 사위는 침전된 앙금처럼 가라앉아 있었다. 이따금 풀섶에서 바스락대는 들쥐소리와, 일치단결한 듯 열심히 울어 젖히는 풀벌레의 애잔한 울음소리 외엔 만뢰는 죽은 듯 적요했다.

"이 세상 어천만사 중 먹는 것보다 더 귀한 게 어디 있겠느냐. 그런데도 사람들은 이 귀한 것을 우습게 알고 있다. 여기서 다시 「민농」이란 시를 말하지 않더라도 먹는 것은 알알이 피땀으로 이룩된 것이다. 일 원을 비웃는 사람은 일원에 울고, 한 술 밥을 우습게 아는 사람은 한 술 밥에 눈물짓는 법이다. 세상 천지 뭐가 서러우니 뭐가 서러우니 해도 배고픈 것보다 더 서러운 건 없다. 그러기에 사흘 굶어 도둑질 안 하는 사람이 없고 비단 옷도 한 끼 밥과 바꿔 먹는다는 금의일식(錦衣一食)이 생겼을 것이다. 배고픈 게 얼마나 견디기 어렵고 배부른 게 얼마나 좋은 것이면 배고픈 호랑이 원님 알아보랴는 속담과 천하 절경 금강산도 배부른 다음에 한다는 금강산도 식후경이란 말이 생겼겠느냐.

동호야, 그리고 동숙아!

너희들은 먹는 것을 귀하게 생각해야 한다. 본시 민(民)은 의식(衣食)이 위천(爲天)이어서 먹고 입는 것을 하늘로 삼았다. 헌데 지금은 뭐가 하늘이냐? 아니 무엇을 하늘로 삼느냐?

돈이다. 그 개도 안 물어 가는 돈을 하늘로 알고 하늘로 섬긴다. 돈이 인생의 절대가치요 최고가치로 아는 마모니스트들에 의해……."

하 교수의 장광설은 한도 끝도 없이 이어졌다. 그런데도 동호와 동숙은 이런 하 교수의 장광설이 싫증나거나 지루하게 느껴지지 않았다.

싫증나고 지루한 게 다 뭔가.

오히려 동호와 동숙은 하 교수의 설명에 탐닉해 있었다. 그리고 도취돼 있었다. 그래서 하 교수의 말 한 마디 한 마디에 촉각을 곤두세운 채 경청하고 있었다. 그러며 놓칠세라 노트에 열심히 필기하고 있었다. 필기는 동숙만이 아니어서 동호도 하고 있었다.

하 교수는 이런 아이들이 대견하고 신통했다. 아니 기특하고 고마웠다. 여느 아이들 같으면 못 먹고 못 살던 게 무슨 자랑이며, 우리와 무슨 상관이냐고 듣지 않으려 하고, 설령 듣는다 해도 건성으로 흘려넘겨 보릿고개니 허깃고기니 하는 케케묵은 고리타분한 이야기를 왜 들어야 하냐며 얼굴 찡그리기 예사여서 여간 속상한 게 아니다.

이는 우선 하 교수의 연구실을 찾아오는 학생들도 그랬지만 강의 도중 보릿고개 이야기를 할 때 흥미 없어 하는 학생들의 표정이 그랬다.

한데도 동호와 동숙은 그렇지가 않아서 하 교수의 이야기를 귀담아 들었다. 그래 하 교수는 속으로 오냐, 고맙다. 너희는 과연 내 아들딸답구나 했다.

하 교수는 이런 아이들이 미덥게 느껴졌다. 그런 만큼 여느 아이들과는 적어도 다른 점이 있다고 스스로 자부했다.

하 교수는 평소 아이들과 대화를 많이 가졌다. 인생에 대하여 사랑에 대하여 예술에 대하여 우정에 대하여 그리고 그 밖의 정치 경제 사회에 대하여……

아이들과의 대화는 발언을 최대한 보장해 자유분방한 민주방식을 택했지만 생활규범과 장유유서(長幼有序)만은 엄격해 기강이 정연했다. 그랬으므로 아이들이 아침저녁 부모에 문안 드리고 안부 살피는 혼정신성(昏定晨省)과, 밖에 나갈 때는 부모에게 가는 곳을 반드시 아뢰고 돌아와서는 다녀왔음을 반드시 아뢰는 출필곡 반필면(出必告 反必面)을 어려서부터 가르쳤다.

뿐만 아니라 하 교수는 삼강(三綱)과 사단(四端)을 가르쳤고 오상(五

常)과 칠정(七情)을 가르쳤다. 그런 다음 인간이 무엇이며 어떻게 하는 것이 인간의 도리인가를 가르쳤다. 특히 동숙은 나가 자는 일이 허용되지 않아 잠은 반드시 집에서 자도록 했다. 때문에 아무리 친한 친구 집이라 할지라도 잠자는 것만은 금물이었다. 그리고 여자로서 꼭 알아야 할 예의 범절과 음식 만드는 법을 하 교수의 엄명에 의해 어머니 오여사로부터 배워 익혔다. 해서 동숙은 밥짓고 찌개 끓이고 김치 담그고 이불 꿰매는 것 등은 기본으로 익혔고, 김장하고 간장 담그고 장 담그는 것까지 배워 익혔다.

"그럼 이제부터 보릿고개에 대한 참상과 실상을 얘기하겠다. 그러니 자알들 들어야 한다. 왜냐하면 이는 남의 얘기가 아닌 우리의 얘기로, 애비가 살아온, 아니 할아버지 할머니께서 살아오신 눈물겨운 역사이기 때문이다. 그리고 애비가 하는 얘기 중엔 너희가 이미 여러 번 들어 중복되는 것도 있을 것이다."

하 교수는 땅이 꺼지게 깊은 한숨을 토하고 담배에 불을 붙여 음미하듯 천천히 태우고 나서 입을 열었다.

"엊그제 오면서 차에서도 얘기했다만 한 동네 백 호 잡고 양식을 단경기까지 계량하는 집은 몇 집에 불과해 해동이 되자마자 벌써 양식이 동난다. 그러면 사람들은 양식이 계량되는 집을 찾아가 칠촌의 양자 빌듯 사정사정해 장리(長利) 쌀 몇 말을 꾸어온다. 가을에 곱절로 갚기로 하고 말이다. 더러는 품으로 때우고 개중엔 일을 미리 해 주고 얻어 오는 경우도 있지만 대개는 가을 타작 후 곡식으로 갚는 게 상례였다.

장리라는 것은 이자가 높고 기간이 길다하여 붙여진 이름인데, 이 장리쌀 얻기가 여간 힘든 게 아니어서 솥에 거미줄 칠 형편이 아니면 생의를 내지 못한다.

생각해 봐라.

장리쌀 얻으려는 사람은 많은데 양식 있는 집은 적으니 어찌 안 그렇겠니. 그러나 몇 말 꿔온 장리쌀이 얼마나 가나. 한 달도 안 돼 금쪽 같은 장리쌀은 바닥이 난다. 아침저녁 시래기 썰어 넣고 얼굴이 비칠 정도로 멀겋게 죽을 쑤어 먹어도 쌀은 감당이 불감당으로 잘도 줄어든다. 쌀이라도 어디 많이 넣나. 끼니 때마다 손이 오므라들어 한 움큼 더 떴다 덜 떴다 하면서 발발 떠는데도 쌀은 가물에 논물 줄듯 부쩍부쩍 줄어든다.

죽도 말이 좋아 죽이지 쌀알이 오다가다 섞인 시래기투성이의 나물 죽을 두어 그릇 마시고 나면 배는 빵빵하게 불러도 이게 백줘 헛일이어서 오줌 한 번으로 허기가 진다.

그 땐 집집마다 웬 식구는 그리 많던지, 한 집에 일여덟 식구는 보통이고 많다 싶은 집은 열 식구도 넘었다. 그래서 고만고만한 아이들이 연년생으로 오물오물 롰다. 당시는 지금처럼 핵가족이 아닌 대가족제였고 가족계획으로 일컬어지는 산아제한이 없었을 뿐 아니라 그것을 몰랐기 때문에 임신이 되는 족족 아이를 낳았다. 그러니 오죽하겠느냐. 그러나 그 때는 의술이 발달 안 됐고 또 위생적인 생활을 못해 홍역이나 마마, 또는 앞세기 같은 악성 돌림병에 걸렸다 하면 거의가 죽었다. 그랬으니 망정이지 안 그랬다면 한 집에 아이들만 열 명이 넘었을 것이다.

자, 이랬으니 어찌 됐겠느냐?

아이들은 영양실조에 걸려 뼈에 가죽만 입힌 저 방글라데시의 난민들 같았고, 팔다리도 그들처럼 말라비틀어져 배배 꼬여 돌아갔다. 아이들은 하나 같이 배가 빵그랗게 튀어나왔고 눈은 퀭하니 들어갔고 목은 금세라도 댕강 떨어질 듯 간당거렸다. 어떠냐 상상이 되냐?”

하 교수는 외워둔 글귀를 내려 읽듯 단숨에 말하고는 아이들을 번갈아 봤다.

“예 아빠, 되구 말구요. 그러니 염려 마시고 계속하세요.”

동숙이 주인 쳐다보는 강아지처럼 하 교수를 쳐다보며 빠른 말로 독촉했다.

“동호 넌?”

“저두요. 그 때의 상황이 보이는 것 같애요.”

“그래? 그럼 계속하마. 그렇게 어렵사리 얻어온 장리쌀을 다 먹고나면 굶어 죽어도 베고 죽는다는 씨앗을 조금씩만 남겨 놓고 바숴 먹는다. 조, 수수, 기장, 옥수수 같은 씨앗 말이다.

하지만 씨앗은 이것만도 아니다.

종당엔 밀, 보리, 팥, 콩, 감자, 메밀 같은 씨앗도 조금씩 남겨둔 채 먹어치운다. 그러면 그 다음은 또 어떡하나? 아직 산나물은 돋지 않아 뜯을 수가 없으므로 양지쪽 산자락이나 밭가의 쑥 냉이 달래 등을 캐 삶아 먹고 홋잎이라 불리는 화살나무의 새순을 뜯어 삶아 먹는다. 이 때쯤이면 산자락이나 양지쪽에 쑥 냉이 달래를 비롯해 화살나무의 홋잎이 돋을 때라 당분간은 명줄을 잇는다.

그러나 이것도 잠시 뿐이다. 나물이 세어져 먹을 수가 없기 때문이다. 그러면 또 어떡하나? 이 때 덤벼드는 것이 참나물, 싸리취, 이밥취, 개미취, 미역취, 수리취, 나물취, 삽주싹, 잔대싹 같은 큰 산의 산나물이다. 그 사이 산나물이 돋아난 것이다. 요즘이야 산나물을 맛맛으로 먹고 별식으로 먹지만 그 때는 명줄을 잇는 주식이어서 목숨을 건 생명채(生命菜)였다. 그런데 이런 산나물을 한 달이고 두 달이고 먹고 나면 살갗이 누우렇게 뜨고 멀겋게 부어서 살을 누르면 쑤우쑥 들어가는 부황이 생긴다. 독한 산나물의 독성이 몸에 배 채달이나 황달로 변하기 때문이다.

이렇게 되면 어떻게 되나? 모두가 영양결핍에 걸려 눈은 게가 풀린 채 초점을 잃고 나무토막 쓰러지듯 힘없이 픽픽 꼬꾸라지곤 했다. 어떠냐. 이것도 상상이 되나?”

하 교수는 또 외워둔 글귀를 내려 읽듯 단숨에 말하고는 아이들을 번갈아 봤다.

“아마 상상이 잘 안 될 게다. 그러니 이해는 더더욱 어렵겠지. 그러나 너희는 이해해야 한다. 아니 이해하려고 해야 한다. 하지만 정작 이해하고 이해하지 않으면 안 될 것은 지금부터다. 그게 무엇인가 하면 송피(松皮)라고 하는 소나무 속껍질을 벗겨 먹고 변을 못 보는 안타까움이 바로 그것이다.

명줄을 잇는 산나물마저 억세어져 못 먹게되면 사람들은 송피와 갈근, 갈근은 칡뿌리다. 그 칡뿌리에 또 명줄을 건다. 갈근은 그래도 영양가가 좀 있고 먹기도 수월한 편이지만 송피는 그게 아니어서 애를 먹는다. 송피는 되도록 쪽쪽 곧게 뻗은 양지쪽의 붉은 소나무가 좋은데, 사람들은 그 경황에도 송피를 올해는 이쪽 내년에는 저쪽 식으로 돌아가며 벗긴다. 그래야 소나무가 안 말라죽기 때문이다.

이렇게 벗긴 송피는 그릇에 담가 물에 우린다. 며칠이고 우리면 핏빛처럼 버얼건 물이 우러나온다. 그러면 송피를 절구나 혹은 방아 확에 찧어서 먹는다. 송피는 쌀가루나 아니면 하다못해 밀가루에라도 버무려 먹어야 하는데 이게 없으니 맨으로 먹는 수밖에 없다. 그리고 나면 어떤 현상이 일어나는지 아느냐? 참으로 기막힌 일이 벌어진다. 변을 볼 때 죽을 애를 먹는 게 그것이다.

생각해 봐라.

쇠가죽처럼 질기디 질긴 송피가 소화될 리 없고 이게 소화 안 되니 변비가 생겨 변을 못 볼 수밖에 더 있느냐?

이는 어른도 어른이지만 어린것들이 더 딱해 눈뜨고 볼 수가 없다. 아직 한창 젖을 먹고 자라야 할 어린것들이 영양실조로 엄마 젖이 안 나와 말라붙었으니 쇠가죽 같은 송피라도 먹을 수밖에 없지 않느냐. 그러니 어린 창자가 어찌 쇠가죽 같이 질기디 질긴 송피를 소화시킬 수 있겠느냐.

그래서 변을 볼 때 어린것들은 얼굴이 지지뻘개 가지고 있는 힘을 다해 끙끙대지만 변은 조금 비췄다 말뿐 나오질 않는다. 그럼 어떡하는 줄 아느냐? 보다 못한 할머니나 어머니들이 발을 동동 구른 채 양손에 숟가락을 들고 그 숟갈총으로 아이의 항문을 벌려 변(송피)을 꺼낸다. 이러면 아이는 죽는소릴 하고 항문은 찢어져 피가 나온다. 밑이 찢어지게 어렵다거나 똥구멍이 찢어지게 가난하다는 말. 이 말은 이래서 생긴 말이다. 어떠냐. 거짓말처럼 들리지? 전설처럼 들리지? 그러나 이것은 거짓말도 전설도 아닌 엄연한 사실이다. 슬프고 기막히고 암담하고 눈물겹던 지난날의 역사다.”

“그럼 아빠께서도 그걸 겪으셨나요?”

동숙이 하 교수에게 바투 다가앉으며 아까보다 더 빠른 말로 물었다.

“물론이지. 그래서 애비와 함께 할머니 어머니께서 혼나셨지.”

하 교수는 억장이 무너지는지 휘파람 소리 같은 한숨을 토했다.

“그 때 할머니께서, 그러니까 너희에겐 증조모님 되시는 분께서 뭐라셨는 줄 아냐? 아이고 내 새끼 큰일났네. 아니고 우리 간지 살려 주

소, 하시며 발을 동동 구르셨다. 간지란 귀여운 강아지란 뜻의 준말인
데, 증조모님은 애비를 노상 '간지야, 간지야' 하고 부르셨다. 말하자면
당신께서 즐겨 쓰시는 일종의 애칭이셨지. 자, 그럼 이번엔 칡뿌리에
대해 얘기할 차례구나.”

　하 교수는 중간중간 말을 끊으며 호흡을 조절했다. 동호와 동숙은
입을 다문 채 열심히 노트 했다. 궁금한 게 하도 많아 이것저것 정신없
이 질문 공세를 퍼부을 법도 한데 동호와 동숙은 의외로 질문이 없었
다. 이는 아마 하 교수가 말하는 이야기의 맥을 끊지 않고 분위기를
흐트러뜨리지 않기 위해 취해진 의도적 배려 같았다.

　“칡은 암칡과 수칡이 있는데, 수칡보다 암칡이 뿌리가 더 크고 실해
사람들은 모두 암칡을 선호한다. 그러나 이 암칡은 뿌리가 깊게 들어
있어 캐자면 여간 힘드는 게 아니다. 얕게는 허리 깊이 정도면 되지만
깊게는 한 길 이상을 파야하기 때문이다. 앞에서도 말했다만 일 중에
가장 골병드는 일은 짐질이요 가장 힘드는 일은 땅파긴데, 이 땅을 한
길 이상이나 파 봐라. 배는 고파 뱃가죽은 등가죽에 달라붙지, 눈에서
는 별이 번쩍거리지, 그만 고주백이 쓰러지듯 지쳐 쓰러져 드러눕기가
일쑤다. 하지만 어쩌나. 칡뿌리가 아니면 굶어 죽을 판이니 일어나 캘
수밖에…….

　그러나 끝내 일어나지 못한 채 그 자리서 눈을 감는 사람도 있었다.
이는 영양실조로 지쳐 쓰러졌지만 실상은 굶어 죽은 거나 마찬가지다.
사실 또 그 때는 굶어 죽는 사람이 경성드뭇 있었다. 몇 달을 초근목피
로만 연명하다 보니 병에 걸렸다 하면 용서가 없었다. 그래도 감자와
밀보리의 여름 햇곡이 나자면 아직도 멀어 메니 무릇이니 하는 것들을
캐 먹고 뚱딴지라 불리는 돼지감자도 캐 먹는다.

메는 밭이나 논두둑에 많이 나는 메꽃과의 다년생 만초(蔓草)로 근경
(根莖) 즉 뿌리를 날로 먹는데 뿌리는 흰 색으로 굵은 것은 아이들 새끼
손가락 만하고 가는 것은 젓가락 만하며 맛은 들근찝질하다.

무릇도 밭이나 논두둑에 나는 식물로 보통은 물곳이라 부르는 백합
과의 다년초인데 파나 마늘처럼 생겼으며 빛깔은 다갈색이다. 이 무릇
은 날 것으로 먹지 않고 푹 고아서 먹는데 맛은 아리고 달지만 독성이
있어 많이 먹으면 취한다.

뚱딴지라 불리는 돼지감자는 엉거시과에 속하는 다년초로 뒤란이나
채마밭 머리에 자생하는데 생김생김은 감자 같고 맛도 감자 비슷하며
이는 특히 돼지가 좋아해 돼지감자라 한다. 이 돼지감자는 몸체(줄기)
가 해바라기처럼 커서 보통은 어른 키만하고 큰 것은 아이들 키 두어
배는 된다. 자, 우리 참외 하나씩 깎아 먹고 얘기하자.”

하 교수는 여기까지 말하고 과도를 집어들었다.

“아니에요, 아빠. 참왼 제가 깎을게요.”

동숙은 무릎 위의 노트를 내려놓고 참외 하나를 골라들었다.

“그럴래? 그럼 하나씩만 깎아라.”

세 사람은 참외 한 개씩을 깎아먹었다. 하 교수는 담배 한 대를 맛있
게 태우고 이야기를 계속했다.

“그래도 이맘 때면 절망이 희망으로 바뀌어 힘을 낸다. 서너 파수만
지나면 밤톨 만한 감자도 캐 먹을 수 있고 물알 잡히는 보리도 따 먹을
수 있기 때문이다. 그러나 참꽃(진달래) 피는 이른봄엔 희망이라곤 없
어 막막하기 그지없다. 감자나 밀보리 같은 여름 햇곡이 여물자면 차
례 멀어 까마득하기 때문이다. 그래 사람들은 참꽃을 따 먹고 찔레순
을 꺾어 먹고 버찌를 따 먹고 딸기와 아카시아 꽃을 따 먹으며 햇감자

햇밀 보리 익기만을 일구월심 기다린다. 그러나 사람들은 여름이 가고 가을이 와도 나무 열매를 따 먹은 것을 잊지 않아 여름엔 뽕나무 열매인 오디와 한국 바나나라는 으름을 따 먹고, 가을엔 보리수나무 열매인 보리뚝과 똘배나무 열매인 똘배와 개암나무 열매인 개암을 따 먹는다. 그리고 깊은 가을엔 큰 산에 가서 머루 다래를 따 먹는다. 하지만 이 때 따 먹은 것들은 배고픈 절망에서 죽지 못해 따 먹은 것이 아니고 삼동(三冬) 먹을 양식이 있어 따 먹은 것이기 때문에 신이 나고 흥이 나서 콧노래도 하고 휘파람도 분다. 그럼 이제 풋바심에 대해 말해야 겠다. 너희들 풋바심이 뭔지 아니?”

하 교수가 먼저 동호에게 물었다.

“예.”

“동숙이 넌?”

“저두 아빠한테 말씀 들어 알긴 하죠.”

“설명해 봐.”

“보리나 벼를 채 익기 전에 베어서 훑거나 쪄서 먹는 것 아닌가요?”

“그렇다. 아까도 말했다만 송피나 산나물 같은 초근목피로 몇 달 버티다 보면 영양실조로 픽픽 나가떨어진다. 그러면 눈에 헛게 띄어 곡두가 보인다. 너무 오래 곡기를 못 먹어 허깨비가 보이는 거지. 풍랑에 지친 사람이 해상에서 신기루를 보듯 말이다. 풋바심은 이 때부터 시작되는데 처음엔 감자부터 덤벼든다. 그러나 감자는 아직 새알 만해 아무리 배가 고파도 차마 캘 수가 없다. 그래 죽기 기를 쓰고 한두 파수 참다가 또 캐 본다. 그래도 감자는 밤톨 정도 밖에 안 된다. 이 때도 손이 오므라들어 덥석 캘 수가 없어 한 포기에 한 개씩만 캔다. 그리고는 그 다음 날 또 캐 본다. 밤 사이 행여 굵었나 하고……

밤 사이 감자가 굵으면 얼마나 굵겠나. 감자는 어제나 오늘이나 그 대중으로 있다. 이렇게 야금야금 캐 먹다 보면 감자가 달걀 만하고 주먹만해져 정작 다 영글 때쯤이면 감자밭은 허무하게도 빈 밭이 된다. 이러면 다음으로 덤벼드는 게 보리 풋바심이다. 그러나 보리도 아직 물알이 안 잡혀 누르면 허연 물이 찍찍 나온다. 그렇지만 어쩌냐. 이거라도 먹을 수밖에. 이도 역시 손이 오므라들긴 마찬가지여서 덥석 벨 수가 없다. 그래 보리 이삭을 따다가 찌거나 볶아서 먹는다. 찌는 보리는 방아에 껍데기만 대강 벗겨서 먹고 볶는 보리는 방아에 찧어 가루를 체로 쳐서 죽을 쑤어 먹는다. 하지만 이것으로 배고픔이 다 끝나는 건 아니다. 춘궁기(春窮期)의 보릿고개는 가까스로 넘겼다 해도 또 한 차례의 기막힌 칠궁기(七窮期)가 남아 있기 때문이다. 칠궁기란 여름 햇곡은 다 떨어지고 가을 햇곡은 아직 나오지 않을 음력 7월을 말함인데 이 칠궁도 춘궁에 버금가는 큰 고개다. 그러니까 일 년 열두 달 중 악식이나마 굶지 않고 먹을 수 있는 달은 추수기인 9월(음력)부터 이듬해 3월의 해동까지 너댓 달뿐이고 나머지 예닐곱 달은 생사의 기로를 헤매야 했다. 자, 이랬으니 이게 어디 사람이 할 짓이냐?"

하 교수의 보릿고개 이야기는 한도 끝도 없이 이어졌다. 그것은 흡사 막혔던 봇물이 터져 거침없이 흘러내리는 물살과도 같았다. 하 교수가 다시 말을 이었다.

"그렇지만 남의 논 몇 마지기라도 얻어 부치는 사람들은 그나마 복 튄 사람들이다. 그러나 논 한 마지기 못 얻어 부치는 사람들은 별 수없이 산전(山田)을 일구는데, 이 산전이라는 게 애만 먹지 소출이 있어야지. 산전은 화전(火田) 또는 부대기라고도 하고 이 세 가지 즉 산전 화전 부대기를 합쳐 새조밭이라고도 하는데 이 새조밭 일구는 일이 또 보통 힘드는 게 아니다.

그렇다면 이 새조밭은 어떻게 일구느냐. 그것은 다음과 같다.

씨앗 뿌릴 봄철이 가까워지면 우선 큰 산에 가 새조밭 자리를 찾는다. 새조밭 자리는 되도록 앞이 탁 틔여 일조량이 많은 양지쪽이 좋고 깎아지른 듯한 경사지가 좋다.

이런 곳을 잡으면 먼저 그 곳의 나무들을 모두 베어 쓰러뜨린다. 그러나 이 때 주의해야 할 것은 소나무나 참나무 따위의 키 큰 침엽수나 활엽수의 교목(喬木)이 많은 경사지는 피하고 키 작고 가지 많은 진달래나 철쭉 같은 관목(灌木)이 많은 경사지를 택해야 한다. 왜냐하면 나무가 크고 굵으면 베기도 나쁘고 나무도 더디 마를 뿐 아니라 불을 질러도 잘 타지 않기 때문이다.

나무는 베고 또 한 보름 있으면 봄볕에 바싹 마른다. 그러면 불을 질러 재를 만들고 덜 탄 나무는 들어낸 채 조를 뿌리고 괭이로 땅을 판다. 이게 산전 또는 화전 또는 부대기라 하는 새조밭이다.

그러나 이 때, 이런 상황 속에서도 산전꾼들 사이에는 허기진 배를 움켜쥐고 웃을 수밖에 없는 해프닝이 벌어진다. 그게 무엇인고 하면 새조밭 파는 사람끼리 서로 쳐다보고 배꼽 잡는 게 그것이다.

새조밭은 서로 처지가 비슷비슷한 사람들끼리 오늘은 이 집, 내일은 저 집식으로 돌아가며 품앗이를 하는데 새카만 재가 얼굴에 묻어 눈만 빠꼼할 뿐 영락없는 굴뚝족제비 꼴이다. 그러니 웃음이 나오지 않을 수가 없다.

생각해 봐라.

상대방 얼굴은 볼 수 있어도 제 얼굴은 볼 수 없으니 왜 웃음이 안 나오겠느냐. 이렇게 한참을 눈물이 찔끔찔끔 나게 웃어 제치고 나면 모두는 지쳐 그 자리에 주저앉아 나팔담배 한 대씩을 말아 태운다. 아 그 때의 담배 맛은 어찌 그리 좋던지. 바람은 살랑살랑 불어대고, 이름 모를 산새들은 이 나무 저 나무로 포록포록 옮아다니며 제 각각 지저 귀고, 상큼한 풀향기와 향긋한 꽃내음은 마냥 향기롭고. 그러면 모두 는 일어나 바위틈에서 흘러나오는 시원한 석간수로 배를 채운다."

하 교수는 말을 그치고 또 긴 한숨과 함께 매봉산으로 눈을 주었다. 그런 하 교수의 목소리는 가라앉아 있었고 눈시울은 촉촉이 젖어 있 었다.

"저어기 저 매봉산에서 애비는 젊음을 묻었다. 새조밭을 파면 서……."

하 교수가 거대하게 누워 있는 컴컴한 매봉산을 바라보며 한탄처럼 말했다.

그러자 동숙이 하 교수의 품으로 와락 달려들며,

"아빠! 불쌍하신 우리 아빠! 가여우신 우리 아빠!"

하고 울음을 터뜨렸다. 동호도 울먹해지며,

"아버지 죄송합니다. 그렇게 살아오신 아버지께 저희는 너무 큰 죄 를 지었습니다. 그렇게 살아오셨으면서도 존경 받는 교수가 되신 아버 지를 존경합니다. 용서해 주십시오. 아버지!"

하더니 무릎을 끓었다. 이 때 마실 갔다 오는 사람들을 보고 짖는지 동네 안 어디쯤에서 개 짖는 소리가 컹컹 들려왔다.

"동숙아 울지 마라. 다 지나간 옛날 얘기 아니냐. 그리고 동호야, 편 히 앉거라. 그래야 애비 맘이 편하지."

하 교수는 속삭이듯 말하고 동숙의 어깨를 쓸어 내렸다.

"아빠가 너무 가여워 그래. 아빠, 앞으로 아빠한테 잘 할게 응? 아주 착한 딸이 될게, 응?”

동숙이 응석부리는 아이처럼 말하며 하 교수를 빤히 쳐다봤다.

“지금도 우리 동숙이 애비한테 잘하고 있는데 뭐.”

“아니야. 더 잘 할게, 아빠. 정말이야, 아빠.”

“그래, 고맙다. 애빈 너희가 애비를 이해해 주는 것만으로 족하다.”

밤이 얼마나 깊었을까. 일치단결 울어쌓던 풀벌레 소리도 그친 지 오래였다.

그러고 보니 밤은 어느덧 자정이 가까워진 듯했다.

“자, 이제 그만 자자. 내일은 밀 타작하고 모레는 퇴비를 베야 한다. 당숙한테 밀 한 마당질 할 것 남겨두라 했으니 한 나절 타작은 할 게다. 내 너희한테 밀 떠는 솜씨 보여 줄 테니 기대들 해라. 애비 솜씨가 보통이 아니거든? 허허허.”

하 교수는 서먹한 분위기를 의식해서인지 너스레를 놓으며 껄껄 웃었다.

“좀더 얘기하다 자요 아빠. 아빠 모시고 여름밤 원두막에서 얘기하는 게 얼마나 좋은데요. 오빠두 좋지? 그렇지?”

동숙은 하 교수의 말에 반기를 들며 구원하듯 동호를 쳐다봤다. 하 교수가 물었다.

“그러냐? 동호 너도 찬성이냐?”

“예, 아버지. 저두 찬성이에요.”

동호가 대답했다.

“그래? 그럼 할 수 없지. 다수결의 민주방식을 따를 수밖에…….”

하 교수는 빙긋 한번 웃고는 이야기를 계속했다.

“내 너희에게 오늘 처음 밝힌다만 할아버지께서는 그 때 최부자라

고 하는 집에서 머슴을 사셨다. 할머니께서는 그 댁을 드나드시며 드
난살이를 하셨고…… 너희들, 동네 한가운데 있는 조선 기와집 알지?
그 집이 지금은 퇴락해 다른 사람이 산다만 그 때는 최부자라고 하는,
인근에서 제일 부자 소리를 듣는 사람들이 살고 있었다.

땅 한 뙈기 없으신 할아버지께서는 그 집에서 10년이란 장구한 세월
동안 머슴을 사셨고, 할머니께서는 그런 할아버지를 좇아 10년 동안
그 댁을 드나드시며 종처럼 진 일 마른 일 가리지 않고 하셨다. 그래
애비는 할머니 치마폭에 매달려 최부자댁에서 지낸 적이 많았고 할머
니와 함께 부엌 바닥에 쪼그려 앉아 눈칫밥 먹던 게 한두 번이 아니었
다. 그러나 이 눈칫밥도 애비 한 사람뿐, 위로 증조모님과 고모님 세
분은 어림도 없었다. 왜냐하면 증조모님과 고모님들은 남자 아닌 여자
셨고 또 한 사람도 아닌 네 사람씩이나 돼 밥을 다 얻어 먹일 수가 없
었기 때문이다. 그리고 당시 여자는 남의 집을 함부로 드나들 수 없어
금기시했으므로 증조모님과 고모님들은 할머니께서 일을 마치시고 밤
늦게 가져오시는 찬밥덩이가 아니면 나물죽이라도 끓여 끼니를 때워
야 했다.

그런데도 애비만은 예외여서 할머니를 따라 최부자댁을 드나들 수
있었는데, 이는 애비가 남자라는 점과 만득자 외아들이라는 점 때문이
었다. 그러니까 애비는 남자와 만득자 외아들이라는 점 때문에 최부자
댁으로부터 출입해도 좋다는 특전이 묵시적으로 부여된 셈이었다.

자, 이런 속에서도 증조모님께서는 시간이 나실 때마다 애비를 당신
의 무릎에 앉히시고 옛날 얘기를 해 주셨다.

"옛날에 옛날에 한 사람이 살았는데……."

증조모님은 언제나 이런 식으로 얘기를 시작하셨고, 얘기가 다 끝나

면 '어때, 할미 얘기 재밌어? 아이고 내 새끼, 아이구 우리 간지' 하시
며 애비 궁둥이를 톡톡 치시고 박박 깎은 까까머리를 쓰다듬으셨다.

　그런데 여기서 중요한 것은 증조모님의 옛날 얘기가 낮과 밤이 다르
시다는 점이다. 증조모님은 낮에는 귀신 얘기, 늑대 얘기, 호랑이 얘기,
구미호 얘기, 도깨비 얘기 등 아주 무서운 얘기만 해 주시다가도 밤에
는 꼭 효자 얘기, 충신 얘기, 열녀 얘기, 선녀 얘기, 공주 얘기, 왕자 얘
기, 장수 얘기 등 착하고 씩씩하고 아름다운 얘기만을 해 주셨다. 이런
날 밤이면 애비는 영락없이 혹은 효자가 되고 혹은 충신이 되고 혹은
열녀나 선녀를 만나고 혹은 공주와 결혼하고 혹은 왕자나 장수가 되는
꿈을 꾸곤 했다.

　이런 증조모님의 옛날 얘기를 듣노라면 시간 가는 줄 몰라 밤늦게
마실 갔다오는 사람을 보고 컹컹 짖는 등성이 너머의 개 짖는 소리와
먼 데 어디서 또드락또드락 전설처럼 들려오는 다듬이 소리를 듣기 일
쑤였고 어느 겨울밤엔 밤새도록 사르락사르락 동화처럼 눈 내려 쌓이
는 소리 들어가며 첫 닭이 홰를 치고 처렁처렁 울 때까지 졸린 눈을
집어 뜨으며 듣기가 예사였다.

　그런데 이런 증조모님이 어느 해 겨울 그만 갑자기 돌아가셨다. 겨
울이면 고질처럼 앓으시던 천식이 바짝 악화돼 돌아가신 것이다. 그
때 증조모님 연세는 예순둘 진갑이셨고 애비는 한창 말썽피우던 개구
쟁이 미운 일곱 살이었다.

　증조모님이 돌아가시자 애비는 두 다리 뻗고 엉엉 통곡하며 목이 터
져라 증조모님을 불렀다. 그 어린 게 무얼 알까만 하여간 슬프고 서러
워 견딜 수가 없었다. 애비가 그토록 애통해하며 목놓아 운 건 증조모
님이 애비를 이 세상에서 제일 사랑했던 때문이며 애비 역시 증조모님

을 제일 좋아했기 때문이다. 증조모님에게 있어 애비는 우주와도 바꿀 수 없는 존재였고 애비에게 있어서도 증조모님은 하늘 땅보다 더 큰 존재였다. 증조모님은 솥다른 음식이라도 생기면 당신 몫까지 갈무리 해 두셨다가 애비를 먹였고 어쩌다 맛깔스런 찬 하나라도 상에 오를라 치면 당신은 비위에 안 맞으신다는 펑계로 애비를 먹였다.

하지만 어찌 이뿐이겠느냐.

증조모님께서는 애비가 감기나 몸살에라도 걸리면 밤잠도 안 주무시고 애비 곁에 지켜 앉으신 채 밤을 홀랑 새우셨고 체하거나 볼거리라도 앓으면 밤중이 아홉이라도 애비를 들쳐업고 30리 밖 읍내 의원한테 허위단심 달려가셨다.

그러나 애비가 증조모님을 못 잊어하고 눈물겨워 하는 것은 종조모님의 지극하신 사랑도 사랑이지만 돌아가실 때까지 하루도 빠뜨리지 않고 치성 드린 그 기막힘에 있다.

증조모님께서는 돌아가시기 전 날에도 엉금엉금 기어서 뒤란의 제단에다 촛불 밝혀 놓으시고 애비의 수명 장수를 천지 신명께 비셨다.

'비나이다 비나이다. 천지신명님께 비나이다.

해동 조선 매봉산 학촌 하춘샘이 아들 우리 손자 맹준이, 그저 실꾸리처럼 수명 장수케 해 주옵시고 그저 차돌처럼 무병 장수케 해 주옵소서. 미련한 인간이 뭘 아옵니까. 밝으면 낮이련 듯 어두우면 밤이련 듯 그것 밖에 더 아옵니까. 그러니 그저 부디 우리 맹준이 조선 천지 이름 나고 사해 팔방 이름 나서 나가면 칙사련 듯 들어오면 공자련 듯 그렇게 되도록 그저그저 천지신명님께서 살펴 주옵소서. 빌고 또 비옵니다. 천지신명님.'

증조모님의 이령수 소리는 '그저' 소리가 반은 되었고 조부님 함자

춘자 삼자 춘삼이를 춘샘이라 부르고 애비의 이름 명준을 맹준이라 부르시며 제단 양쪽에 켜 놓은 초가 다 타 제풀에 꺼질 때까지 계속되셨다. 손바닥을 비비시며 백 번이고 천 번이고 절을 하시며 비손질 하시는 증조모님의 이령수 소리. 증조모님의 치성은 비가 오나 눈이 오나 바람이 부나 그 어떤 악천후에도 단 하루 거르지 않고 이어오셨는데, 그 때마다 증조모님은 앞개울에 나가셔서 목욕 재계로 정한수 올려놓으심을 잊지 않으셨다. 고추 같이 매운 엄동설한 그 혹독한 추위에도 증조모님은 얼어붙은 개울의 얼음을 도끼뿔로 두둘겨 깨뜨리시곤 목욕하셨고 몸살이 나서서 끙끙 앓으시면서도 엉금엉금 기어나가 치성 드림을 잊지 않으셨다. 이런 증조모님을 보다 못한 할아버지와 할머니께선 저희가 목욕 재계하고 정성껏 치성 드릴 테니 제발 그만두시라고 비대발괄해도 증조모님께선 '쓸데없는 소리. 맹준이가 너희 자식이라고 너희 맘대로 해? 어림없는 소리 하지도 마라. 맹준이는 너희가 낳았어도 내 새끼 내 간지다' 하시며 눈을 부릅뜨셨다. 지금도 애비는 눈 감으면 그 때의 증조모님 치성 드리는 모습이 손에 잡힐 듯 보이고 비손질 하시는 이령수 소리가 귀에 들리 듯 쟁쟁하다.

아아, 세상에 그리고 이 하늘 아래 손자 위해 그토록 일구월심 치성 드리신 조모님이 얼마나 계시겠니!"

하 교수는 떨리는 소리로 말을 그치며 가만히 눈을 감았다. 동호와 동숙은 이런 하 교수가 외경스러워 숨소리를 죽였다. 주위는 갑자기 무덤 같은 침묵으로 만뢰가 멎은 듯했다.

이런 침묵이 얼마나 흘렀을까.

좌선하듯 요지부동이던 하 교수가 긴 한숨과 함께 눈을 떴다.

"애비가 이나마 된 것은 애비 노력도 노력이고 할아버지 할머니의 덕도 덕이지만 증조모님의 사랑이 절대적이었다. 불면 날세라 쥐면 꺼질세라 애지중지해 주시던 증조모님이 돌아가시자 애비는 마치 죽지 떨어진 새처럼 풀이 죽은 채 먼 하늘만 쳐다봤다. 그런 애비가 생기를 찾기 시작한 건 시오 리 밖 면소재지에 있는 소학교, 지금은 초등학교라 부르지만, 그 때는 소학교 혹은 보통학교라 불렀는데 그 소학교에 입학하고 나서였다. 그 때도 할아버지께서는 최부자네 머슴으로 계셨고 할머니는 그 댁의 드난살이를 하셨다. 할아버지와 할머니는 밥바가지 들고 문전걸식하는 한이 있어도 애비만은 가르쳐야 한다고 이를 무셨다.

당신들께서 못 배운 게 한이 돼 아들만은 어떤 일이 있어도 가르쳐야 한다고 생각하신 것이다. 하나 자식 눈 못 틔워 줘 무식하면 개돼지나 마찬가지고 그리 되면 또 할아버지처럼 평생을 남의 집 머슴살이 아니면 산전이나 파먹다 죽는 신세 면치 못한다며 절치부심 하신 것이다.

그 때 할아버니와 할머니께서는 애비가 읍내에 있는 중학교와 농업학교를 나와 군청이나 금융조합의 서기로 들어가 양복 입고 펜대 잡는 사무원 되는 게 최고 최대의 희망이셨다. 당신들께서 애비를 중학교에 진학시키기로 한 것은 그만한 믿음이 있어서였는데 할아버지는 그 때 최부자네서 받을 새경을 애비의 중학교 진학자금조로 이태나 안 받고 맡겨놓으셨다. 아, 그런데 이게 무슨 청천의 벽력이란 말이냐 글쎄”

하 교수는 갑자기 말을 멈추고 ‘음!’ 하는 신음소리를 토해냈다. 그 소리는 절규였고 단말마였다.

“할아버지가, 할아버지께서 갑자기 돌아가신 것이다. 비명에 말이다. 그것도 소에 받히셔서, 소한테 뜨이셔서 말이다……”

하 교수는 여기서 또 말을 그치더니 긴 한숨과 함께 눈을 깜박였다.

아마 눈물을 지우기 위해 그러는 것 같았다.

이 때 누구 집에선가 닭이 홰를 치고 처렁처렁 울어댔다. 그러자 이 집 저 집에서 닭들이 반란을 일으키듯 길게 목청을 뽑았다. 동네는 삽시에 닭 우는 소리로 뒤덮이기 시작했다.

그러고 보니 시간은 어느덧 새벽이 된 모양이었다. 그런데도 하 교수는 동요됨이 없었다. 이는 동호와 동숙이도 마찬가지여서 미동조차 없었다. 하 교수가 다시 말을 잇기 시작했다.

"할아버지는 돌아가시던 그 날 최부자네 부사리로 밭을 갈고 계셨다. 부사리라 함은 사람을 잘 받는 버릇 나쁜 황소를 말함인데 그 부사리가 뿔로 느닷없이 할아버지를 떠 그 자리서 돌아가시게 한 것이다. 할아버지는 머리가 부서지고 가슴이 으스러지신 채 피를 몇 사발이나 쏟고 돌아가셨다. 그 때 할아버지 연세는 서른아홉이셨고 애비는 초등학교 5학년인 열세 살이었다. 할아버지가 돌아가시자 집안은 지팡이 잃은 장님 꼴이었다. 하늘이 무너지고 땅이 꺼진다 함이 바로 그런 형국일 것이다. 할아버지의 장례는 최부잣집에서 치렀고 장례비도 물론 최부잣집에서 댔지만 대주 잃은 집안은 넘어가는 해처럼 기울었고 울타리 없는 집처럼 휑뎅그렁했다. 최부자네가 애비의 중학교 진학비조로 맡겨 놓은 할아버지의 이태치 새경과 함께 밭 한 뙈기를 위로금조로 내놓았지만 대주 잃은 기막힘 앞에 이게 무슨 대수이겠느냐. 할머니는 허구헌날 아홉 수가 나빠서 아홉 수에 액운이 끼어서 하시며 '그놈의 아홉수, 웬수 놈의 아홉수' 만을 다자꾸 뇌이셨다. 할아버지가 서른아홉의 아홉수 때문에 돌아가셨다는 게지.

그렇게 생각하신 할머니는 눈물로 세월을 보내셨고 한숨으로 밤을 지새우셨다. 그런데 그런 할머니께서 무슨 생각을 하셨는지 고모님들을 차례로 여의셨다. 작년에 돌아가신 큰 고모님은 그 때 열아홉이셨고 둘째 고모님과 막내 고모님은 열일곱 열여섯의 연년생이셨다. 할머니는 이름만 지어 작수성례(酌水成禮)로 고모님을 시집보내셨는데 아무 것도 없는 형편이라 문자 그대로 물만 떠놓고 혼례식을 올렸다. 이런 혼례식을 '마당만 빌려준다' 하기도 하고 '물만 떠놓는다' 하기도 하는데 고모님들 세 분은 정말 그렇게 시집가셨다. 그것도 일 년 사이에 말이다. 그 때 큰 고모님은 앞에서 말했듯 열아홉이셨고 둘째 고모님은 열일곱, 그리고 셋째 고모님은 열여섯이셨다. 할아버지가 돌아가시고 아직 3년이 되지 않은 복중(服中)이라 혼례를 할 수 없었지만 그 때의 형편으로는 그런 걸 따질 계제가 아니었다. 의식이 족해야 예절을 가린다고, 당장 입에 거미줄 치게 생겼는데 그게 무슨 문제겠느냐. 한 입이라도 덜어야 하고 그러자니 눈코 달린 남자면 아무나 되었다. 세 분의 고모님을 이불 한 채 없이 입던 옷 그대로 빨래해 입혀 시집보내신 할머니는 어느 날 애비를 당신 앞에 앉혀놓고 말씀하셨다. '이제 이 하늘 아래 우리 두 모자뿐이니 독하게 마음 먹어야 한다고……' 할머니의 자세는 엄숙하셨고 어조는 결연하셨다. 할머니는 어떤 일이 있어도 너만은 높은 학교에 보낼 테니 단단히 각오하라 이르셨다. 서러워 못 오를 나무 없다고 독하게 마음 먹어 못 할 일이 어디 있느냐 하셨다. 그러며 할머니는 부디 공부 열심히 해 여보란 듯 성공하라 하셨다.

안 그렇고 지게목발이나 두들기면 인생 끝장이어서 죽을 때까지 새 조밭 파는 불농군 신세밖에 될 게 없고 만일 지게 귀신이 등에 한 번 붙으면 차진디기처럼 차져서 절대 안 떨어지기 때문에 애시당초 멀리해야 한다고 하셨다. 그러나 앞으로 어떤 고생 어떤 어려움이 있어도 이 옹신 물고 참고 이겨야 한다고 하셨다. 이렇게 말씀하신 할머니는 마지막으로 '네가 에미 말대로 잘 따라 주면 더 바랄 게 없지만 만에 하나 에미 말을 안 듣고 거역하면 그 땐 남남으로 모자간의 정을 끊는 거다. 아니지 그 땐 이 에미가 죽는 거다' 하고 못박으셨다. 어찌 보면 그리고 듣기에 따라선 공갈이나 위협이 다분히 섞여 겁 주는 면도 없지 않았으나 그 때의 애비로서는 할머니 말씀을 곧이곧대로 믿을 수밖에 없었다. 아니 믿지 않을 수가 없었다. 왜냐하면 할머니는 애비가 할머니 말씀대로 순종 않으면 정말 그렇게 하실지도 모른다 싶었기 때문이다. 그랬으므로 할머니 말씀을 허튼 말씀만이 아니셨을 것으로 애비는 지금도 믿고 있다.

폭탄선언과도 같은 말씀으로 애비를 꼼짝 못하게 하신 할머니는 그 날로 최부자네서 받은 할아버지의 이태치 새경을 모두 처분하셨다. 그런 다음 그 돈으로 읍내에서 분, 구리무(크림), 색실 등의 방물과 아낙네와 어린아이 옷가지 및 생필품을 사서 보따리 장사를 시작하셨다. 그런가하면 할머니는 또 최부자네가 위로금조로 준 밭 한 뙈기를 직접 경작해 농사까지 지으셨다. 할머니의 활동 무대는 주로 면내였고 면내 중에서도 근동의 너댓 부락에 한정돼 있었지만 더러는 읍내장으로 나가 난전을 보시기도 하셨다.

할머니가 멀리 그리고 타면까지 다니시면 활동 반경이 넓어져 장사가 더 나을 수도 있었으나 애비 때문에 그러시질 못하셨다. 캄캄한 방에 혼자 턱을 괴고 앉아 눈이 새카맣게 할머니를 기다리고 있을 애비가 걱정돼 밤중에라도 꼭 돌아오셨기 때문이다. 사실 또 애비는 해만 설핏하면 벌써 할머니를 기다리기 시작했고 날이 어둑해지면 연신 마을 입구 서낭당 쪽을 바라보며 징징 울기 시작했다. 이런 애비가 안쓰러워 종조부나 종조모께서 애비를 데려가 밥을 먹이고 가끔은 당숙을 시켜 애비를 불렀지만 애비는 왠지 가기가 싫어 뱅뱅 겉돌았다. 괜히 슬프고 안타까워 속이 상했던 것이다. 할머니는 한 달이면 스무 날은 장사를 나가셨고 나머지 열흘은 농사일을 하셨는데 장사 나가실 때나 농사일을 하실 때나 새벽같이 일어나 밤중에야 주무셨다. 이런 할머니를 사람들은 억척이라 했고 벼락이라 불렀다. 그리고 또 벌이니 개미니 하기도 했다. 잠시 잠깐 놀거나 쉬는 법 없이 부지런하다 해서 붙여진 별명이었다. 이렇게 봉두난발하신 채 장사와 농사에 전념하신 할머니는 3 년만에 제법 단골이 생겨 틀이 잡혔고 애비는 그 사이 읍내 중학교에 진학을 했다. 그 때는 돈이 귀한 때였고 더욱이 무대가 농촌인지라 물건값은 돈 대신 곡식으로 받았다.

할머니는 곡식이 생기는 대로 이거나 지고 오셔서는 장에 내다 파셨는데 어떤 날은 보따리와 함께 짐이 많아 파김치가 돼 돌아오시기도 하셨다. 그런 날이면 할머니는 짐을 내려놓으시며 '후유우' 하고 숨을 몰아쉬었고 그러면 할머니의 입에선 영락없이 휘파람소리가 나곤 하셨다. 애비는 이런 할머니가 불쌍하고 가여워 견딜 수가 없었다. 그래 어떻게 하면 할머니를 도와드릴 수 있을까 곰곰이 생각하다 나무장수를 하기로 마음 먹었다. '오냐 그래, 나무장수를 하자!' 이렇게 결심한 애비는 일요일을 택해 나무를 했고 그 다음 일요일은 읍내로 나무를 지고 가 팔았다. 나무는 소나무의 마른 가지 삭정이와 장작, 그리고 낙엽진 솔잎 갈비가 주종이었고 가끔은 솔가지와 물거리의 우죽이 주가 되었고 가을과 겨울엔 장작과 삭정이가 주가 되었다. 솔가지라 함은 소나무의 가지를 쳐서 말린 것이고 물거리의 우죽이라 함은 나무에 물이 오를 봄철 잡목의 잔가지나 윗가지를 쳐서 말린 것을 말함인데 이는 봄철에만 가능하기 때문에 봄에는 솔가지와 물거리의 우죽이 주종이 될 수밖에 없었다. 봄볕에는 강철도 마른다는 말이 있어 솔가지를 쳐놓고 일 주일만 지나면 바싹 마르고 물거리의 우죽도 일 주일이면 거의 말라 다음 주 일요일엔 져다 팔 수가 있었다. 그러나 장작만은 사정이 달라 아무리 봄볕이라 해도 한 보름쯤 돼야 마르기 때문에 패놓고도 다음다음 일요일쯤이라야 져다 팔 수 있었다. 하지만 삭정이는 아까 말한 대로 죽은 소나무가지여서 말릴 필요가 없었다. 그 때는 모두 나무를 땔감으로 삼았기 때문에 밥도 나무로 해 먹고 군불도 나무로 지피곤 했다. 그랬으므로 나무는 숯과 함께 연료의 총아였던 것이다. 이만큼 나무는 중요해 땔감이 많으냐 적으냐로 그 집 살림 규모를 알 수 있었고 나무를 많이 장만해 놨느냐 아니냐로 게으르고 부지런함을 재는 척도로 삼기도 했다. 봄에는 농목(農木)을 많이 마련해 놔야 규모 있는 집이었고 겨울에는 삼동(三冬)에 땔 동목(冬木)을 많이 장만해 놔야 부지런한 농가였다. 그러나 애비는 그 때 규모나 부지런함 때문에 나무를 한 것이 아니라 할머니를 돕기 위해 돕지 않을 수가 없어서 나무를 한 것이다.

그느느라 애비는 일요일이면 녹초가 돼 코피를 쏟고 피오줌을 누고 그러다간 나무토막처럼 힘없이 쓰러졌다. 너희도 알겠지만 여기서 읍내까지는 30리 길인 12km가 아니냐. 그 30리 길의 12km를 애비는 나뭇짐을 지고 새벽같이 집을 나섰다. 집을 나설 때는 언제나 별을 보는 새벽이었고 읍내에 도착하면 한나절이 기운 시각이 된다. 나무도 어디한 짐만 지고 가나. 한 짐이라도 더 팔려고 두 짐씩 지고 간다. 처음집을 떠날 때는 한 짐을 지고 가나 그 짐이 무거워 쉬게 되면 그 곳에다 나뭇짐을 받쳐놓고 되짚어 돌아와 다시 한 짐을 지고 가 먼저 받쳐놓은 그 자리에다 받쳐놓는다. 그리고는 먼저 지고 가 받쳐놓은 나뭇짐을 또 지고 가 받쳐놓고 다시 돌아와 먼저 것을 지고 간다. 그러니까 지게 두 개에 나무 두 짐을 짊어 놓고 섞바꿔 가며 지고 가는 것이다.

이렇게 해서 읍내에 다다르면 다리는 떨어져 나갈 듯 아프고 뱃가죽은 등가죽에 달라붙어 식은땀이 바작바작 난다. 그러면 지게뿔에 매달고 온 엉크런 찬밥덩이를 나뭇짐 뒤에 숨어 앉아 꾸역꾸역 먹어야 했다. 아 그런데 말이다. 젊은 부인들이 나무 사러 나와 '애, 이 나무 얼마냐?'며 금세 살 것처럼 묻다가 '예, 얼만데요'할라치면 '무슨 나무가 그렇게 비싸냐'하고 돌아서기 예산데 그러면 그 부인이 한없이 야속했다. 그러나 어쩌겠니. 애비는 다른 부인이 또 나타나길 기다리며 흡사 밥상머리서 주인 쳐다보는 강아지처럼 부인들 얼굴만 목젖 떨어지게 쳐다본다. 그러다 해가 꼴깍 넘어갈 때까지 나무가 안 팔리면 그만 몸이 달아 엉엉 울고싶어진다. 재를 넘고 물을 건너 허위단심 지고 온 30리 길이 천 리나 되듯 아득하게 느껴지는 것이다. 아 그 때의 막막함을 어찌 다 말할 수 있겠니. 그 때의 절망감을 어찌 다 형언할 수 있겠니. 그 때 애비는 아직 어린 중학교 2학년의 까까머리 소년이었다."

하 교수는 여기서 읍내가 있는 넋고개 쪽으로 잠시 눈을 주는가 하더니 다시 말을 계속했다.

"해가 꼴깍 져서 어두워질 때까지 나무가 안 팔리면 그냥 아무 집이나 지고 들어가 반값에 주고 오기도 하고 그것도 안 되면 외상을 주고 오기도 한다.

그러나 반값에도 안 사고 외상으로도 안 팔리면 아무나 공짜로 줄 수밖에 없는데, 이렇게 되면 다음에 팔아 주는 조건을 달고 나무를 부려놓고 오기 일쑤다. 이런 날 밤엔 잠 한숨 못 자고 전전반측 뒤척이기만 했다. 아무리 생각해도 나무가 아까워 잠이 오질 않는 것이다. 어린

몸으로 서툰 낫질과 도끼질, 그리고 지게질로 애면글면 해 지고 간 나무를 공짜로 거저 주고 왔으니 어찌 잠이 오겠느냐.

이렇게 되면 전신에 맥이 쑤욱 빠져 발길이 무겁고 할머니 뵙기도 죄스러워 걸음이 한사코 더디었다. 그리고 또 이런 날이면 할머니께서 횃불을 밝혀 드신 채 넋고개까지 마중 나와 계시기 일쑤였고 더러는 '아가야, 명준아' 하시며 읍내 쪽을 천방지축 달려오시기도 했다. 아, 그 때의 할머니는 실성한 사람처럼 제 정신이 아니셨고 산매들린 사람처럼 본 정신이 아니셨다. 할머니는 언제나 이 넋고개서 애비를 보내고 맞으셨기 때문에 애비가 새벽같이 나무를 지고 가는 일요일엔 으레 이 넋고개까지 바래다 주셨고 장사에서 일찍 돌아오시는 날은 넋고개서 애비를 기다리셨다. 그리고 그 외의 다른 볼일로 읍내를 가도 할머니는 꼭 이 넋고개까지 따라오셨고 또 마중 나와 기다리셨다. 때문에 이 넋고개는 할머니와 애비에게 있어 보내고 맞는 장소였다.

나무를 공짜로 주고 힘없이 돌아온 날 밤이면 할머니는 애비의 손을 부여잡고 목울음을 삼키신 채 제발 힘겨운 나무장수를 그만두라 하셨지만 애비는 듣지 않았다.

"명준아, 이 놈아, 니가 이 에미를 위한다면 제발 나무장사만은 그만 둬라. 니가 나무장사 안 해도 니 하나 중핵교 졸업시키고 고등과(고등학교)에 보낼 수 있다. 에미가 왜 벗어붙이고 나섰겠니. 다 너 하나 공부시키기 위해서 아니냐. 그러니 제발 이 에미 말 좀 듣거라 응? 이렇게 빈다."

어떤 위협에도 애비의 고집이 안 꺾이자 할머니는 숫제 사정조로 애원하시며 두 손을 싹싹 비비셨다. 그래도 애비는 막무가내였다. 힘든 것을 생각하면 당장 때려치우고 싶었지만 그렇게는 할 수가 없었다.

왜냐하면 애비는 그 때 이런 고통 하나 못 이긴다면 장차 아무 것도 될 수 없다고 마음 속 깊이 새겨놓았기 때문이다.

할머니가 애비한테 강경하게 못 나오시고 사정조로 애원하시는 데는 그만한 까닭이 있었다. 애비가 처음 나무장수를 하겠다 말씀드렸을 때 할머니는 펄쩍 뛰시며 일언지하에 거절하셨다. 말 같잖은 소리 두 번 다시 꺼내지 말라시며…….

그래 애비는 안 되겠다 싶어 비상수단을 강구, 폭탄선언을 터뜨렸다. 어머니께서 끝내 나무장수를 못 하게 하시면 중학교를 자퇴할 뿐만 아니라 이대로 집을 나가 영영 돌아오지 않은 채 모자지간의 인연을 끊어버리겠다고…… 그러자 할머니는 일순 움찔 하시더니 얼굴 색이 하얘지셨다. 그런데도 할머니는 '안 된다. 절대로 안 돼! 에미 눈에 흙 들어가기 전엔 절대로 안 돼!' 하시며 허락하지 않으셨다. '그럼 할 수 없습니다. 이 길로 어머니를 하직하고 떠날 수밖에요. 어머니, 이 아들의 마지막 인삽니다. 절 받으세요' 애비는 정말 떠날 것처럼 할머니께 넙죽 절하고 일어섰다. 그러자 할머니는 '아가야! 명준아! 그래 알았다. 니 맘대로 해라. 니 맘대로!' 하시며 애비를 와락 껴안고 흐느끼셨다.

이 날 밤 할머니는 한 잠도 안 주무시고 애비 곁에 앉으셔서 잠자는 애비를 지켜보셨다. 그리고는 혼자 소리로 '녀석, 코흘리개 철부진 줄 알았더니 다 컸구나. 고맙다. 장하다. 에미 위할 줄도 알고. 에이그 신통한 거 불쌍한 거'하고 중얼거리셨다. 애비는 그 때 자는 체 누워 있었으나 잠이 오지 않아 눈만 감고 있었으므로 할머니의 말씀을 다 들을 수 있었다. 애비가 비록 연극이었다 할지라도 할머니를 마음 아프게 해 드렸는데 어떻게 잠이 오겠느냐. 그 날 애비도 잠 한 숨 못 자고 밤을 밝혔다.

이렇게 시작한 나무장수는 그러나 너무 고통스러워 할머니 몰래 얼마나 울었는지 모른다. 나무장수는 중학교 2학년 때부터 고등학교 3학년 졸업할 때까지 장장 5년을 계속했는데, 고등학교 1학년까지는 힘에 벅차 그야말로 죽음과 맞먹는 고통의 연속이었다.

애비는 앞에서 일 중에 가장 골병드는 일은 짐 지는 지게질이라 했다. 그런데 애비는 이 골병드는 지게질을 5년 간이나 계속했다. 그것도 한꺼번에 두 짐씩 30리 길을 말이다.

날씨가 따뜻한 봄가을은 그래도 괜찮다. 하지만 고추같이 매운 엄동설한이나 가마솥처럼 푹푹 찌는 염천의 여름철엔 죽음과 맞먹는 고통이다. 잘 먹기를 하나 잘 입기를 하나. 그냥 걸어서 30리를 갔다 와도 진이 빠질 텐데 무거운 짐을 지고 왕복 60리를 다녀와 봐라. 참으로 형언할 수 없는 고통이 극한 상황에 이른다. 그렇지만 어디 또 이것으로 끝나나. 밤늦어 집에 오면 첫 닭이 울 때까지 공부하다 두어 시간 눈 붙이기 급하게 일어나 다시 30리 밖 읍내 학교를 가야 한다.

요즘이야 단 10리를 안 걷고 단 1km라도 타고 가려 하지만 애비는 그 때 왕복 60리를 5년 간 무거운 나뭇짐을 지고 다녔고 6년 간 통학을 했다.

이런 가운데서도 애비는 단 한 번 지각이나 결석을 하지 않았고 학급(반)에서도 1등을 거의 놓치지 않았다. 할머니는 이런 아들이 장하기만 해 우등상을 받아오는 날이면 덩실덩실 춤을 추셨고 만나는 사람마다 우리 아들 명준이가 공부 잘해 상타왔다고 자랑하셨다.

그리고는 애비를 앞세워 선영을 찾았고 증조모님과 조부님의 산소에 상장을 바치고 성묘케 하셨다. 이럴 때면 할머니는 꺼이꺼이 우셨고 '어머님! 명준이가 상을 탔어요. 어머님! 기쁘시지요? 자, 실컷 보세요. 이게 명준이가 타온 상장이구만요!' 하시며 제절 앞에 놓인 우등상장을 쓸어 만지셨다. 할머니는 할아버지 산소에서도 예외가 아니어서 '명준 아부지, 우리 우리 명준이가 일등을 했어요. 우리 명준이가 또 일등상을 탔어요. 그 어린 게 에미 도울려고 30리 읍내까지 나무 지고 가 판 돈으로 학비해 일등을 했구만요. 명준 아부지. 장하지요? 우리 명준이 장하지요? 봐요 우리 명준이 나무하러 가 서툰 낫질하다 손 다친 거요. 왼손이 전부 흉터투성인 거 보이지요? 칭찬 좀 해 주세요. 우리 명준이 장하다고 칭찬 좀 해 주세요' 하셨다. 그런 다음 반드시 애비 왼쪽 손을 들어 할아버지 봉분 앞으로 가져가셨다. 할아버지께서 보시라고 말이다.

너희가 알다시피 애비의 왼쪽 손은 상처투성이의 만신창이다. 할머니 말씀대로 서툰 낫질하느라 찍히고 베어서 난 흠집인 것이다. 할머니는 애비 손에 난 흠집이 마치 할아버지가 그러시기라도 한 듯 푸념 섞인 사설을 늘어놓으시며 눈이 퉁퉁 부을 때까지 우신다. 할머니의 푸념은 그러나 '에이그 무심한 양반. 매정한 양반. 지지리 복도 없는 양반. 조금만 더 살아기셨어도 이 뉘를 보는 건데. 몇 넌만 더 살아기셨어도 이 기쁨을 누릴 텐데……' 해서야 끝이 나신다.

이렇게 푸념 반 넋두리 반으로 할아버지 산소 앞에 퍼질러 앉아 사설을 늘어놓으신 할머니는 그러나 집에 오시기가 급하게 언제 울었더냐 싶게 또 바지런을 떠신다. 그런데 그런데, 말이다……"

하 교수가 갑자기 울먹거리며 동호와 동숙의 손을 거머잡았다.

"어떡하면 좋단 말이냐. 아니 이럴 수도 있단 말이냐? 아, 정말 이럴 수도 있단 말이냐? 할머니가, 할머니께서도 비명으로 돌아가셨다. 할

아버지처럼 비명에 횡사하셨단 말이다……."

하 교수는 그예 어깨를 들먹였다. 그러자 동호와 동숙이 코를 찌룩거리며 바튼 기침을 해댔다. 동숙은 하 교수의 가슴에 얼굴을 묻고 몽니부리는 아이처럼 고개를 흔들었다. 그러며 흐느꼈다.

"그 날 할머니는 동네 아낙들과 함께 매봉산으로 나물을 뜯으러 가셨다. 봄볕이 한껏 화창한 그 날은 산천이 유난히 선명했다. 그 전날 비가 흠씬 내렸기 때문이다. 할머니는 그 날 장사를 쉬시고 오랜만에 동네 아낙들과 어울려 매봉산행을 하신 것이다. 그런데 그런 할머니가 주검으로 돌아오신 것이다. 그 전날 흠씬 내린 비로 새파랗게 살아난 미끄러운 바위 돌옷을 잘못 디녀 미끄러지신 것이다. 할머니는 열 길도 훨씬 넘는 바위 밑 낭떠러지로 떨어지셨고 그리고는 그 자리서 돌아가셨다. 온 몸에 선혈이 낭자하신 채로…… 아, 그 때의 기막힘을 어떻게 말하겠니. 그 때의 애통함을 어찌 다 말하겠니.

할머니는 그렇게 처참하게 돌아가셨으면서도 눈을 부릅뜨고 돌아가셨다. 이 아들을 못 잊어, 이 아들이 걱정돼 차마 눈을 감지 못하고 돌아가신 것이다.

세상에, 그리고 주검에 이런 가혹도 있단 말이냐? 할아버지는 소에 받혀 돌아가시고 할머니는 바위에 떨어져서 돌아가시고…… 애비는 그 때 땅을 치고 며칠이고 울었다. 애비는 그 때 정말 할머니를 따라 죽으려 했다. 도무지 살아갈 희망이 없었다. 살아야 할 아무런 의미가 없었다. 그래 애비는 할머니의 장례를 모시고도 한 동안 학교엘 가질 않았다.

하늘 아래 오직 한 분 희망이시던 할머니가 그토록 처참히 돌아가셨는데 공부는 해서 무엇하랴 싶었고 천지간에 오직 한 분 기둥이시던 할머니가 그토록 비참히 돌아가셨는데 살아 무엇하랴 싶었던 것이다. 그러나 애비는 죽지 못했고 학교도 다시 다녔다. 종조부와 종조모께서 정신차려야 한다고 꾸중하셨고 이웃에서 힘을 내라며 시도 때도 없이 달래셨다. 그리고 무엇보다 담임선생님의 지극하신 사랑과 권유가 크게 작용한 탓이다. 그 때 선생님은 이 먼 곳까지 찾아오셔서 애비를 위로하셨다.

그래도 애비가 말을 안 듣자 눈물로 호소하셨다. 한두 번도 아닌 다섯 번씩이나. 애비는 결국 이런 선생님께 감동돼 다시 학교를 다니게 되었고 공부도 전과 같이 열심히 했다. 그런데도 마음속은 늘 할머니 생각으로 가득 찼고 머리 속은 늘 할머니 모습으로 가득 찼다. 할머니의 실족사가 너무도 큰 충격이었고 할머니의 존재가 너무도 큰 몫이었기 때문이다. 그러나 밤샌 원수 없고 날샌 은혜 없다더니 날이 가고 달이 가는 사이 애비는 차차 정신이 수습돼 이를 물었다. 이대로 주저앉을 수는 없다. 이대로 끝나버릴 수는 없다고 마음을 다져먹었기 때문이다. 이 때 할머니의 연세는 마흔 셋이셨고 애비는 고등학교 2학년의 열아홉이었다.

하루아침에 천애고아나 다름없이 된 애비는 반은 당숙네 댁에서 식사하고 반은 애비가 끓여먹으며 읍내의 고등학교를 졸업했다. 물론 나무장수도 계속하면서 말이다……"

하 교수는 이제 울먹이지 않았다. 그러나 동숙은 여태도 하 교수의 가슴에 얼굴을 묻고 가늘게 흐느끼고 있었다.

"고등학교를 졸업하자 애비는 이태 동안 당숙댁에 얹혀 지내며 당숙과 함께 농사일을 했다. 농사일이라야 남의 논 몇 마지기 얻어 부치는 소작과 매봉산 일구는 산전 뙈기의 부대기 새조밭이 고작이었다.

그러나 이 때 애비는 말할 수 없는 고민과 갈등으로 나날을 보냈다. 젊으나 젊은 놈이 이렇게 두메 산골에 처박혀 새조밭이나 파야한다는 게 못 견디도록 괴로웠던 것이다. 아니 이렇게 새조밭이나 파려고 그 힘든 나무장수를 하면서 고등학교를 마쳤나 싶자 미쳐버릴 것 같았다.

'안 된다. 일어나자. 일어나야 한다. 청운의 뜻을 품고 뛰쳐나가야 한다. 저 넓은 곳으로, 저 높은 곳을 향해 비상해야 한다. 대장부 당웅비의 기상으로 도남(圖南)의 날개를 단 채 비상해야 한다.'

애비는 하루에도 몇 번씩 이런 생각을 하면서 진로에 대한 번뇌로 밤잠을 못 이뤘다. 한데도 막상 뛰쳐나가려니 용기가 나질 않았다. 아니 용기보다는 뭔가가 뒷덜미를 잡아당겨 옴쭉달싹 못하게 했다. 그것은 조상 대대로 살아온 고향, 그 터전을 버려야 한다는 죄의식과 증조모님과 조부모님, 그리고 조모님을 버려야 한다는 불효관념이 발목을 잡아서였다.

서 발 막대 거칠 것 없는 혼자 몸, 천지간에 어디 간들 한 몸뚱이 건사 못하랴만 조상님과 부모님이 묻히신 고향을 등진다는 게 몹쓸 짓을 하는 것 같아 걸림돌로 남았던 것이다.

그러나 애비는 모질게 마음 먹고 고향을 떠나기로 작정했다. 성공하면 돌아와 조상님께 사죄하고 용서를 비는 게 고향에 있으면서 인간 노릇 못하기보다는 백 배는 나으리라 생각했던 것이다. 그리고 이것은 또 조상님들께서도 바라고 원하실 것으로 믿었던 것이다.

애비가 조상님들 산소를 두고 고향을 떠나기로 작정한 데는 당숙네를 믿기 때문이기도 했는데 애비가 없어도 당숙네가 조상님들 산소를 돌볼 것이므로 그나마 마음이 좀 가벼웠던 것이다. 그래 애비는 일본의 승려 시인 샤꾸 겟세이(釋月性)가 쓴 '장동유(將東遊)'라는 시를 마음

속 깊이 아로새기며 결연히 고향을 떠났다. 그 때 애비가 마음 속 깊이
아로새긴 시 장동유는,

　　　남아입지출향관(男兒立志出鄕關)
　　　학약무성사불환(學若無成死不還)
　　　매골기유분묘지(埋骨豈惟墳墓地)
　　　인간도처유청산(人間到處有靑山)

이라는 것인데, 풀이하면,

　　　장부가 뜻을 세워 고향 떠나서,
　　　만약 학문을 못 이루면 죽어서도 아니 돌아가리,
　　　죽어 뼈를 묻을 곳이 어찌 고향땅뿐이랴.
　　　인간이 이르는 곳마다 청산이 있거늘

　　하는 시로, 애비는 이 시를 백 번이고 천 번이고 읊조리며 고향을
떠났다.
　　이 시 「장동유」는 샤꾸 겟세이가 고향을 떠나기 전 장차 동유(東遊)
를 하기 위해 벽에다 제(題)한 벽시(壁詩)로서 뜻을 이루기 전에는 죽어
서도 고향에 돌아오지 않겠다는 비장한 의지를 결연히 나타낸 장부시
로 고향 떠나 입지하려는 사나이라면 마땅히 취할 만한 포부시였다.
그러므로 이 시는 청운의 뜻을 품은 사나이가 좌우명으로 삼을 만한
그런 시이기도 한 것이다.
　　이렇게 샤꾸 겟세이의 장동유를 가슴속 깊이 아로새기며 고향을 떠
나 서울로 간 애비는 슈샤인, 껌팔이, 신문배달, 중국집 종업원 등 갖은

고생을 하면서 고학으로 대학 야간부를 다녔고, 대학을 나와서는 가정교사, 회사경비원 등을 하면서 대학원을 다녔다. 그러나 그 때의 고생을 애비가 여기서 어떻게 시시콜콜 다 말할 수 있겠느냐. 만약 그 때의 고심 참담했던 일들을 다 말한다면 하루는 좋이 걸려야 할 지도 모른다. 그러니 그 때의 얘기는 생략하기로 하자……."

하 교수는 말을 그치고 자세를 고쳐 앉았다. 그러나 동호와 동숙은 정물처럼 한 자리에 붙박여 있었다. 적이나 하면 무슨 말이든 하고 또 질문도 할 법한데 동호와 동숙은 약속이라도 한 듯 말이 없었다.

"자, 이제 눈 좀 붙여야잖겠니? 날도 얼추 샐 시각이긴 하다만……."

하 교수가 말하며 동쪽으로 시선을 보냈다. 동녘은 어느새 희뿌옇히 밝아오기 시작했다. 벌써 동이 트는 모양이었다.

"……그러죠 뭐. 근데 잠이 올지 모르겠어요."

"아빠나 좀 주무세요. 저흰 이대로 있을게요."

동호와 동숙이 그제서야 몸을 움직여 자세를 흐트러뜨렸다.

"아니다. 날밤을 무슨 대수로 새운다는 게냐. 다만 몇 시간이라도 자 둬야 한다. 그래야 내일 아니 오늘 밀타작 할 때 안 졸지."

하 교수가 이것저것 어질어진 것을 주섬주섬 치우더니 홑이불을 폈다. 그리고는 램프의 불을 껐다.

얼마나 잤을까.

잠결에 누군가가 흔들어 깨우는 소리를 듣고서야 동호와 동숙은 눈을 떴다. 당숙이었다. 당숙은 식전인데도 땀을 뻘뻘 흘리고 있었다.

"늦잠들을 잔 모양이구나. 얼른 일어나 세수하고 아침 먹자. 벌써 해가 하늘 중천에 떴다.”

당숙은 손으로 얼굴의 땀을 훔치며 가쁜 숨을 몰아쉬었다.

“무슨 날이 식전부터 이리 찌나 원. 아침부터 찌는 품이 오늘도 어지간하겠구면.”

당숙은 맥고자를 벗어 앞가슴에 활랑활랑 부채질을 하더니 원두막 앞에 받쳐둔 풀짐께로 가 앉았다. 그리고 보니 당숙은 식전 퇴비를 베어 지고 오는 길인 듯했다. 이 때 하 교수가 밭머리를 돌아 원두막 쪽으로 걸어오며

“일어들 났구나. 어떠냐. 잠이 부족하지?”

했다. 그런 하 교수는 산에라도 갔다오는지 바지가랑이가 함초롬히 젖어 있었다.

“어디 다녀오시는 거예요 아빠?”

동숙이 잠이 부족한 지 선하품을 몇 번 하고는 물었다.

“산에 좀 갔다 온다. 이슬이 어찌나 많이 내렸는지 옷이 죄 젖었다. 어이 상쾌하다.”

하 교수는 아랫도리를 툭툭 털며 기분 좋은 얼굴을 했다.

“언제 일어나셨길래 산에 다녀오세요. 벌써 일어나셨어요?”

동호가 겸연쩍은 지 뒤통수를 긁적이며 원두막을 뛰어내렸다.

“날이 새자마자 일어났지.”

“그럼 얼마 못 주무셨겠군요. 그래도 괜찮으시겠어요?”

“글쎄다. 정 졸리면 이따 낮잠 한 숨 자지 뭐.”

아침은 온 가족이 대청 마루에서 원탁처럼 생긴 두레상에 둘러앉아 먹었다. 잠깬 시각이 얼마 안 되고 찬도 된장찌개와 오이 무침, 열무 겉절이와 호박잎 찐 것 등 푸성귀뿐인데도 밥맛은 꿀맛이었다. 여럿이

한꺼번에 상머리에 삥 둘러앉아 먹는 운김 때문에 밥맛이 좋은 것 같
았다.

"자, 더 덥기 전에 한 마당 해 볼까?"

아침 식사를 마치고 담배 한 대를 태우고 나자 하 교수가 마당 한가
운데 놓인 채상(개상 혹은 챗돌이라고도 함) 앞으로 가 자리개를 집어들
었다.

"아이구 형님도 참, 아 정말 밀타작 하시게요?"

명수가 손을 홰홰 내저으며 마당으로 내려섰다.

"그럼 정말이잖고. 내가 언제 익은 밥 먹고 선소리 하는 거 봤나?"

"그래도 원 이게 무슨 당치도 않은 말씀이세요. 모처럼 오셨으니 형
님은 푹 쉬세요. 밀타작은 제가 할게요. 저 혼자 해도 이까짓 거 잠깐
이면 다 떱니다."

명수가 하 교수를 마당가로 떼밀며 또 손을 홰홰 내저었다.

"원 사람도 싱겁긴. 아, 그럼 오늘 밀타작 하자고 한 건 누구야? 그리
고 다 해치운 밀타작을 나랑 같이 하려고 한 마당질 할 것 따로 남겨둔
건 또 누구야?"

"그거야 형님께서 그렇게 하자고 하시니까 형님 말씀에 따른 것뿐
이지요."

"어허, 이 사람 이제 보니 이거 한 입으로 두말하는 순 엉터리구만.
왜, 내가 자리개질 못할까 봐 그러나?"

하 교수도 지지 않고 뻗대었다.

"정 그러시다면 형님은 도리깨질이나 하세요."

"도리깨질? 물론 하지. 자리개질 하다 도리깨질 하면 될 게 아닌가."

하 교수는 그예 자리개로 밀단을 동여맸다.

"형님 고집은 여전히 벽창우시군요. 애들 말마따나 형님 고집은 못 말려요 정말."

명수는 할 수 없는지 한 발 뒤로 물러서며 씨익 황소 웃음을 웃었다.

하 교수는 그러나 명수의 말에는 개의치 않고 동여맨 밀단을 오른쪽 어깨 너머로 한 바퀴 돌려 챗돌에다 힘껏 태질을 했다. 한 번 두 번 세 번.

태질을 오른쪽으로 대여섯 번 왼쪽으로 대여섯 번 하고는 오른쪽 한 번 왼쪽 한 번 식으로 몇 차례 하자 밀은 얼추 떨어졌다. 그러자 하 교수는 자리개를 풀어 밀단을 마당 한복판으로 냅다던지며,

"자네는 이거나 떨어."

했다. 명수는 또 예의 황소 웃음을 씨익 웃으며 도리개를 집어들었다. 그러더니 도리깻열로 밀단을 두둘겨 괴꼴(타작할 때 나오는 벼알이 섞인 짚북데기. 여기서는 밀이 덜 떨어진 밀짚)을 몇 번 후려치다가 멋을 부려 꼬느질(도리깻열을 정상대로 휘둘러 내려치는 게 아니라 공중에 빳빳이 세운 채로 한 바퀴 돌려 내려치는 것. 이는 여간 숙달된 솜씨가 아니면 되질 않는다)로 괴꼴을 재겨 나갔다.

"아, 형님 뭘 하세요. 괴꼴이 없어 도리깨질을 못하잖아요."

괴꼴을 다 재겨 한쪽으로 밀치며 명수가 소리쳤다.

"이 사람아 좀 천천히 해. 여남은 단이라도 떤 담에 도리깨질을 해야지, 달랑 한단 가지고 무슨 큰 소리야."

하 교수는 숨을 헐떡이며 자리개질을 했다. 그런 하 교수의 이마엔 벌써 구슬 같은 땀방울이 줄줄이 맺혀 있었다. 하 교수는 뒤발하듯 흘러내리는 땀을 입으로 연신 푸푸거리며 태질을 계속했다.

해는 아직 새 참이 채 안 된 시각인데도 불덩이처럼 이글거려 숨이

턱턱 막혔다. 껄끄러운 괴끼(곡식의 수염 부스러기)가 땀으로 뒤발한 팔뚝과 목덜미, 그리고 가슴팍까지 달라붙어 살갗이 쓰리고 따가웠지만 하 교수는 개의치 않았다. 아니 괴끼로 하여 살갗이 쓰리고 따가운 게 되레 마음 편하게 느껴졌다. 이는 참으로 오랜만에 맛보는 마음의 평정이었다.

"자, 형님 이제 좀 쉬었다 하세요. 한꺼번에 너무 많이 하시면 병납니다."

뒤발하듯 흘러내리는 땀을 입으로 푸푸거리며 여남은 단의 밀을 단숨에 떨자 명수가 도리깨질을 멈추고 하 교수께로 다가왔다.

"그럴까?"

하 교수가 숨을 헐떡이며 밀단에 감긴 자리깨줄을 풀었다.

"힘드시지요, 형님?"

"그렇군, 나도 이제 늙었나 봐."

하 교수는 '휴우' 하고 한숨을 몰아쉬며 손으로 어깨를 툭툭 쳤다. 허리가 뒤틀리고 팔이 떨어져 나갈 듯 아파 견딜 수가 없었다. 두 사람은 추녀 밑 그늘로 들어가 담배 한 대씩을 태워 물었다. 해는 그 사이 더 달궈져 맹렬한 기세로 이글거렸다.

"자, 이번엔 동호 네가 자리개질을 해 봐라. 그리고 동숙이 너는 애비하고 도리깨질하는 거다."

담배 한 대를 태우고 나자 하 교수는 동호를 채상 앞으로 데리고 가 자리개질 하는 법을 일러 주었다.

"어떠냐. 할 수 있겠지? 첨엔 잘 안 되고 힘도 들 게다. 그러나 아무리 힘들어도 쉬지 말고 계속 열 단만 떨어 봐. 알겠지?"

하 교수는 명령하듯 말하고 동숙에게 다가와 도리깨질하는 법을 가르쳐 주었다.

"너도 물론 잘 안 되고 힘들 게다. 그래도 십 분만 쉬지 말고 해 봐. 알겠지?"

하 교수는 동숙에게도 명령하듯 말하고 도리깨를 거머쥐어 줬다. 그러자 명수가 펄쩍뛰며

"아, 형님도 참 딱하십니다. 애들이 어떻게 자리개질을 하고 도리깨질을 합니까? 시킬 걸 시켜야지요 원. 자리개질은 제가 하고 도리깨질은 형님이 하세요."

했다. 그러나 하 교수는

"어허 무슨 소리? 하면 하는 게지, 못할 게 뭐야. 그리고 자네가 뭘 안다고 나서, 나서긴. 아, 애들한테 물어보라구. 하겠다고 하나 안 하겠다고 하나?"

하 교수의 어조는 강경했다.

"원 참 형님두. 그럼 어디 한 번 물어봅시다. 어떠냐? 아버지 말씀대로 한번 해볼 테냐 그만둘 테냐. 그만두지? 그지? 아니 마지못해 하는 척하는 거지? 그렇지?"

명수는 하 교수를 슬쩍 일별하곤 동호와 동숙에게 눈을 끔뻑해 보였다.

"전 한번 해 보겠어요."

동호가 자리개로 밑단을 꽁꽁 동여매며 대답했다.

"동숙이 넌?"

"저두요. 저두 한번 해볼래요."

동숙은 신호만 울리면 내달을 단거리 선수처럼 도리깨 장치(장부)를 단단히 거머쥐고 있었다.

“거 보라구. 자네가 눈을 끔뻑하고 별 수작을 다 떨어도 안 되잖아.”

“허 그것 참. 그 나물에 그 밥이라더니 그 아버지에 그 자식이군요 형님.”

두 사람은 배를 잡고 웃었다.

밀타작은 한나절이 가까워서야 끝이 났다. 동호와 동숙은 파김치가 된 채 나무등걸 쓰러지듯 마루에 퍼질러 앉았다. 말로만 듣던 자리개질이 그토록 힘들 줄은 몰랐다. 힘드는 건 자리개질만이 아니어서 도리깨질도 마찬가지였다. 자리개질은 허리가 뒤틀리고 팔이 떨어져 나갈 듯 아팠는데, 무엇보다 견디기 어려운 것은 깔끄러운 괴끼가 땀으로 범벅이 된 팔뚝과 목덜미, 그리고 가슴팍까지 파고들어 착 달라붙은 채 찌르고 쑤시는 고통에 있었다.

괴끼가 몸에 달라붙어 깔끄러운 건 도리깨질도 매한가지였다. 아버지나 당숙처럼 꼬느질은 감불생심이고 그냥 두둘겨대는 도리깨질에도 숨이 턱에 닿고 팔이 떨어져 나갈듯 아팠다.

동호는 하 교수의 말대로 열 단의 밀을 자리개질하고 도리깨질도 한참 동안 했다. 동숙이도 도리깨질을 한참 하다 자리개질로 덤벼들었다. 그러나 동숙은 밀 한 단을 채 못 떨고 그 자리에 주저앉았다. 태질은 고사하고 밀단 자체가 어깨 위로 올라가질 않았다.

“어떠냐. 힘들지?”

동호와 동숙이 뒤꼍 옹달샘에서 세수를 하고 오자 당숙이 맥고모로 얼굴에 부채질을 활랑활랑 해대며 마루 끝에 걸터앉았다.

“암, 힘들고말고지. 니들한테 이런 일이 어디 당키나 하냐? 니 아부지가 순 억지지 억……”

하다가 당숙은 말을 뚝 그쳤다. 하 교수가 뒤꼍 옹달샘에서 막 돌아

나왔기 때문이다.

"왜, 아직 흘근적거릴 게 더 남았나? 더 남았으면 눈치 보지 말고 계속해."

하 교수가 수건으로 얼굴의 물기를 닦으며 마루로 올라왔다.

"참 귀도 밝으시네요 형님은. 아, 눈치는 무슨 눈칩니까. 자, 점심상 나옵니다. 점심상이요."

이 때 마침 점심이 나왔으므로 당숙은 어벌쩡 엉너리치며 점심상을 받았다.

점심은 꽁보리 찬밥에 냉수 한 그릇씩이었고 찬은 터알(텃밭)에서 따온 풋고추에 날된장 한 보시기였다. 그리고 따로 상추 한 소쿠리가 올려져 있었다.

"어, 그 고추 참 싱싱하다."

하 교수는 찬물에 꽁보리밥을 꾹꾹 말아 퍼먹으며 풋고추를 날된장에 푸욱 찍어 우적우적 씹었다. 그러나 당숙은 상추에 보리밥을 주먹만하게 퍼놓고 그 위에 된장을 떠놓더니 입이 비좁게 상추쌈을 먹어댔다. 보기만 해도 입맛이 절로 나는 풋고추와 상추쌈이었다.

동호와 동숙은 아버지처럼 찬물에 꽁보리밥을 말아 된장에 풋고추를 찍어 먹기도 하고 당숙처럼 상추쌈을 주먹만하게 싸서 먹기도 하면서 밥 한 그릇을 다 비웠다. 꽁보리 찬밥이 그렇게 맛있을 수가 없고, 풋고추 날된장의 상추쌈이 그렇게 꿀맛일 수가 없었다.

점심을 먹고 뒤꼍 대추나무 밑 평상에서 낮잠 한 잠씩을 자고 나자 하 교수는 동호와 동숙의 손을 잡고 뒷동산으로 향했다.

뒷동산엔 몇 기(基)의 묘소를 제외하곤 백여 명이 놀 수 있는 널찍한 잔디밭이 융단처럼 깔려 있었다. 그리고 그 주위엔 목련 철쭉 산개나

리 영산홍 등 갖가지 꽃나무와 함께 소나무 전나무의 침엽수며 굴참나무 상수리나무 등의 활엽 교목이 들어차 있는 데다 사시사철 끊이지 않고 퐁퐁 솟는 석간수까지 있어 사람들의 발길이 자주 이르는 곳이었다. 해서 아이들의 술래잡기는 물론이요 단오 때의 그네뛰기며 백중 때의 씨름내기며도 이 곳에서 벌어졌다.

뿐만이 아니었다.

논둑 밭둑 다 접어놓은 어정 칠월이면 동네는 술 빚고 음식 장만해서 이 곳에서 호미씻이를 먹었고, 농한기의 동절이면 사람들은 또 이 곳에서 풍물놀이를 하며 신명을 풀었다.

그랬으므로 하 교수는 이 곳에 오를 때마다 그 옛날의 살뜰한 추억이 새록새록 되살아나 나라타즈 되었다. 이 곳에서 동무들과 혹은 울고 혹은 싸우고 혹은 소꿉놀이와 숨바꼭질을 하면서 그 티없이 맑은 어린 날을 보냈기 때문이다.

이는 하 교수뿐만 아니라 동호와 동숙이도 추억이 깃들인 곳이어서 이 곳이 못내 그리웠다. 동호와 동숙이 초등학교 다닐 때 방학만 되면 당숙댁을 찾았고 당숙댁을 찾으면 으레 이 곳에서 뛰어놀았다.

"자, 우리 이쯤에서 앉자."

잔디가 융단처럼 곱게 깔린, 그리고 동네가 한 눈에 내려다 뵈는 나무 그늘 돈들막에 세 사람은 나란히 앉았다.

"어, 시원타. 풀향기도 상큼하고."

하 교수가 코를 벌름거리며 심호흡을 해댔다.

아닌게 아니라 솔바람은 솨아솨아 여울물 소리를 내며 시원하게 불어왔고 풀향기는 솔바람에 실려 상큼한 냄새를 전해왔다.

그런가 하면 산새들은 눈알을 똘방거리며 이 나무 저 나무로 포록

포록 분주히 날아다니고 '삐삐 삐삐'알 수 없는 말을 쉬임없이 지껄여 댔다.

여기 질세라 날다람쥐와 청설모도 이 나무 저 나무를 비호처럼 옮겨 다녔고 이름 모를 풀벌레는 한낮인데도 '찌이 찌이' 하고 울어댔다.

"어때, 너희들 좋으냐?"

하 교수가 자연에 도취한 듯 멍하게 앉아 있는 아이들의 손을 양쪽에서 동시에 잡고 묻자 동숙이 화들짝 놀라며

"예, 아빠!"

하고 정색을 했다.

"동호 너는?"

"저두요."

"오늘 혼들 났다. 이제 농사가 얼마나 힘드는지 대강 알았을 게다. 하지만 내일 하루 더 혼나야 한다? 내일은 퇴비 베는 일이어서 오늘보다 더 힘들 게다. 단단히들 각오해라."

"그렇게 힘드나요?"

동숙이 걱정되는지 얼굴을 찌푸렸다.

"왜, 겁나냐?"

"겁보다두……."

"괜찮아. 닥치면 다 하게 돼 있다. 자, 그건 그렇고 우리 여기서 저녁 먹을 때까지 얘기나 하자. 아까 밀타작하다 생각난 건데, 너희들 호미 씻이라는 거 아냐?"

"호미씻이요?"

동호가 노트를 펼쳐들며 물었다.

"그래!"

"듣긴 했는데, 그거 호미걸이라고도 한다지요?"

"그렇다. 좀 어렵게 말하면 세서연(洗鋤宴)이라고도 하지. 씻을세자에 호미서자, 잔치연자."

"그럼 호미를 씻는 잔치라는 뜻인가요?"

"말하자면 그렇지."

"호미걸이와 같은 뜻이 아닌가요?"

"같은 뜻이지. 호미를 씻는다 함은 호미질 할 일이 없다함인데, 호미질 할 일이 없으니 호미를 씻어 걸 수밖에 더 있느냐."

"그렇군요."

"아빠, 좀 쉽고 자세하게 설명해 주세요. 전 뭐가 뭔지 잘 모르겠어요."

동숙이도 어느 새 노트를 펼쳐 놓고 있었다.

"그러자꾸나. 호미씻이는 우리의, 우리 농민들의 얼이 담긴 미풍양속이었다. 그런데, 그런데 이런 호미씻이가 그만 새마을사업인가 뭔가 하는 것에 밀려 씨도 싹도 없이 사라졌다. 생각하면 참으로 안타까워 분하기까지 하다. 이게 다 군사문화의 전횡과 군사독재의 무지가 야기시킨 것으로 통탄을 금치 못할 비극이다. 이는 농민에 의해 농민의 힘으로 다시 부활돼야 할 일이지만, 이에 앞서 정부적 혹은 정책적 차원에서 적극 장려하고 권장해야 할 성질의 것이다. 자, 그럼 호미씻이가 무엇이며 어떤 것인지, 그리고 왜 있어야 하고 필요한 것인지 설명할 테니 잘들 듣거라."

하 교수는 잠시 사이를 두었다가 말을 이었다.

"호미씻이는 대개 음력 7월 보름 백중 날 먹기가 예산데, 이 호미씻이 놀이를 사람들은 '호미씻이 먹는다'고 표현했다.

봄부터 여름까지 피땀 흘려 농사 지어 만물의 논매기가 끝나 논둑 밭둑 다 접은 어정칠월이면 동네는 날을 받아 호미씻이를 먹는데 특별한 사정이 없는 한 대개 7월 보름 백중날이 호미씻이 먹는 날로 정해진다. 앞으로 너댓 파수만 있으면 발을 동동 구를 만큼 바쁜 동동 8월이 되기 때문에 그래도 이 때가 비교적 한가해서인 것이다. 동동 8월의 추수기가 닥치면 노루가 아이를 업어가도 뒤돌아 볼 새 없이 바빠 호미씻이는 어정 7월이 아니면 먹을 수가 없는 것이다.

호미씻이 먹는 장소는 동네마다 달라 마을 앞 느티나무 숲에서 먹는 동네도 있고 개울가 버들방천 숲에서 먹는 동네도 있으나, 우리 동네는 해마다 이 동산 숲에서 먹었다.

이 날은 동네가 집집마다 음식 추렴을 해 질탕하게 노는데 누구네는 술을 빚고 누구네는 전을 부치고 누구네는 국수를 말아내고 누구네는 또 감자와 옥수수를 쪄내고 한다.

봄부터 여름내 뼈빠지게 농사 지었으니 하루만이라도 시름 잊고 화기애애하게 한 번 놀자는 호미씻이.

이 날은 동네 잔치로 남녀노소 모두 나와 풍물에 맞춰 혹은 노래하고 혹은 춤추며 흥겹게 노는 것이다. 어른들은 어른들대로 젊은이는 젊은이들대로. 그런가 하면 부녀자는 부녀자들대로 아이들은 아이들대로 끼리끼리 모여 마음껏 흥을 풀며 노는 호미씻이.

이 날은 상하의 귀천이 따로 없고 지주 작인의 구별이 따로 없이 한 타령 한 무리로 어울려 놀아댄다. 풍물소리에 신명이 절로 나 어깨춤이 으썩으썩 춰지고, 노랫소리에 짓이 나 엉덩춤이 덩실덩실 춰진다.

노인들은 무릎장단을 탁탁 치며 '만고강산 유람할 제 삼신산이 어디메뇨'를 찾았고 젊은이들은 어깨동무를 한 채 지신 밟듯 주위를 빙빙

돌며 선소리꾼의 가락에 따라 쾌지나칭칭나네를 불렀다. 그 소리가 어
찌나 구성지게 듣기 좋은 지 수줍음 잘 타는 처녀들은 아낙들의 뒤에
숨어 옷고름만 잘근잘근 씹었다.

쾌지나칭칭나네는 선소리꾼이 먼저 가락을 먹이면 사람들이 쾌지나
칭칭나네의 후렴구를 합창하는 것으로 대개 다음과 같은 것이다. 어떠
냐, 한 번 들어볼래?”

하 교수는 어흠어흠 기침을 몇 번 하며 목청을 가다듬더니 선소리와
함께 쾌지나칭칭나네를 구성지게 뽑아댔다.

   여기 모인 여러분들
   쾌지나칭칭나아네
   이내 말씀 들어보오소
   쾌지나칭칭나아네
   오늘 같이 신명진 날
   쾌지나칭칭나아네
   아니 놀고 어찌리요
   쾌지나칭칭나아네
   어절씨구 지화자 조오타
   쾌지나칭칭나아네
   천지 조판 개벽 후우에
   쾌지나칭칭나아네
   억조창생 중생드으리
   쾌지나칭칭나아네
   신농씨의 농법 배에워
   쾌지나칭칭나아네
   세세연년 농사 지이어

쾌지나칭칭나아네
시화연풍 국태미이난
쾌지나칭칭나아네
우순풍조 연년이 맞아
쾌지나칭칭나아네
시름없이 살아보오세
쾌지나칭칭나아네.

"어떠냐. 들을 만하냐?"

하 교수가 쾌지나칭칭나네를 마치고 아이들을 번갈아 봤다.

"멋져요, 아빠. 하도 구성져 눈물이 나려고 해요, 아빠."

"정말이에요. 정말 눈물이 나려구 해요, 아버지."

아이들이 박수를 치며 좋아했다. 그러나 그런 아이들의 눈은 거짓말처럼 물기가 어려 있었다.

"아빠, 아빠의 가락에 매료돼 노트를 못했어요. 이따 천천히 불러주세요? 따라 적게요?"

동숙이 강아지처럼 하 교수를 빤히 쳐다보며 말했다.

"그래라."

"그럼 또 계속하셔야죠, 아빠."

"알았다. 자, 이렇게 한도 끝도 없이 이어지는 쾌지나소리가 장중한 코러스 되어 산과 들로 울려퍼지면 호미씻이는 바야흐로 절정에 이른다. 그러면 모두가 한 타령으로 어우러져 거대한 덩어리가 된다. 완전한 대동(大同)이요 완전한 혼연이다. 그리고 또 완전한 일체가 되는 것이다.

호미씻이는 해가 서산에 이울고 대지에 땅거미가 내릴 때까지 계속

되는데, 그래도 사람들은 아쉬워 냉큼 자리를 뜨질 않는다. 그러다 주위가 캄캄하고 하늘의 별이 초롱거릴 때야 가을 추수 잘 하고 내년 농사 잘 짓자는 약속으로 술잔을 높이 든 후 헤어진다. 그러나 젊은이들은 따로 남아 밤이 깊도록 마시고 노래하고 춤을 춘다. 호미씻이의 여흥이 다 가시지 않았기 때문이다.

"꽃다발 걸어 주던 달빛 푸른 파시장, 떠나가는 가슴에 희망초 핀다……."

젊은이들은 어깨동무로 원을 그리며 못다 푼 흥을 합창으로 고창한다. 노랫소리는 마을을 돌아 장승백이로 퍼져나가고 그러면 처녀들은 가슴 설레며 살며시 집을 빠져나와 노래에 귀를 기울인다. 돌담이나 나무 뒤에 몸을 숨긴 채.

"만포진 꾸불꾸불 육로길 아득한데, 철쭉꽃 국경선엔 황혼이 서리는구나……."

젊은이들은 마시고 노래하고 춤을 추면서 개밥바라기가 하늘가로 척 기울어서야 비로소 헤어진다. 쳐녀들은 한숨과 함께 아쉬움만 머금고…….

동네가 호미씻이 날을 받아 놓으면 아이들은 잠을 이루질 못했다.

"야, 빨리 호무수수 날이 왔음 좋겠다. 그지?"

"누가 아니래. 난 호무수수 날을 기다리느라 잠도 못 잔다."

호미씻이를 호무수수로 발음하는 아이들은 너나 할 것 없이 모두 들떠 있다. 어서 호미씻이 날이 와야 부침개며 옥수수를 실컷 먹을 수 있기 때문이다. 이 날은 동네 잔치요 농사꾼 생일이어서 마음껏 놀 수 있고 옷도 새 옷으로 갈아입는다. 그리고 또 웬만한 잘못이나 실수는 나무라지 않고 용서해 줘 마음 놓고 뛰놀 수 있다.

아이들은 소풍 날 기다리는 심정으로 호미씻이를 기다렸다. 이는 설빔 입고 싶어 손가락 헤며 설날 기다리는 심정과 흡사했다.

"야, 너네는 뭐 하니? 우린 적(부침개) 부친다?"

"적? 우리 집은 국수 삶는데. 옥수수도 찌고……."

아이들은 호미씻이가 며칠 앞으로 다가오면 잠을 못 자 충혈된 눈을 비비며 음식 자랑에 열을 올린다. 호미씻이 날 잘 먹을 걸 생각하면 군침이 돌았던 것이다. 그도 그럴 것이 하고한날 초근 목피에 장떡과 보리개떡이요 이도 아니면 감자떡에 밀기울만 먹던 것이 호미씻이 날은 부침개도 실컷 먹고 옥수수도 배터지게 먹을 수 있으니 어찌 이 날이 기다려지지 않겠느냐. 아무리 어려운 집이라도 호미씻이 날만은 한 가지 음식은 들고 나왔다. 여름 농사를 지었기 때문에 하다못해 감자라도 있게 마련이었다. 그랬으므로 이 날만은 풍성한 음식을 마음껏 포식할 수 있었다. 보리개떡도 마음놓고 못 먹던 시절에 갖은 음식 고루 포식할 수 있으니 이 얼마나 축복된 날이냐. 대동단결로 하나가 되고 동네가 한 마음 한 뜻으로 혼연일체가 된 채 서로 위하고 서로 아끼면서 농사 애기 시절 애기로 하루를 보내던 호미씻이. 그런데, 그런데 말이다……."

하 교수는 여기서 말을 그치고 하늘 한 곳에다 눈을 주었다. 하 교수가 눈을 준 곳엔 목화송이 같은 구름이 뭉게뭉게 피어나고 있었다.

"그 잘난 새마을사업으로 없어지고 말았다. 호미씻이가 소비적이고 비생산적이어서 농민경제에 미치는 영향이 클 뿐만 아니라 자칫 농민들을 해이하게 할 소지가 많다하여 철폐된 것이다.

애비는 처음 이 소리를 듣고 기가 막혔다. 그리고 이제 한국 전통의 맥과 혼이 끊기는구나 했다. 아니 한국은 망해가는구나 했다. 아무리

불학무식한 군대정치요 어로불면(魚魯不辯)의 군사문화기로니 이럴 수
는 없다 싶었던 것이다.

새마을사업.

새마을사업이란 대체 무엇이냐. 새마을사업의 근본 취지가 대관절
무엇이냐. 묵은 때처럼 조상 대대로 물려받은 찌든 가난.

이 가난을 몰아내 한 번 배불리 잘 살아 보자는 운동이 새마을사업
아니냐. 그래서 내건 캐치프레이즈가 자조 자립 협동 아니냐. 그렇다
면 무엇이 자조고 무엇이 자립이며 무엇이 협동이냐. 아니 호미씻이보
다 더한 자조와 호미씻이보다 더한 자립과 호이씻이보다 더한 협동이
어디 있느냐. 호미씻이야말로 자조 자립 협동의 대명사요 혼연일체의
대동이다.

봐라!

봄부터 여름까지 허리 한 번 제대로 펴지 못한 채 뼈빠지게 일만 하
다 하루쯤 쉬면서 서로 위하고 격려하며 내년 농사도 잘 짓자는 게 자
조 자립 협동의 혼연이요 일체요 대동이지, 어째서 소비요 비생산적이
요 농민 경제에 영향을 미쳐 농민이 해이해질 소지가 된단 말이냐.

그래, 나랏일을 보는 사람들은, 국민 위해 농민 위해 신명을 바치겠
다고 철석같이 약속한 높은 사람들은 소화제 한 알 안 먹고도 나랏돈
을 국민 돈을 몇 십억 몇 백 억씩 꿀꺽꿀꺽 잘도 먹으면서, 못 먹고
못 입으며 죽어라고 농사 짓다 하루쯤 쉬며 제 가꾼 곡식으로 제 만든
음식 먹으면서 서로 위로 격려하는 눈물겨운 인정이 국가 시책에 위배
돼 철폐를 시켜?

도대체 누구를 위한 시책이며, 누구를 위한 정책이냐. 아니 시책이
무엇이고 정책이 무엇이냐.

못된 송아지 엉덩이에 뿔나고 집구석이 망하려면 수염 난 며느리가 들어온다더니 나라가 안 되려니까 멋도 풍류도 모르는 깡패 같은 친구들이 자리에 앉아 감 놔라 대추 놔라 하니 도무지 기가 차서 말도 안 나온다. 이런 자들이 정치를 한답시고 설쳐댔으니 어처구니없는 시위소찬(尸位素餐)이다.

그런데, 이 호미씻이와 함께 큰일날 뻔한 게 또 하나 있다. 그게 뭔지 너희는 모르지?”

하 교수는 흥분하고 있었다.

그런 하 교수를 동호와 동숙이 조심스레 지켜봤다.

“장이다. 아니 장날이다. 닷새에 한 번 돌아오는 장날 말이다. 이 장날을 글쎄 그 무지막지한 군사정치가 없애려 한 것이다.”

하 교수는 분기(憤氣)를 느끼는지 목소리가 한껏 격앙되었다.

“장날을 없애겠다니, 농민들의 애환이 서린 장날을 없애겠다니…….”

하 교수는 하마터면 큰일날 뻔했다는 듯 고개까지 설레설레 흔들었다.

“이유가 뭔지 아니? 흥, 개가 들어도 웃을 노릇이지. 아, 글쎄 장날이 농민에게 가져다 주는 낭비와 그로 인해 뒤따르는 경제적 손실을 막기 위함이라는 거야. 이는 얼핏 들으면 그럴 듯해 일응 당위성이 있어 보인다. 그러나 장이 어떤 것이고 장날이 농민에게 어떤 역할을 하는지 조금이라도 아는 사람들이라면 장날을 없애겠다는 발상은 할 수가 없다.

장날을 없애겠다니. 농민들의 애환이 집결되는 장날을 없애겠다니.

농민들의 유일한 만남의 장소요, 농민들의 유일한 정보 교환의 광장인 장날을 없애겠다니.

장날 철폐는 결국 뜻 있는 사람들의 반대에 부딪혀 유야무야 취소되었지만 뒷맛은 영 개운칠 않다. 세상에 그래 뭘 없앨 게 없어 조상 대대로 내려오는 장날을 없애려 해. 이건 아무리 생각해도 발상 그 자체를 이해할 수가 없다.

다행히 장날 철폐가 취소됐으니 망정이지, 불행히도 저들의 식대로 무지막지 밀어붙였더라면 어떡할 뻔했겠느냐. 꼼짝없이 장날은 군화발에 짓밟혀 장사지냈을 게 아니냐. 그저 뭐든지 하면 된다는 슬로건을 마치 무슨 법조문처럼 내건 채 아무거나 하면 되는 줄 알고 닥치는 대로 밀어붙이려던 저들의 우매.

하지만 천만의 말씀이다.

세상엔 해도 안 될 일이 있고 해서는 안 될 일이 있다. 장날을 없애겠다고 한 것이 바로 해서는 안 될 일이다.

생각해 봐라.

봄부터 가을까지 뼈가 휘도록 일해 놓고 농한기의 겨울 한 때 콩말이나 깻되박을 지게나 혹은 멜빵에 얹어 지고 갑돌아범 갑순아범이 농사 이야기 주고받으며 몇 십 리 장길을 고개 넘고 내 건너서 구불구불 장에 가면 사돈도 만나고 사촌도 만나고 오랫동안 잊고 있던 내외종도 만나 안부 묻고 농사 묻고 국밥 한 그릇 막걸리 한 사발로 서로 정 나누다 헤어질 땐 동태 몇 마리 사서 지게뿔에 매달고 와 늙으신 부모님 진지상에 올려놓는 그 뿌듯하고 푸근한 장날.

여름내 코에서 단내 나도록 일하다 하루쯤 쉴 겸 마늘접 고추근이나 질빵에 짊어지고 장에 가 혼자 되신 노모 고아드릴 사골도 사고, 안사람 손튼 데 바를 크림이며, 중학교 다니는 아들놈 학비 마련이며, 과년한 딸년 원피스라도 하나 사서 설핏한 해거름에 흐망한 기분으로 들판

길을 걸어 마을로 들어서는 그 넉넉함.

어디 또 이뿐이냐.

아들놈 장가들이고 딸년 시집보내는 중매 역할도 이 장날이 매개가
되어 이뤄진다.

거, 아무개 아들 장가들었나? 아직 안 들었어? 그럼 내가 중신할까?

아무개 딸은? 과년했지러? 이 갈엔 치워야겠네.

풍년 드는 겨울 장날엔 으레 이런 말들이 장바닥 난전에서 오고 간
다. 그러면 이봐, 쇠뿔은 단김에 빼랬다고 오늘 아주 성사시켜. 저희끼
린 나중에 보라하구. 우리 동네에 참한 색시감이 있어. 심덕이 무던하
구 마지매여.

그래? 그럼 내 딸년 신랑감도 한번 알아 봐. 그 동네 사위 될 놈 없을
까?

한 달 6장치고 이런 말이 오가지 않는 장이 있을까만 농사가 잘 됐
다 싶은 해의 가을장엔 이런 말들이 유독 풍성하다.

이렇듯 장날은 서로의 안부를 묻고 부모님께 생선 마리나 사다드리
며 아들딸의 혼사가 무르익고 한 잔 술로 허리를 펴는 그런 날인 것이
다. 그러므로 농민에게 있어 장날은 다목적 매개체요 다용도 메신저인
셈이다. 겨우내 얼었던 땅이 해동과 함께 풀리면 곰비임비 다가올 농
사 준비로 읍내의 대장간에 가 뭉툭해진 호미와 날이 무디어진 낫을
벼리는 것도 장날이요, 여름내 비름과 닭의장풀의 바랭이밭을 매고 퇴
비 베어 놓고 한숨 돌린 다음 꽁치 마리나 사오는 날도 장날이다.

추수를 하고 마당질이 끝나면 막걸리 잔이나 마시는 것도 장날이요,
깊은 겨울 큰 맘 먹고 안식구 옷감 한 벌 떠오는 것도 장날이다.

그런데 이런 장을, 이런 장날을 없애려하다니. 농민들은 어떡하라고.

농민들은 뭘 믿고 살라고…….

돈 많은 사람들은, 도시에서 잘 먹고 잘 사는 팔자 좋은 사람들은, 고급승용차 타고 다니며 허구헌날 골프나 치며 산해진미와 주지육림에 파묻혀 사는 재미나 있지만 믿느니 땅만 믿는, 믿느니 흙만 믿는 불쌍한 농투성이들은 대관절 뭘 믿고 어찌 살라고 장날을 없애려 했단 말이냐 글쎄.

장날이 농민들에게 가져다 주는 낭비와 그로 인해 파생되는 경제적 손실. 그래서 이 손실을 막기 위해 장날을 없애려 했다는 건 말도 안 되는 어불성설이다. 언제부터 정부가 국민을 고양이 쥐 생각하듯 했다고.

이는 아무리 생각해도 웃기는 일이어서 마당 터진 데 솔뿌리 걱정하는 논리와 같다. 애비는 경제 전문가가 아니기 때문에 잘은 모르겠다만 장날이 있으므로 오히려 농촌경제가 활성화되고 유통도 그에 비례해 원활해진다고 믿고 있다. 그런데 뭐? 장날이 농민에게 낭비와 경제적 손실을 가져다준다고? 아니 이를 막기 위해 장날을 없애려 했다고?

농민들이 장에 가 쓸데없는 돈을 허비한다고 하지만 그 돈이 대체 몇 푼이나 되겠느냐. 권력과 결탁해 천문학적인 돈을 떡 주무르듯 하는 위인들이나 하는 일 없이 자리만 차지하고 앉아 국록을 먹는 무능한 시위소찬들이 나랏돈을 펑펑 물 쓰듯 써대는 것에 비하면 농민들이 장에 가 쓰는 돈은 태산의 티끌이어서 미미하기 짝이 없다.

그래, 정경 유착으로 천문학적인 돈을 떡 주무르듯 해 국가 경제가 기우뚱거리는 건 괜찮고, 하는 일없이 자리만 지키고 앉아 나랏돈을 펑펑 써대는 시위소찬들의 낭비는 괜찮은데 농민들이 뼈빠지게 농사 지어 놓고 농한기의 겨울 한 철 모처럼 장에 나가 막걸리 사발이나 마시고 동태 마리나 사오는 건 안 된다고?

늦으나마 장날 안 없앤 건 불행 중 다행으로 잘한 일이다. 쇠뿔을 바로 고치려다 소를 죽이는 교각살우와 폐단을 없애려다 되레 딴 폐단이 생기는 거폐생폐를 막았기 때문이다.

그러나 어쩐단 말이냐. 장날은 그나마도 명맥을 유지하고 있는데, 호미씻이는 씨도 싹도 없이 사라졌으니…….

부활시켜야 한다. 당장 부활시켜야 한다. 저들이 부활시켜 줄 때를 기다릴 게 아니라 농민들 스스로가 부활시켜야 한다. 그래서 그 정겹고 푸근하던 어젯 날로 돌아가야 한다. 그 넉넉하고 아름답던 어젯 날로 돌아가야 한다. 거기 혼연이 있고 일체가 있고 대동이 있기 때문이다. 거기 자조가 있고 협동이 있고 자립이 있기 때문이다. 그리고 무엇보다 조상이 물려준 미풍양속으로서의 멋과 낭만이 있기 때문이다.

어찌 또 이뿐이겠느냐.

호미씻이는 시가 있고 혼이 있고 풍류가 있고 신명이 있다.”

하 교수는 여기까지 말하고는 고개를 들어 건넛산을 바라봤다. 산그림자가 산중턱을 서서히 기어올라가고 있었다.

“애비는 정치가 뭔지 경제가 뭔지 그런 건 잘 모른다만 농촌에 대해서만은 좀 알고 있다. 이왕 내친 김이니 농촌에 대해 더 좀 말하겠는데, 지금 농촌은 제 살 깎아 먹는 아픔으로 살아가고 있다. 똥값이 된 소값, 곡가의 동결, 늘어나는 농민 부채, 구할 수 없는 신부감, 모자라는 일손, 게다가 숨통 조이는 농수산물 개방.

이런 문제점을 대체 어쩌자는 건지 정책당국자에 묻지 않을 수 없다. 상대적 빈곤감이나 그로 인해 빚어지는 소외감은 도시만의 현상은 아니다. 대부분의 농민들은 울며 겨자 먹기로 실의와 절망에 빠져 있다. 이게 농촌이 당면하고 있는 작금의 현실이다. 대관절 농촌은, 농민은 어떡하라고 이러는지 알 수가 없다. 생각 있는 농민들은 지금 농촌이 어디로 가고 있느냐, 농촌에 과연 장래가 있느냐 하는 의구심과 불안으로 살아가고 있다.

지금 농촌 일부에서 나타나고 있는 농민의식의 급진화 경향은 농촌 사회에 어떤 위기감마저 느끼게 하고 있다. 우리 농촌이 당면하고 있는 가장 근원적이고 기본적인 문제가 뭔지 아니? 첫째, 늘어나는 가계 지출과 이를 따르지 못하는 소득 성장이다. 우선 여기서 농가 경제는 당연히 안정이 위협 당할 수밖에 없다. 농가의 전통적인 주 소득원이던 쌀과 보리는 국민 소득 향상에 따른 식생활의 변화로 해서 나타난 소비 감소에 흔들리기 시작하면서 안정된 농가 소득의 확보가 어려워지고 있다. 경제 작물과 축산의 경우 가격과 수요의 논리가 아닌 증산의 논리에 따른 무모한 생산 확대는 농가나 농업 지역 간의 치열한 시장경쟁만 유발했고, 농산물 시장 유통의 취약성으로 판로 및 가격의 불안정을 더욱 증대시키고 있다. 여기에 국제적인 농산물 개방 압력과 물가 안정을 위한 농산품 수입은 생산자인 농민을 심리적으로 압박하고 농업의 장래에 대한 불안감을 갖게 하는 요인으로까지 번지고 있다. 그런가 하면 농촌의 높은 교육열과 그에 따른 교육비 부담의 증가는 농업의 상업화 내지는 기계화에 따라 증가하고 있는 영농비 부담이라는 만성적 수지 적자를 낳게 하는 부채의 누적 원인이 되고 있어.

전통적으로 가족 단위와 젊은 층에 의존해 오던 농업인력은 이제 노령화 부녀화되어 농촌은 더욱 핍박받고 있다. 농촌에서 애기 울음소리가 그친 지는 이미 오래다. 대 도시의 급속한 산업화가 농촌의 젊은 세대를 유혹해 대량 향도이촌(向都離村)하게 만든 장본이지. 농촌 정책이 없고, 농촌에 있다가는 사람 노릇 못해 장가조차 들 수 없고 보니 너도나도 제 고향 버리고 도시로 도시로 나가는 거다. 앞에서 말했다 만 똥값이 된 소값, 곡가의 동결, 늘어나는 부채, 구할 수 없는 신부감, 모자라는 일손, 추수 후의 허탈감은 농촌을 암울하게 만드는 요인이다. 농촌의 주 소득원이란 결국 곡물뿐인데, 이 곡물 값도 정부가 대 도시 사람들 눈치 보느라 못 올리고 있다. 자식 가르치고 농사 짓자니 농협 에 가서 7촌의 양자 빌 듯 빚을 내야 하고, 국으로 땅두더지 노릇하는 농투성이한테는 시집을 안 와. 고학력자는 말할 것도 없고 중학교만 나와 일할 만한 젊은이는 모두 대 도시로 나가는 거다. 뼈빠지게 지은 농사 가을에 빚 갚고 나면 나오는 건 한숨뿐이지. 자, 농촌이 이 지경 에 이르렀는데도 당국은 농촌으로 가라, 농촌으로 가라다. 도대체 배 를 바다로 끌고 가는 건지 산으로 끌고 가는 건지 알 수 없다.”

하 교수는 농촌문제 전문가 못지 않게 농촌에 대한 해박한 지식으로 농촌이 당면하고 있는 문제점들을 하나 하나 지적했다. 그런 하 교수 의 지적은 논리가 정연했고 사리가 분명했다.

하 교수는 내친김에 죄다 말해버리자는 심산인지 자세를 고쳐 앉으 며 다음 말을 계속했다.

“물론 농촌이 오늘과 같은 많은 어려움에 처하게 된 데는 그만한 까 닭이 있다. 그 주요 원인은 첫째 농경사회에서 산업사회로의 이행이라 는 구조적 전환을 들 수 있다. 자본주의적 시장경제의 제도적 확립과 공업화, 그리고 도시화 국제화 속에서 농업과 농촌과 농민은 새로운 사회 경제환경 및 질서가치에 적응하는 자기 변혁의 아픔을 피할 수 없다. 왜냐하면 지금 농촌 사회에 일고 있는 대 전환의 회오리바람이 새로운 문제들을 불러일으키고 있으니 말이다. 둘째로 들 수 있는 것 은 농촌과 농업의 구조 전환을 추진하면서 농촌 발전을 주도하는 중심

세력이 농촌 안에는 물론 농촌 밖에서도 아직 충분히 확립되지 못하고 있다는 점이다. 특히 국가발전의 관리라는 정책적 제도적 차원에서 농촌문제를 종합적으로 다뤄갈 정부기관을 갖지 못하고 있다 이 말이다. 식량 증산의 한계를 크게 벗어나지 못하는 농업정책은 있으나 종합적인 농촌 정책은 없는 것이다. 도시 행정과 내무 행정은 있으되 농촌 발전 행정이 없다 이 말이다. 정부의 모든 부처들이 농촌 관련 사업들을 자기 부처의 실적주의를 벗어나지 못한 채 산발적으로 추진하고 있지만 농촌 발전을 종합적으로 구상하고 그 대책을 수립하는 부처는 없는 실정이다. 이런 제도적 현실은 풍년 농사를 이루고 쌀 증산은 달성했을 지 모르지만 도시로 간 젊은이가 농사 짓겠다고 고향으로 돌아오게는 못하고 있어. 무의촌이 거의 없어지고 새마을운동으로 농촌의 생활환경은 어느 정도 개선되었다 해도 고향에서 농사 지으며 살기를 원하는 사람은 점점 줄어들고 있어. 이런 상황에서 농촌 문제에 대한 대응이 농민 개개인의 차원에서 결국은 문제의 현장인 농촌을 버리고 떠나는 데서 더욱 심화 확산되고 있다. 적어도 내 자식만은 절대로 농사를 짓게 해서는 안 된다 하는 의식을 심어준 채 말이다.

셋째로 들 수 있는 것은 고도 경제성장을 위한 대도시 개발과 수출 주도 성장인데 대 기업 중심의 공업 우선 개발에 치우쳐서 산업으로서의 농업과 그로 말미암아 파생되는 농촌 문제를 종합적으로 다룰 제도적 기반을 못 가진 채 농민들이 농촌을 책임지는 주체적 대응력과 가치의 상실을 한꺼번에 겪고 있다. 농촌은 농민들에 의해 버려지고 도시민에 의해 잊혀지면서 점차 도시를 제외한 국토의 '나머지 지역'이 되고 있는 실정이다. 만약 이런 상황이 지속적으로 계속된다면 농촌을 떠나지 못한 사람들의 노인 문제와 그에 따른 빈곤 문제로 더욱 어려운 사회 문제를 야기하게 될 게다. 참, 기가 막힌 일이지.”

하 교수는 또 고개를 들어 건넛산을 바라봤다. 산 그림자는 그 사이 좀더 위쪽으로 올라가 있었다.

이 때 어디선가 낮닭이 ‘꼬끼요오 고올’ 하고 목청을 뽑아댔다. 그러자 저쪽 못등 너머에선 송아지가 어미를 부르는지 ‘음메에’ 하고 울었다. 이에 어미소는 너 어디 있니, 어미 여기 있다 하듯 ‘음머어’ 대답했다.

하 교수 서껀이 동산을 내려 마을로 들어선 것은 건넛산에 잔양이 막 스러질 무렵이었다.

“우리 여기서 얘기 좀더 하다 가자.”

하 교수는 옛날 하 교수가 살던 집 가까이 이르자 추연한 표정이 된 채 발길을 멈추었다. 그러며 집 뒤 밤나무 밑에 엎드려 있는 바위를 가리켰다.

“이 바위가 좋겠다. 우리 여기 앉자.”

세 사람은 바위에 걸터앉았다.

바위는 둥글넓적한 반석이었는데 반석은 맷방석만한 크기로 누워 있었다.

하 교수는 반석에 앉자마자 방 두 칸 부엌 한 칸의 오두막에 눈을 주었다. 오두막은 퇴락할 대로 퇴락해 볼썽 사납게 망가져 있었다.

‘오, 세월이란 저토록 무서운 것이로구나!’

집은 원형 그대로였고 슬레이트로 지붕까지 해 덮었는데도 예 같지 않고 낯설기만 했다. 낯설기만 할 뿐 아니라 을씨년스럽고 황량해 어설프기까지 했다. 그래서 집은 찬바람이 휙휙 돌아 휑뎅그렁하게 느껴졌다.

'아, 저 곳이 내 어릴 적 잔뼈가 굵은 보금자리였단 말인가! 아니 저 곳에서 내가 20수년 간을 살았단 말인가! 그리고 저 곳에서 내가 태어나고 저 곳에서 배곯으며 저 곳에서 내 어릴 적 꿈을 키웠단 말인가!'

하 교수는 왠지 자꾸 서글퍼져 비감한 생각이 들었다.

'세월이 무상하구나! 영고성쇠가 예 있으니!'

하 교수는 명치가 뻐근하고 콧날이 시큰거려졌다.

집은 작년보다 더 퇴락해 보였다. 작년에 왔을 때는 이처럼 낯설거나 황량하진 않았다. 그래서 이토록 어설프거나 휑뎅그렁하게 느껴지진 않았다. 그런데 올해는 아니 지금은 웬일인지 작년에 느끼지 못한 것마저 새록새록 느껴졌다. 이는 아마도 작년까지 마당가에 서 있던 두 그루의 대추나무와 그 옆에 엎드려 있던 한 그루의 앵두나무가 간 곳 없이 사라진 때문인지도 몰랐다.

또 있었다. 마당 앞 채마밭가의 감나무 한 그루와 고염나무 한 그루도 가뭇없이 사라졌고 그 뒤쪽에 서 있던 복숭아나무 두 그루와 자두나무 한 그루도 온 데 간 데가 없었다. 예대로 서 있는 건 뒤란의 살구나무 한 그루와 밤나무 한 그루 뿐이었다. 그러나 밤나무는 겨우살이와 함께 오가리들고 곰삭아 볼품없이 망가져 있었다.

하 교수는 새삼 세월의 허무함과 영고성쇠의 덧없음을 절감하며 모든 생명 있는 것은 의구(依舊)함이 없구나 싶었다.

"아빠 무슨 생각을 그렇게 골똘히 하세요? 아빠 표정이 마치 깊은 명상에 잠기신 것 같애요."

달라진 집 환경이 허망해 잠시 넋을 놓고 있자 동숙이 생글거리며 하 교수를 쳐다봤다.

"너무 허망해서 그렇다. 저 집이 내가 살던 집인가 싶자 괜히 명치가 뻐근하고 콧날이 시큰하구나. 게다가 이 밤나무와 살구나무만 그대로 있을 뿐 대추나무와 앵두나무가 간 곳이 없고 감나무와 고욤나무도 간 곳이 없구나. 그리고 자두나무와 복숭아나무도 흔적없이 사라졌다……."

"그러고 보니 참 그렇군요. 근데, 왜 없어졌을까요 아빠?"

"글쎄다. 모르면 몰라도 관리를 잘 못해 죽어버렸겠지. 그래서 베어버렸겠지. 대개의 과일나무가 그렇지만 특히 대추나무는 소를 매거나 무엇을 기대놓으면 쉬 상한다. 때문에 다른 이물질이 개개면 수를 못하지. 대추나무가 얼마나 까다롭다고."

"나무도 까다롭나요?"

"암, 특히 대추나무가 그렇다. 왜 그런고 하면 양반나무여서 그렇다는 게야."

"나무도 양반나무가 있나요?"

"있지, 바로 대추나무가 양반나무다. 그 왜 양반은 대추 하나만 먹어도 요기가 된다는 말이 있잖니. 대추나무는 참으로 가증스럽단다. 얼마나 가증스러우냐하면 모든 과일나무를 포함해 다른 나무의 잎이 다 핀 다음 맨 마지막으로 잎이 핀다. 그런데 열매(대추)는 언제 맺히는지 아니?"

"언젠데요?"

"제일 먼저 달린다. 다른 과일은 열매 맺을 생각도 하기 전에."

"그래요? 왜죠?"

"양반나무이기 때문에 그렇다. 대추의 변인즉 양반인 내가 어찌 상놈인 너희들과 함께 잎을 피우고 열매를 맺을 수 있느냐는 거다."

"참 재밌군요. 이제 보니 대추나무는 귀족이군요."

"귀족? 가증스런 귀족이지. 아니 양반이지. 그러나 저러나 밤나무만 빼고 다른 과일나무는 모두 할아버지께서 심으신 거라니 안타까운 노릇이다."

"할아버지께서 과일나무를 무척 사랑하셨던가 보죠?"

"사랑도 하셨지만 좋아도 하셨다. 할아버지께선 사람 사는 집엔 과일나무가 있어야 한다시며 당신 몸만큼이나 사랑하셨단다. 그래서 마치 자식 기르듯 지성으로 가꾸셨다. 할아버지께선 어로불변이셨지만 시를 아시고 풍류를 아신 셈이지."

"야아, 우리 할아버지 멋쟁이셨군요."

동숙이 호들갑스레 손뼉을 치며 큰 소리로 말했다. 그러나 동숙은 이내

"아빠 부탁이 있어요. 들어 주실래요?"

하고 정색을 했다.

"부탁? 무슨 부탁일까? 우리 공주 부탁이라면 들어 줘야지?"

"아빠가 사셨던 집, 아니 아빠께서 공부하시던 방을 한번 보고 싶어요. 갖은 고생 하시면서 공부하시던 방 말예요. 할아버지 할머니의 손때가 묻어 있을 방을 보고 싶어요. 오빠도 보고 싶지? 그치?"

동숙이 동의라도 구하듯 동호를 쳐다봤다.

"정말이에요, 아버지. 아버지의 체온이 담기셨을 방을 보고 싶어요. 그리고 체취를 맡아 보고 싶어요."

"그래?"

"예, 아버지."

"그럼 그렇게 하자꾸나. 안 그래도 애비는 벌써 생각하고 있었다. 오늘밤은 애비가 살던 아니 공부하던 방에서 너희와 함께 밤 깊도록 애

기하다 자기로 말이다."

"예? 그게 정말이세요, 아빠?"

동숙이 또 손뼉을 치며 큰 소리로 말했다. 어지간히 좋은 모양이었다.

"정말이고말고."

"근데, 그게 가능할까요 아빠?"

"암, 가능하지."

"어떻게요. 주인이 허락 안 하면 안 되잖아요."

"그건 염려 마라. 당숙께서 벌써 허락을 받아놓으셨으니까."

"어머 그래요? 당숙 참 센스 있으시다."

동숙은 신이 나는지 연방 손뼉을 쳐댔다. 신나는 건 동호도 마찬가지인지 듯 얼굴에 미소가 떠나지 않았다.

"애비는 센스가 없니? 사실은 애비가 당숙한데 시킨 거다."

"아 예, 그렇군요. 어쩐지 이상하다 했죠. 당숙이 웬 센스가 그리 있나 하구요."

"예끼놈! 무슨 소릴 그렇게 하냐. 당숙 들으시면 화내시겠다."

하 교수는 주먹을 을러메고 때리는 시늉을 했다.

"근데 아버지, 집주인 말예요. 아시는 분인가요?"

얼굴에 미소를 띤 채 말이 없던 동호가 비로소 입을 열며 하 교수를 쳐다봤다.

"물론 알지. 아랫말에서 이사오신 분인데 70객의 양주 분만 사신다."

"자녀들은 없나요?"

"왜 없겠니. 따님들은 출가했으니 외인이고 아드님들은 3형젠가 그런데 모두 도시에 나가 있지."

"외로우시겠군요."

“그래도 도시보다는 덜 외롭지. 하지만 이런 집이 어디 한두 집이냐? 농촌은 지금 거의가 그렇다.”

“생활은 그럼 어떻게 하시죠? 생활 수단이 있어야 할 게 아녜요?”

“도시에 나가 있는 자제들이 조금씩 부쳐오는 돈으로 사시나 보더라.”

“자식들이 왜 부모님을 안 모시죠? 아니 왜 자식들을 안 따라가시죠?”

“글쎄다. 그야 다른 사정도 있을 수 있겠지만 아마 이 곳이 편해서일 게다. 평생을 촌에서 나서 촌에서 자라 촌에서 농사 지으며 국으로 늙으신 분들이니 대도시에 나가 어떻게 사시겠니. 송충이 솔잎 먹어야 살 듯 농촌에서 늙은 분들은 도시에선 못 산다. 고기도 놀던 물이 좋다고 그 야차 같고 악다귀 같은 도시에서 어떻게 사시겠니. 그건 사는 게 아니라 징역살이의 형벌이다.

생각해 봐라.

눈만 뜨면 푸른 산 푸른 들이 연인처럼 보이고, 새소리 물소리 바람소리가 음악이듯 들리는 이 절간 같은 촌에 사시다가 어떻게 차 소리 기계 소리 악에 받쳐 질러대는 온갖 악다구니 소리 들리는 시끄러운 난리 속에서 사실 수 있겠나를……

낮이면 어미 찾는 송아지 울음소리와 한가로이 목청 뽑는 낮닭 울음소리 듣고, 밤이면 애잔히 울어대는 뜰 앞의 풀벌레 소리와 뒷산 숲에서 구슬피 우는 밤새 울음소리. 여기다 맑은 공기 마시고 파아란 하늘 쳐다보고 무료하면 마실 오가며 무시로 낮잠 즐기시다 어떻게 공기 나쁘고 오갈 데 없는 도시의 됫박 만한 골방에 갇혀 징역살이를 하실 수 있겠니. 이건 창살만 없다 뿐이지 영락없는 감옥이다. 그래, 농촌에서 이렇게 평생을 보낸 분들이 도시 생활을 하실 수 있겠니? 못 하신다. 아마 저 분들도 그래서 자식들 안 따라가고 예서 사실 게다. 자식들이 살 만해 제 집칸이라도 가지고 있다면 모르되 듣기로 3형제가 다 방 두 칸의 전세가 아니면 방 한 칸의 사글세로 근근히 사는 형편이라니 무슨 수로 그런데서 두 노인네가 사실 수 있겠니.

자식들이 남 보기 민망하고 또 남들이 욕한다며 가기 싫어하는 부모를 강제로 모셔가고 부모는 할 수 없이 자식의 뜻을 따르는 경우가 있긴 해도 이건 마지못해 따르는 거지 좋아서 따르는 건 아니다. 이렇게 마지못해 따라가면 도시가 싫어 자살하는 경우도 왕왕 있다. 그런가 하면 또 더러는 못 먹고 헐벗으며 소 팔고 논밭 팔아 살림 거덜나다시피 자식 가르친 걸 후회하는 부모도 상당수 있다. 못 배워 무식하면 무식한 거나 한탄하며 국으로 엎드려 고향 지키고 땅 지키며 농사나 지을 텐데, 괜히 집구석 거덜나게 가르쳐 부모 버리고 고향 버린 채 서울로 가 사람마저 버린다 싶어서지."

하 교수는 말을 마치고 담배를 뽑아 물었다. 동숙이 재빨리 하 교수의 말을 이어 받았다.

"아빠, 마치 아빠 소설 속에 나오는 얘기 같네요. '서 영감의 경우'라는 단편 말예요. 그 소설이 그렇잖아요. 오빠도 읽어서 알지? 그치?"

동숙이 하 교수한테 박은 시선을 동호에게로 옮겼다.

"그러고 보니 참 그런데요, 아버지?"

동호가 고개를 주억거리며 맞다는 시늉을 했다.

"애비도 얘기하고 보니 그런 것 같구나."

하 교수는 담배에 불을 붙여 물며 빙긋 웃었다.

그랬다. 하 교수의 단편 「서 영감의 경우」는 하 교수가 말한 내용과 같은 점이 많았다. 이 소설은 몇 년 전 발표한 것으로 참농군의 이야기를 다룬 것인데, 집구석 거덜나게 가르친 자식들이 부모 대함에 문제가 많음을 고발한 작품이다.

농사(땅)밖에 모르는 어로불변의 주인공 서 영감은 아들 딸 4남매를 초등학교만 가르쳤다.

돈이 없어서가 아니었다. 서 영감은 근동에서는 제일 택택한 부농이었다. 한데도 서 영감은 4남매를 중학교 문전에도 안 보냈다. 이유는 간단하다. 공부를 많이 시키면 농사는 물론 안 짓고 부모 알기를 우습게 알아 전부 도시로 내빼기 때문이라는 것이다.

서 영감은 소싯적 남의 집 머슴살이로 살림을 일궈 자수성가한 사람이다. 때문에 그는 알뜰하기가 말도 못해 잠자기 전엔 절대로 손 놀리는 법이 없다. 어쩌다 몸이 아파 일을 못하면 일을 못한 것만큼 밥도 먹질 않는다. 일을 못했는데 무슨 염치로 밥을 먹을 수 있느냐는 것이다. 서 영감은 하늘이 사람을 만들 때는 일하라고 만들었고 손발이 있는 것도 일하라고 있는 것인데 어찌 놀고먹을 수 있느냐 했다. 그래서 서 영감은 놀고먹는 것은 하늘에 대해 죄 짓는 것으로 알고 자식들에게 일하지 않으면 밥도 먹지 말아야 한다고 가르쳤다. 때문에 자식들이 밥을 먹다 상머리에서 꾸벅꾸벅 졸지 않으면 생벼락이 떨어졌다. 까닭인즉 밥 먹으며 졸지 않는 것은 일을 고되지 않게 했기 때문이라는 것이다. 일을 많이 하면 몸이 고되고 몸이 고되면 졸게 마련인데, 졸지 않고 밥을 먹으니 일을 그만큼 안 했다는 증거 아니냐는 것이다.

자식들은 그러나 이런 서 영감에게 반항 한 번 안 한 채 국으로 일만 했다. 그런데 이런 서 영감에게 어느 날 문제가 생겼다. 막내아들 종수가 아버지 서 영감에게 불평을 털어놓고 나선 것이다. 불평은 돈과 일

(농사)밖에 모르는 아버지가 자식들의 장래를 망쳐놓았다는 것이다. 자나깨나 일밖에 모르는 아버지가 자식들을 중·고등학교 하나 안 보냈으니 형들과 누나는 몰라도 자기(종수)는 군대도 못 가 방위로 떨어지는 병신에다 시집올 여자마저 없어 총각 귀신 못 면하는 몽달귀가 되었으니 아버지가 책임지라는 항의였다.

"생각혀 보세유. 으떤 년이 초등학교밖에 안 나온 짐승 같은 불농군한테 시집을 와유. 안 와유, 내가 기집애래두 안 와유. 여그서 농사 짓다간 장가두 못 가유."

종수는 이렇게 들이대며 가을 마당질이 끝나는 대로 서울로 가겠으니 그리 알라 항변했다. 이에 서 영감은 말 같잖은 소리 하지도 말라며 대경 실색 호통을 친다. 그러나 어머니 월곡댁은 요즘 세상에 종수만한 아이도 없다며 은근히 아들 편을 든다. 다음은 서 영감과 월곡댁의 대화 장면이다.

"뭣이여? 요즘 시상에 종수 야만한 아도 읎다구?"

"그러유. 종수 야를 남들처럼 중핵교를 보냈이유, 고등핵교를 보냈이유. 소핵교만 달랑 나와 지 형들따라 지게질 허고 신(센)농사일 허면서두 찍소리 한 번 안 혔잖아유. 이게 그래 을매나 착헌 거유. 말이사 바른 말루 종수 야만한 아도 읎는 줄 알어유. 으디 종수만 그려유? 큰아 둘째아 종숙이 다 그렇지유."

"으따, 자식들허구 한 바리에 실으믄 안 기울겠구먼. 아니 그래, 안 착하믄 즈들이 으쩔겨, 으쩔 거난 말여."

"중핵교 간다고 했으믄 으쩔 뻔했이유. 고등핵교 간다고 했으믄 으쩔 뻔했이유. 보내 줬어야지유? 이만헌 살림 가지구 못 보낸단 말은 못 혔겠지유? 그저 못 배운 거 한허고 구순허게 붙어 있는 것만도 천복으로 알어유."

　"뭐, 천복? 택도 읎는 소리. 야들이 높은핵교 보내 달란다고 내가 보냈을 거 같남? 내가 왜 야들을 소핵교만 시켰는디. 내가 야들을 소핵교만 시켰으니 망정이지 고등핵교나 대핵교 공부시켰어 봐. 행여 지 애비 에미 불쌍타고 농사 짓고 붙어 있겠네. 우는 놈도 속이 있어 운다고 나도 다 생각이 있어 높은 핵교 안 보낸 겨. 높은 핵교 나온 놈치구지 애비 에미 생각허구 농사 짓는 놈 나 여적 못 봤어. 여그다 짝이라도 맞춰봐 보라지. 이건 지 애비 에민 신다 버린 신발짝이여. 일 년 가야 한두 번 명절 때나 꿈에 중 보듯 삐꿈 코빼기 내밀면 그만인 겨. 저 효식이 아들 놈 못 봤남? 논 팔고 밭 팔아서 집구석 거덜나게 대핵교 졸업시켜 노니께 으찌 되었어. 서울사람 된 건 좋아. 무신 회사에 부장인가 뭔가로 있다믄서 지 애비 에미 알기를 혹싸리 껍데기로 알잖어. 부모야 자식 잘·되는 거보다 더 좋은 거 읎지. 그리고 어느 부모가 자식덕 보자고 공부 시키남? 다 즈이들 잘 살라고 시키는 거지. 허지만 일 년 가야 코빼기 한두 번 볼까말까한 자식, 그거 뭐 허는 겨. 그러다지 애비 에미 환갑 되믄 서울에 떡허니 앉아설랑 늙은이들을 불러 올려 으리 희한 번쩍한 데 데리구 가서 도깨비 같은 음식 차려놓구 환갑 때우고. 아, 그래 이게 배운 놈 허는 짓거리여? 이게 대핵교꺼정 나온 놈이 하는 짓거리냐고.

　잘 차리든 못 차리든 자식놈이 의당 내려와서 성의껏 마련한 음식 가지고 시절 애기 혀 가믄서 삼이웃이 나눠 먹으믄 을매나 좋아. 이게 사람 사는 본이지. 이게 자식된 도리지. 그런데 젊은 자식놈이 서울에 턱허니 앉아설랑 촌에 있는 늙은 부모를 주막집 강아지 부르듯 불러올려 환갑을 치러? 지 놈이 부장 아니라 사장이믄 뭘 혀. 아, 지 차 있겠다 핑

일 같은 날 지 안사람 새끼 데리구 와 조상 산소에 성묘하고 부모님 뵙고 동네 으른들 인사드리믄 좀 좋아. 지 놈은 으디 하늘에서 떨어진 놈이여 땅에서 솟은 놈이여. 이게 다 지 애비 에미 등골 빠진 덕인 줄 모르고 지가 잘나 그리 된 줄 알고설랑. 이게 으디 효식이 자식놈뿐인감?

금돌이 자식놈은 또 으떻고. 반평생을 머슴살이로 모은 재산 자식 수발에 쭈그렁바가지가 되었잖어. 그렇게 가기 싫다는 서울로 두 늙은이 개 끌듯 데려가더니 됫박 만한 방 한 칸 읃어 주고 한 달에 두어 번 코빼기만 내밀더라니 이게 그래 대핵교꺼정 나온 놈의 행세보따이여? 속 모르는 사람들은 효자라고 헐 겨. 지 놈은 대궐 같은 집에 식모 두고 자가용 타고 살믄서 늙은 지 부몬 골방서 살라구? 천하에 불효막심헌 놈 같으니라고.

내 이 두 귀로 직접 안 들었으믄 그짓말이라고 헐 겨. 지난 7월 금돌이 그 사람 벌초하러 왔을 때 내 귀로 똑똑이 들었으니 그짓말이 아니여. 그 때 금돌이 그 사람 뭐랬는 줄 아남? 자식 공부 소핵교만 시킨 내가 부럽다고 혔어. 그러구는 고향이 그리워 못 살겠다 혔어. 그르믄서 두 늙은이 쥐약이라두 먹고 죽어야 헐까부다 혔어. 그런데 증말 두 늙은이 쥐약 먹고 죽었잖았남?"

이것은 서 영감이 아내인 월곡댁한테 한 말이다.

서 영감의 말은 다시 이어진다.

"이왕 말이 났으니 말이다만 느이들 높은 핵교 못 갔다구 이 애비 원망 말어. 느이들을 대핵교꺼정 공부시켰어 봐라. 여그 이릏게 쳐박혀 농사 짓겄냐? 어림 반푼 어치도 읎는 소리여. 우선 이 텃골을 봐라. 대핵교는 그만두고 고등핵교만 나왔어도 너도나도 도회지로 나갔잖았나벼. 아니 중핵교만 나왔어도 지 부모 지 고향 지 농토 다 버리고 나갔잖았나벼. 수구초심인 겨. 여우도 죽을 때는 고향 쪽을 향해 죽는 겨. 공장이다 회사다 허는 덴 도회지 사람으로도 넉넉혀. 농사철이 되믄 일손이 달려 쩔쩔매믄서도 그나마 부모 모시고 농사 짓는 건 소핵교밖에 못 나온 사람들이여. 그 사람들이 부모 모시고 고향 지키고 땅 가꾸 믄서 살고 있는 겨. 그러니께 느이들 말여, 행여 신세 망쳤다고 생각허들 말어. 아는 게 병인 겨. 배운 게 병이란 말여. 자기가 까막눈이면 그게 서럽고 억울해 자식만은 우뚱게 해서라도 농투성이의 땅두더지 안 만들려고 집구석 거덜내 가며 높은 핵교 공부시켜 양복 입고 편하게 앉어 사무 보는 자식 원하더라만 애빈 생각이 달러. 느이들 4남매 소핵교는 가르쳤으니께 성명 삼 자는 알잖어. 그러면 된 겨. 저를 죽인다고 써 놔도 몰라보는 사람도 다 살어. 이 애비도 그런 사람이여. 농사꾼은 그저 국으로 농사 짓고 사는 게 젤이여. 내가 느이들 대핵교꺼정 공부시켰어 봐라. 집톨 잃고 멧톨 잃었을 겨. 재산 날리고 느이들 잃었을 거란 말여. 느이들이 막돼 먹어 그른 게 아니라 자연적으로다 그룰게 되는 겨.

그게 불효인 겨. 그러니께 느이들은 농사 아니믄 죽는 줄 알어. 사실 또 농사보다 더 좋은 게 으디 있남? 농사는 모든 것의 근본이여. 암, 근본이지. 그래서 농사는 천하지대본이라 허는 겨. 그 왜 속담에도 있잖어. 농사 안 짓는 사람은 도둑놈이라는 속담 말여. 그만큼 농사는 좋은 겨. 금돌이 내외가 왜 죽은 줄 아남? 농사 못 지어 앳병 나서 죽은 겨. 생각혀 봐. 배총 떨어지자 농일 배워 평생을 농사 짓고 살았는데 됫박 같은 골방에 갇혀 증역살일 허니 이게 으디 사는 겨? 흙이 있나 들이 있나 마실 갈 이웃이 있나. 눈만 감으면 텃골의 수리산과 갈묏들이 보이고, 물결치는 비석거리 보리밭이 선하고, 물알 잡히는 배동 논

배미가 그립고, 자마구 날리는 논틀밭틀을 걷고 싶었던 겨. 그래 고향에다 영감 할멈 농사 짓고 살 땅 몇 뙈기 마련해 달라니게 아들놈 헌다는 소리가 왜 챙피허게 망녕부리느냐는 겨. 그르니 으쩔 겨. 쥐약이라도 먹고 죽을 수밖에.

생각하믄 금돌이 내외는 골뱅이(다슬기)꼴이 된 겨. 죽도록 키워 놓은 새끼한테 지 속 다 파먹힌 에미 골뱅이 꼴이 된 겨. 그러니게 종수넌 딴 생각 먹지 말고 구순허니 있어. 장가는 내년 가을에 들여줄 테니게. 애빈 누가 뭐라 혀도 애비 주장대로 살아온 사람이여.

남이 장에 간다고 거름 지고 안 따러간 사람이란 말여. 애빈 살찐 놈 따라 부어죽을 수 읎다 이 말여. 으며, 애비 말 알아듣는 겨?"

그러나 종수는 끝내 쪽지 한 장을 남겨놓고 어머니 월곡댁의 도움으로 친구가 있는 서울 공장으로 갔다. 쪽지엔 이렇게 씌어져 있었다.

'아부지 죄송혀유.

용서혀 주셔유.

절대루다 불효한 생각에서 서울 가는 건 아녀유. 저도 이젠 사람같이 살아 보기 위해 서울 가는 거여유. 뼈빠지게 힘드는 농사일 반만 혀두 농사 짓는 거 몇 배는 더 잘 살 수 있어유. 흰소리가 아녀유. 보시믄 알어유. 군대는 기왕 못 가 방위루 때웠지만유 장가만은 번듯하게 들어야잖어유. 그르니게 아부진 자식 하나 읎는 셈 치시구 가마히 기세유. 부탁이여유.

그럼 아부지, 추워오는 날씨에 부디 몸조심 하시고 안녕히 기세유.

아부지 슬하를 떠나며 불효자 종수 올림'

쪽지는 그러나 서 영감의 화를 더 크게 부채질했다.

"뭐가 으쩌구 으쩌? 어허 동네가 망헐라믄 애동장이 나고 집구석이 망헐라믄 불씹쟁이가 난다더니, 이게 꼭 그 짝이구먼. 어허, 이게 무신 동티여. 지까짓 게 산 떠난 범이요, 물 떠난 고기지, 농사 짓는 놈이 농사 안 짓고 으찌 살어. 집구석이 망헐라니께 부주에 읎는 산매가 생기는구먼. 뭐, 사람 같이 살기 위해 서울 간다구? 뼈빠지는 농사 일 반만 혀두 농사 짓는 거 몇 배는 더 잘 살 수 있다구? 어허, 이게 무신 소리여. 시상 천지 으디 가믄 떼돈이 생기는 겨? 아니 서울만 가믄 누가 밥에 떡 얹어 놓고 기다리는 겨? 흙냄새 맡구 잔뼈 굵은 놈이 흙 싫다구 가 잘 살어? 뭐가 잘 사는 겨? 빛 좋은 개살구처럼 겉만 번지르 허믄 잘 사는 겨? 뼛심 안 들이고 편하게 살믄 그게 사람 같이 사는 겨? 느이들 잘 들어. 임자두 잘 듣구. 종수 놈, 그 놈 이제 우리 식구 아녀. 내 자식이 아니란 말여. 그 놈은 남이여. 생판 모르는 남이여. 그 놈 이제 우리하고 담 쌓은 놈이여. 아녀, 내 이 놈을 당장 가서 끌고 올 겨. 코뚜레를 해서라두 끌고 올 겨. 그래서 농사가 을매나 소중헌가를 가르칠 겨."

이러고 서 영감은 아들을 찾아 서울로 가고 소설은 여기서 끝나지만 글쎄, 서울간 서 영감이 아들(종수)을 데리고 올 지 못 데리고 올 지 그건 아무도 모른다. 이 소설에서 독자들은 무엇을 느끼는가? 아버지 서 영감과 아들 종수 사이에서 생긴 빙탄(氷炭)의 갈등을 느끼는가, 아니면 서 영감의 융통성 없는 아집에서 구시대적 이질감 같은 현실 외면의 괴리를 느끼는가? 이 소설에서 하 교수는 아버지 서 영감과 아들 종수 사이의 서로 다른 가치관을 제시했다. 그러니까 이 소설은 아버지 서 영감과 아들 종수 중 그 어느 한 사람을 딱히 나무랄 수는 없다.

　누구를 나무라겠는가. 아버지는 아버지대로 자기 생각이 옳다고 믿고 아들은 아들대로 자기 생각이 옳다고 믿고 있는데…….

　평생을 흙과 더불어 농사만 지어온 아버지의 사고방식은 당연히 그럴 것이다. 아버지는 농사가 제일이고 일이 삶의 보람이어서 열심히 힘들여 살자는 게 철학인데 반해 아들은 농사일 반에 반 힘만 들여도 살 수 있어 좀 쉽게 힘 덜 들고 편하게 살자는 게 철학이다. 원칙 대로라면 아들의 철학을 훨씬 더 높이사야 한다. 아버지는 자식이 부모 모시고 열심히 일(농사)하는 것을 효도로까지 연관 짓고 있다. 아버지의 말대로 아들을 높은 학교에 보내면 부모 모시고 농사 짓지 않는다는 것은 명약관화한 이론이다. 아버지는 누구누구를 보라면서 그들의 설움과 자살까지를 들고 나왔다. 이에 반해 아들은 일(농사)밖에 모르는 아버지 때문에 장래를 망쳤다고 항의한다. 초등학교 밖에 못 나왔으니 군대도 못 가고(중졸 이하는 방위병임) 불농군으로 농사나 짓고 있으니 장가들기도 어렵다는 불평이다. 이러니 이게 가치관의 차이가 아니고 무엇이겠는가.

　이 소설은 그러므로 기성세대의 가치관과 신세대(청소년)의 가치관을 비교 분석했다고도 볼 수 있는데 기성세대의 가치관이 고정적이요, 불변적이라면 청소년 세대의 가치관은 유동적이요, 가변적이라 할 수 있다. 이를 더 구체적으로 설명하면 기성 세대의 가치관이 제 자리 고수의 북극성형(北極星型) 가치관이라면 젊은 세대의 가치관은 3백 60도 회전하는 레이더형 가치관이라 할 수 있는 것이다. 고정 불변의 북극성형 가치관은 지킬 줄 알고 책임을 느끼며 소임을 다할 줄 아는 완고 경색된 지조적 가치관이요, 유동 가변의 레이더형 가치관은 안일 요령

합리 개방의 합목적적 가치관인 것이다.

저녁을 먹고 동호 서껀이 하 교수와 함께 당숙의 안내를 받아 하 교수의 옛집을 찾은 것은 밤이 꽤 이슥해서였다.

"아이구, 어서들 오시게."

집주인 박옹은 진작부터 기다리고 있었던 듯 활짝 반기며 봉당의 맷방석으로 일행을 인도했다.

"여기 좀 앉으시게들. 박사님이 이 누추한 데를 다 오시고. 이런 영광이 있나 그래."

박옹은 부인에게 그것 좀 가져오라 이르고는 가장자리가 너덜너덜 헤진 쥘부채 두 개를 내놓았다.

"자, 더운데 부치시게들. 날씨가 좀 쪄야지 원."

박옹이 부채 하나를 펴서 하 교수의 손에 들려 줬다.

"예, 고맙습니다. 어르신네."

하 교수는 박옹으로부터 부채를 공손히 받아들었다. 그러나 그 자리서 부채질은 하지 않았다. 어른이 주는 그 앞에서 활랑활랑 부채질하는 게 너무 반지빠를 것 같아서였다.

"자, 이것 좀 자시면서 말씀들 허시게. 우리 두 늙은이는 이제 평상으로 갈 테니."

잠시 후 부인이 수박 화채를 내오자 박옹이 서둘러 부인의 등을 밀었다.

"아닙니다. 어르신네. 여기서 저희들과 노시지요? 좋은 말씀도 들려주시구요."

하 교수가 황망히 일어서며 박옹을 잡았으나 박옹은,

"아니야 아니야, 우린 뒤꼍 평상에다 벌써 자릴 마련해 놨어요. 그러니까 아무 염려 마시고 말씀들 나누시게. 귀빈 중의 귀빈인 박사님이 오셨으니 이 얼마나 영광인가."

박옹은 손을 홰홰 내저으며 부인과 함께 뒤꼍으로 돌아갔다. 박옹 양주가 뒤꼍의 평상으로 돌아가자 당숙이

"형님, 저 갈랍니다."

하고 몸을 일으켰다.

"벌써?"

"벌써라니요. 밤이 꽤 깊었습니다. 그럼 너희들 재미있게 놀아라. 아버지 말씀 많이 듣고. 저 방엔 아버지 체취가 지금도 남아 있을 지 모른다. 할머니 할아버지 체취까지도……."

당숙은 이러며 눈을 들어 잠시 방쪽을 응시하더니 봉당을 내려섰다.

"자, 우리 이제 방으로 들어가 얘기하자꾸나."

당숙이 사립을 나서자 하 교수가 아이들의 손을 잡아 일으키며 말했다.

방은 생각보다 깨끗했다. 깨끗할 뿐만 아니라 방엔 이부자리까지 깔려 있었다. 박옹 양주가 무척 마음을 쓴 것 같았다. 하 교수는 박옹 양주의 세심한 배려에 새삼 고마움을 느끼며 아이들의 손을 잡아 자리에 앉혔다.

'아, 이 방! 내 유년시절의 잔뼈가 굵고, 내 청소년 시절의 꿈이 영글던 이 방. 그리고 밤새워 공부하며 한숨과 눈물과 기쁨과 슬픔의 애환이 얼룩지던 이 방. 이 방을 나는 대체 얼마 만에 들어와 보는가!'

하 교수는 눈물이 왈칵 솟을 것 같아 고개를 천장으로 젖혔다.

"아빠, 이 방이 아빠께서 공부하시던 방인가요?"

　자리에 앉자 동숙이 방 여기 저기를 두릿거리며 신기한 듯 물었다. 동숙의 눈은 호기로 가득 차 있었다.

　"그렇다. 이 웃방은 애비가 쓰던 방이고 아랫방은 할아버지 할머니께서 쓰시던 방이다."

　방은 벽을 사이하고 아래 웃방으로 나눠져 있었는데 벽 한쪽으로 문이 나 있었다. 아마 아래 웃방을 드나들기 위해 만들어 놓은 문인 듯했다.

　문은 이것말고도 밖에서 들어오는 출입문과 뒤란 쪽으로 난 문 하나가 더 있어 모두 세 개였는데, 이는 아랫방도 마찬가지로 돼 있었다.

　"애들아, 할아버지 할머니께서 쓰시던 아랫방부터 보고 올라오자꾸나."

　하 교수가 일어서며 아랫방으로 통하는 사잇문을 열었다.

　"참, 그게 순서겠군요 아빠."

　동숙이 말하며 몸을 발딱 일으켰다. 그러자 동호는

　"그래요 아버지. 그래야 될 것 같아요."

　하고 냉큼 따라 일어섰다. 세 사람은 사잇문을 통해 아랫방으로 내려왔다.

　"아빠, 전 아빠가 여기서 나셔서 유년시절과 청소년시절을 보내셨다는 게 도무지 믿어지지 않아요. 할머니 할아버지께서 아랫방에서 사셨다는 건 더더욱 믿어지지 않구요."

　아랫방을 보고 웃방으로 올라오자 동숙이 고개를 갸웃거리며 사뭇 미심쩍은 표정을 했다.

　"왜 안 그렇겠니. 여기서 나서 자란 애비도 생경한데 너희들이야 말해 뭣 하겠니."

"역시 세월이란 무서운 것인가 보군요. 이게 다 세월이란 시간 탓 아닐까요, 아빠? 할아버지 할머니의 영상을 아무리 떠올려도 도무지 윤곽조차 잡히질 않으니 말예요."

"그건 동숙아 나도 마찬가지야. 할아버지 할머니를 환영(幻影)으로라도 떠올려 보려 했지만 허사였어."

아이들은 안타까운 듯 연해 아랫방 쪽으로 눈을 주었다. 하 교수는 아이들의 이런 말을 듣다가 변명하듯 입을 열었다.

"그건 애비의 불찰이라면 불찰이어서 가슴 아픈 일이다. 두 분의 영정(影幀)이 아니면 사진 한 장쯤은 있어야 하는 건데…… 그러나 그 때의 형편으론 생각조차 할 수 없는 일이었다."

밤이 깊어질수록 만뢰(萬賴)는 죽은 듯 고요했다. 동산에 일던 바람소리며 집이 떠나갈 듯 울어대던 뒤꼍의 풀벌레 소리도 간헐적으로 들릴 뿐 사위는 침전된 앙금처럼 고즈넉했다.

"자, 우리 드러누워 얘기할까? 애비는 늘 여기 이 자리에 누워 잠을 잤다."

하 교수가 화제를 바꾸며 뒤란 쪽으로 난 문 앞을 턱짓했다.

"그럼 공부하신 자리는요?"

동숙이 방을 한 바퀴 둘러보고는 하 교수에게 시선을 박았다.

"공부도 이 자리서 했지. 책상이 없어 송판뙈기를 얼기설기 못질한 이름만의 책상 앞에서."

"그 땐 전기도 없었죠 아빠?"

"물론이지. 이 곳에 전기가 들어온 것은 70년대 말이었다. 그래서 가물가물한 석유등잔불로 공부를 했지. 그런데 걸핏하면 불이 꺼지고 콧구멍은 시커먼 그을음으로 덕지가 앉았다. 그리고 마음은 언제나 나무

끝에 앉은 새처럼 조마조마 했다.”

“왜요 아빠?”

“기름 닳는 게 아까워서였지. 호롱의 심지가 바지직 바지직 소리를 내며 타 들어가면 마치 피가 타 들어가는 느낌이었다.”

“그렇게 석유가 귀했나요?”

“말도 마라. 석유는 배급으로 나오고 더러는 운좋게 사기도 했지만 석유 살 돈이 없어 밤이면 캄캄하게 지내는 시간이 더 많았다. 석유 한 되면 대병으로 한 병이고 이 한 병이면 서너 달씩 켰다. 그랬으므로 저녁 식사 때나 제사 때처럼 특별난 때를 제외하곤 거의 불을 켜지 않고 살았다. 그 때는 내남없이 그랬기 때문에 할아버지와 할머니께서도 캄캄한 방에서 말씀을 주고 받으셨다. 해서 어느 집이고 저녁만 먹으면 어른들께서 으레 ‘기름 닳는다, 불꺼라’하는 게 첫 마디였다. 할머니께서도 기름 닳는 게 아까워 밤새워 공부하는 애비한테 ‘애, 고단한데 그만 자거라’ 하셨다. 그러나 애비는 할머니가 고단한데 그만 자라는 말씀이 기름 닳으니 그만 불끄라는 말씀임을 너무나 잘 알고 있었다. 할머니는 자정이 넘으면 종종 이런 식으로 말씀하셨는데, 이는 불끄라는 표현을 우회적으로 하신 것뿐이었다. 그러면 애비는 ‘예 어머니’ 하고는 검정 천으로 사잇문을 가린 채 공부를 했고 어떤 날은 자정이 되기 전에 미리 문을 가려놓고 쥐죽은 듯 공부를 하기도 했다. 그렇다고 할머니께서 애비의 이 짓거리를 모르시겠니? 할머니는 뻔히 아시면서도 짐짓 모른 척 속아 주셨다. 자, 우리도 불을 끄고 얘기하자.”

하 교수는 이 말과 함께 전깃불을 딸깍 껐다.

“그 때는 아버지, 대변도 억지로 참았다면서요? 어느 책에선가 읽었는데 참다가 정 참을 수 없어야 화장실엘 갔다더군요.”

동호가 정말이냐는 듯 대변 소리에 강한 억양을 넣으며 물었다.

"그랬었지."

"물론 배를 덜 고프게 하기 위해서죠?"

"암. 변을 보면 본 것만큼 배도 꺼질 게 아니냐. 그러니 억지로라도 참으라 한 게지. 하지만 어디 대변뿐이냐? 아이들이 들고뛰기라도 할라치면 어른들은 '뛰지 마라, 배 꺼진다' 하기도 했다. 어떠냐. 이해가 되냐?"

하 교수는 캄캄한 속에서 아이들을 일별하고 담배에 불을 당겨 물었다.

"예, 조금은요. 그전 같으면 전혀 이해가 안 되겠지만 여기 와 일하고 아버지 말씀을 듣고부턴 알 것 같아요."

"그래? 다행이구나. 동숙이 넌?"

"저두요."

"그럼 옷이 없어 좀 성하다 싶은 바지저고리 한 벌을 부자(父子)가 나들이 할 때 서로 번갈아 입고, 이불이 없어 아무 것도 덮지 않은 채 등걸잠 자는 것도 이해할 수 있겠니?"

"그런 것두 있었나요 아빠?"

동숙이 신기한 지 하 교수 앞으로 바투 다가앉았다.

"있다마다. 한 동네에 부자가 바지저고리 한 벌로 번갈아 입는 집이 반은 되었고, 이불이 없어 군불만 잔뜩 지핀 채 등걸잠 자는 집은 7할이 넘었다. 방도 어디 장판방이냐? 잘사는 집이라야 왕골 돗자리요 아니면 보통 짚자리였다. 그리고 짚자리도 못 까는 집에서는 숫제 가마니 때기나 멍석을 깔았다. 애비도 이 방에 멍석을 깔고 살았다. 아랫방의 할아버지 할머니께서도 물론 멍석을 깔고 지내셨고…… 너희는 아

마 상상도 못할 게다. 어떻게 외양간 돼지우리도 아닌 사람이 사는 방
에 가마니 뙈기와 멍석을 깔고 살았는지를.

　생각하면 그 때는 생활 아닌 생존이었다. 어찌어찌 죽지 않고 명줄
만 잇는 생존 말이다. 그 때를 생각하면 애비는 지금 너무 잘 살아 괜
히 죄스럽다. 아니 누구에겐가 죄를 짓고 있는 기분이다. 그래서 애비
는 어느 한 날 하늘 두렵지 않는 날이 없다. 너무 잘 사는 지금이 자칫
지난날의 기막혔던 것들을 잊어버리고 자꾸 포시라워지려 하기 때문
이다. 너희가 알다시피 대학교수가 잘 살면 얼마나 잘 살겠느냐만 지
난날의 생활 아닌 생존에 비한다면 애비는 억만장자 못지 않게 잘 살
고 있다.”

　하 교수는 여기서 말을 그치고 가녀린 한숨을 토해냈다. 그러자 분
위기는 어젯밤의 원두막에서처럼 또 엄숙해지기 시작했다.

　“요즘이야 새마을이다 새 생활이다 해서 주택 개량도 하고 식생활
개선도 할 뿐 아니라 과학의 발달로 면면 촌촌 전기가 들어가 문화시
설에 문명의 이기(利器)까지 갖춰 놓고 위생관념 또한 대단하지만 그
때는 주택 개량과 식생활 개선은 생각조차 할 수 없어 원시의 그것이
었고 문화 시설 역시 전무한 상태여서 위생이란 어휘조차 모르고 살았
다. 그랬으므로 걸핏하면 병에 걸렸고 병에 걸리기만 하면 십상팔구는
죽었다. 그도 그럴 수밖에 없는 것이 목욕이라곤 일 년 가야 여름 한
철뿐이었고 옷도 입고 벗을 게 없어 한 번 걸치면 제풀에 다 헤어져
떨어질 때까지 입었으니 병원체(病原體) 속에 살았다 해도 과언이 아니
다. 게다가 방문 앞 봉당엔 오줌독이 아가리를 벌린 채 묻혀 있고 그
오줌독에 오줌 한 번 누면 지린내가 등천하다시피 온 집안을 휘저어
놔 코를 들 수가 없었다. 그리고 구더기는 왜 또 그리 많은지 오줌독

안은 말할 것도 없고 독 가장자리와 봉당할 것 없이 산지사방에서 꿈틀거렸다.

하지만 어디 이뿐이냐?

변소에서 꿈틀꿈틀 기어나오는 구더기는 얼마나 많은 지 잘못 어리대다간 밟기 일쑤요 밟았다 하면 '틱' 하는 기묘한 소리를 내며 터진다. 그런데 이게 자칫 신발 모서리에 잘못 밟히면 얼굴까지 튀어오르기도 하는데 참으로 묘한 것은 흙은 만지면 눈으로 들어가고 똥은 푸면 입으로 들어가는 것과 마찬가지로 구더기도 가끔은 얼굴이나 입으로 튀어든다.

그러나 병원체는 이것말고도 또 있어 호시탐탐 건강을 해쳤다. 그게 무엇인고 하면 마당가의 두엄더미와 부엌 옆의 외양간이다. 두엄더미와 외양간에서는 악취도 악취지만 파리 등에 쇠파리 등이 온 집안을 돌아치며 상여소리를 냈다. 특히 점심에 보리 찬밥을 먹을 때면 파리가 밥그릇에 새카맣게 날아앉아 밥이 안 보일 정도였다. 파리가 얼마나 많으면 글쎄 가마솥에 음식 찌꺼기를 넣고 새카맣게 모이게 한 다음 솥뚜껑을 닫아 불을 때 볶아 죽였겠느냐.

그러나 이는 언 발에 오줌누기요 단 솥에 물 붓기여서 아무 소용이 없었다. 여기에 모기는 또 얼마나 극성인지 밤만 되면 등에 쇠파리와 마찬가지로 상여소리를 낸 채 덤벼들었다.

그렇다면 겨울은 괜찮나?

천만에, 겨울엔 빈대와 이(虱) 때문에 또 결단이다. 벼룩은 여름엔 주춤하고 이는 겨울엔 극성을 부려도 여름엔 잠잠한데 빈대는 여름 겨울 할 것 없이 사계절에 걸쳐 전천후다. 빈대는 번식률이 빨라 하룻밤에 고손자까지 본다고 하는데, 이 놈은 문설주나 문지방 또는 옷장이나 흙벽 틈새에 끼어 있다가 꼭 캄캄한 밤에만 활동하는 야행성으로 냄새가 아주 고약하다. 지금은 이나 빈대 같은 기생충이 거의 없지만 그때는 시글시글해 어느 집엘 가도 흙벽에 빈대 눌러 죽인 핏자국이 벌겋게 칠해져 있었다. 이러니 이게 동물 생활이지 어디 사람 생활이라 할 수 있겠니?

하 교수는 어미(語尾)의 중간중간 물음표를 던지며 이야기를 계속했다.

"자, 그럼 이번엔 이에 대해 얘기하겠는데 이는 서캐와 가랑니 그리고 수퉁니의 세 가지로 구분된다.

서캐란 이의 알을 말함이고, 가랑니란 서캐에서 깨어 나온 지 얼마 안 된 이의 새끼를 말함이며, 수퉁니란 다 커서 살이 디룩디룩 찐 어른니를 말함이다.

여기서 재미난 것은 어른니가 서캐를 슬어 놓을 때는 대개 머리 특히 아이들의 머리가 아니면 옷솔기나 이음매 같은 아주 은밀한 곳에다 하얗게 슬어놓아 사람의 눈길을 피한다는 점이다.

머리에 슬어 놓는 서캐는 머릿니가 되기 전에 참빗으로 훑어 잡지만 이게 한 발 늦어 미쳐 못 잡으면 납짝하고 시커먼 머릿니로 변해 머리에서 기생한다. 몸니는 흰색 바탕에 배 부분만 새카맣지만 머릿니는 몸 전체가 온통 새카맣다.

머리의 서캐는 참빗으로 훑어 잡는 데 반해 옷의 서캐는 양 엄지손톱으로 톡톡 눌러 잡고 더러는 옷솔기나 이음매를 접어 이(齒)로 잘근잘근 씹어 죽이기도 한다. 그러면 서캐 터지는 소리가 '톡톡톡' 하고 난다.

가랑니와 수퉁니는 옷을 벗어 손톱으로 죽이기도 하고 화롯불에 옷을 쬐어 굼실굼실 기어 나오면 훌훌 털거나 한 놈 한 놈 불에 집어넣어 죽이기도 하는데 이 때 또 재미난 것은 날이 추우면 이 터지는 소리가 '톡' 하고 나고 날이 눅으면 이 터지는 소리가 '투욱' 하고 난다는 사실이다.

그러나 이가 된통 많아 처치 곤란할 때는 추운 날을 잡아 옷을 홀랑 벗어 바깥에다 내놓는다. 밤새 이를 얼어 죽이기 위해서다.

옷을 벗어 이를 손톱으로 눌러 죽일 때는 이가 터져 얼굴에 튀고, 양 쪽 엄지손톱에 온통 벌건 피로 물드는데 그러면 침 한 번 뱉어 옷에 쓱쓱 닦아 그 옷을 입는다. 그런데도 이게 왠지 더러운 줄 모른다.

이는 제 똥 구린 줄 모르듯 아마 제 살 파먹은 것이어서 그런지도 모른다. 이렇게 이가 많고 보니 사람들은 시간만 있다 하면 일삼아 이 사냥을 한다. 가만히 앉아 있거나 누워 있으면 이란 놈이 슬금슬금 활동을 시작하는데, 이건 대개 낮보다 밤 시각에 더하다. 목덜미나 샅, 또는 겨드랑이나 어깨 부위가 스물스물 해지면 영락없이 이가 기어다니고 이럴 때 손을 넣어 더듬으면 보리쌀 같은 수퉁니가 손에 잡힌다. 그런데 이상한 것은 이를 잡다가 이가 많으면 신명이 나다가도 이가 없으면 괜히 서운하다는 사실이다. 이가 없으면 다행한 일이어서 기분이 좋아야 할 텐데 희한하게도 마음은 그렇지가 않다. 이 얼마나 가당찮은 아이러니냐만 그러나 이 아이러니의 묘한 감정을 어떻게 설명할 수 있겠니."

하 교수는 담배에 불을 붙여 음미하듯 천천히 빨았다. 그런 하 교수를 동호와 동숙은 숨을 죽인 채 지켜봤다.

"동호야, 그리고 동숙아, 너희도 봐 알겠지만 이 동네는 유난히도 과일나무가 많다. 그래 봄이면 복사꽃 살구꽃 배꽃이 그 내음과 함께 무더기무더기 흐드러져 눈이 부셨고, 여름이면 다람쥐 꼬리 같은 밤꽃이 싸아한 방향으로 코를 찔렀다.

가을이면 마당가의 대추나무에 오복조복 가지가 휘게 달린 대추가 진홍빛으로 영글었고, 밤이 깊어 우수수 바람이라도 불면 저 뒤란의 밤나무에서 형제 삼형제 의좋게 들어앉은 알밤이 투욱툭 떨어지는 소리가 꿈결인 양 들려왔다.

어디 또 이뿐이냐?

달이라도 휘영청 밝아보라지.

밤나무 그림자는 문살에 일렁이고 알밤은 뒤란에 간단없이 떨어졌다. 어느 땐 문살에 와 '탁' 하고 부딪치기도 하고……. 애비가 만일 그 때 시라도 지을 줄 알았다면,

뒤꼍 마당에
밤 떨어지는 소리
밤이 새도록

하는 5, 7, 5, 17음의 배구(俳句=하이꾸)라도 지었으련만 애비는 그러나 그 때 영도 철도 모르던 어린 시절, 그저 얼른 날이 밝아 뒤꼍에 떨어진 알밤 주울 생각으로 밤이 길었다.

이런 날 밤이면 또 대개는 귀뚜리가 '리이 리이' 애잔하게 울었고 그러면 애비는 까닭 없이 눈물이 나 베갯잇이 촉촉이 젖었다.

겨울이 돼 일손 한가할 때면 할머니는 앞마당의 대추와 뒤란의 밤을 넣어 찰떡(일명 대추찰떡)을 해 주셨고 그러면 애비는 그것을 두고두고 질화로 잉걸불에 석쇠를 올려놓고 냠냠 구워먹었다.

174

그런데 묘하게도 이런 날엔 소록소록 눈이 내렸고 그러면 또 개 짖는 소리와 다듬이질 소리가 영락없이 들려왔다. 그러다 밤이 더 이슥해지면 눈은 멎고 바람이 우우 불며 바르르바르르 문풍지 소리가 들려왔다. 밤은 하염없이 깊어가고 개는 컹컹 짖고 다듬이 소리는 또드락또드락 전설처럼 들려오고 문풍지 소리는 바르르바르르 정한(情恨)을 토하고……

이런 밤이면 애비는 잠을 뒤척이며 서린 한 맺힌 서름을 가락가락 토해내는 문풍지 소리에 속절없이 귀를 기울였다. 그런데 이상한 것은 이렇듯 서린 한 맺힌 서름을 토해내는 문풍지 소리가 아무리 들어도 싫증나지 않다는 점이다.

싫증이라니.

오히려 호소하듯 애원하듯 울어예는 문풍지 소리가 때론 자장가 되어 새록새록 잠을 재워 주곤 했다.

이렇게 잠이 든 밤이면 대개는 또 꿈을 꾸었다. 천야만야한 낭떠러지에서 뚝 떨어지는 꿈, 천사처럼 양 겨드랑이에 날개를 단 채 하늘을 훨훨 날아다니는 꿈, 거대한 무슨 괴물한테 쫓겨 죽어라고 달아나는 꿈. 그 중에서도 가장 잊혀지지 않는 꿈은 거대한 괴물에 쫓겨 달아나는 꿈이었다. 하지만 소용없는 일이었다. 아무리 기를 쓰고 달아나도 발은 한사코 땅에서 떨어지지 않은 채 제 자리에 있었으니까. 뒤에서는 괴물이 따라오지 발은 땅에서 안 떨어지지, 그야말로 절체절명의 초미지급인 것이다. 그래 사생결단 기를 쓰다 '으악' 하는 비명과 함께 눈을 뜨면 아아, 옷은 땀으로 흥건히 젖어 있고 몸은 나락에 떨어지듯 가아맣게 내려앉는다. 그러나 문풍지는 상기도 정한을 토하며 바르르바르르 울어댔다.

어른들은 이런 꿈을 개꿈이라 했고, 또 크느라 그런다 일렀지만 애비는 너무너무 무서워 사뭇 잠을 설치곤 했다. 하지만 그 무서움도 바르르바르르 울어쌓는 문풍지 소리를 듣노라면 부지불식 사라지고 의식은 곧 거울처럼 명료히 되살아났다. 그러면 애비는 딱하게도 밤새일을 까맣게 잊어 먹은 한고조(寒苦鳥)처럼 방금 꾼 꿈도 잊어 먹은 채 귓가에 애잔한 문풍지 소리에 귀를 세웠다. 그러다가 끝내는 문풍지 소리를 자장가 삼아 새록새록 잠이 들었다.

이것은 애비의 어릴 적, 그러니까 아직 밥상머리서 두 다리 뻗고 밥투정 할 때의 일이다. 그 때 애비는 겨우 여남은살박이 철부지 아이였다. 그런데도 애비는 나이답지 않게 사물에 대한 직관이 빠른 편이어서 무척 조숙해 있었다.

그래서일까. 귀뚜라미 우는 소리에 슬펐고 낙엽지는 소리에 가슴이 서늘했다. 뿐이냐? 하늘이 아슬히 높아지면 까닭 없이 서글퍼 어디론가 한없이 가고 싶었고 눈이 펑펑 내리면 산매 들린 사람처럼 작정 없이 쏘다녔다. 그러니 어찌 문풍지 소리에 있어서겠느냐. 이는 지금 생각해도 참 잔망스런 일이었다. 아니 그러므로 애비는 작가가 되었는지도 모른다. 때문에 애비는 그것을 결코 잘못 됐다고는 생각하지 않는다. 잘못됐다니. 오히려 절절한 향수를 불러일으켜 세월이 가면 갈수록 점점 더 그리워지는 것이다.

그러고 보니 아아 문풍지 소리를 못 들은 지도 어언 몇십 년이 되었구나. 지금에서야 고백한다만 애비는 그 동안 문풍지 소리가 듣고싶어 언젠가 문에 문풍지를 달았던 적이 있었다. 그 때 애비는 이래서는 안된다. 어떡하든 문풍지 소리를 들어야 한다는 일념으로 기도하듯 문풍지를 달았다. 그래서 어릴 적 시절로 돌아가 보고 싶었던 것이다. 그

바르르바르르 울어대던 문풍지 소리. 애절히 토해내는 정한의 소리. 그 소리엔 애비의 어린 날 꿈이 있고 낭만이 있고 전설이 있고 향수가 있었기 때문이다. 그 많은 세월의 앙금 속에서도 퇴색하지 않고 마멸되지 않은 채 오롯이 남아 있는 문풍지 소리. 애비는 그것을 찾아야 한다고 생각했다. 찾아서 애비의 의식 속에 꼭꼭 묻어두고 보물인 양 그렇게 고이 간직하고 싶었던 것이다.

그러나 이게 웬일이냐?

애비는 설레는 마음으로 풀을 쑤어 놓고 지물포에 가서 문종이를 사다가 가위로 오려 문 가장자리에다 공들여 달았다. 그러고는 간절한 희원으로 문풍지 소리가 나기를 기다렸다.

하지만 헛일이었다.

달아 붙인 문풍지에서는 아무 소리도 나질 않았다.

이상한 일이었다.

안타까운 노릇이었다.

무엇 때문일까?

겹겹이 쳐닫아둔 문틀 때문일까?

아니면 아무 데서나 함부로 울 수 없는 지조 때문일까.

애비는 몸이 달고 애가 타서 입으로 불고 부채로 부치고 마지막엔 선풍기까지 꺼내 틀어대도 문풍지 소린 끝내 나질 않았다.

안 되겠구나. 다시 해 보자.

애비는 그 밤을 거의 뜬눈으로 새다시피 하고는 다음 날 다시 문풍지를 오려붙였다. 그러며 이렇게 생각했다. 오늘도 안 되면 흙냄새 가득 찬 어느 산골 마을을 찾아가리라고. 그래서 문가에 베개하고 누워 바르르바르르 떠는 문풍지 소리를 들으리라고…….

이런 절박한 애비의 심정에도 불구하고 문풍지는 끝까지 외면해 지조를 굽히지 않았다. 그래 애비는 생각했다. 아아 세속에 물든 나를 문풍지도 아는구나. 이렇게 생각하자 애비는 알 수 없는 눈물이 왈칵 솟아 뺨으로 흘렀다. 그 날 애비는 모처럼 만에 실컷 울었다.

할아버지 할머니가 돌아가신 이후 처음으로 말이다.

그 날 애비의 눈물은 적어도 지고했고 그 날 애비의 울음은 적어도 지순했다. 왜냐하면 그 날만은 티없이 맑은 동심으로 돌아가 한 점 부끄럼이 없었기 때문이다."

하 교수의 표정은 진지했다. 하 교수는 이런 자신을 제어하려는 듯 깊은 한숨을 토해내고 다시 말을 이었다.

"그런데, 그런데 말이다. 이렇듯 잔망스레 민감하고 사물에 대한 직관력이 남달리 예민해 소녀처럼 감상에 약한 애비였지만 공부에 있어서만은 독하고 강해 한 달이면 보름은 날밤을 샜다. 요기 요 자리에 요렇게 앉아서 말이다."

하 교수는 말하고 뒤란 쪽문 앞에 책상다리를 하고 앉아 공부하는 시늉을 취했다.

"그 때는 시계나 라디오가 없었기 때문에 첫 닭이 홰를 치고 울면 자정이 넘었구나 했고, 닭이 두 홰를 울면 새벽이 되었구나 했다. 밤이 이슥해 첫 닭이 울면 배가 출출해져 허리끈을 바짝 조여매고 공부를 하는데 할머니는 이런 애비가 가여워 '배고프쟈?' 하시며 뒤란의 무구덩이에서 꺼낸 배추뿌리를 깎아 디미셨다. 그러면 애비는 그 배추뿌리를 허발나게 먹고는 다시 공부를 계속했다.

그러나 무엇보다 견딜 수 없는 고통은 쏟아지는 잠이었다. 아무리 정신을 가다듬어도 잠은 막무가내로 퍼붓기만 했다. 얼마를 사이나 먹은 닭처럼 꼬박꼬박 졸다가 앞개울로 뛰쳐나가 얼음을 깨고 머리를 물속에 처박으면 비로소 정신이 드는데 이것도 그 때뿐, 한참 후면 잠은 다시 엄습했다.

안 되겠다. 무슨 수를 내자.

이 궁리 저 궁리로 잠 쫓을 묘안을 생각한 애비는 대 못을 송곳처럼 뾰족하게 갈아 책상 위에 꽂아놓았다. 꾸벅꾸벅 졸기만 해도 이마를 찌를 수 있는 위치에다 말이다.

이렇게 해 놓고 공부를 하자 잠은 한결 멀어졌다. 자칫 잘못 꾸벅거리다간 바늘처럼 예리한 송곳 끝이 이마빡을 찌를 것이니 긴장이 돼서도 잠이 올 리 없었다.

아, 그런데 이를 어쩌나.

바늘처럼 뾰족한 송곳이 눈앞에 살기등등 꽂혀 있음에도 불구하고 한 번은 그만 이마빡에 사정없이 꽂히고 말았다. 잠이 마구 퍼부어 꾸벅꾸벅 졸다가였다. 순간 눈에서는 불이 번쩍 일었고 이마에서는 선혈이 뚝뚝 떨어졌다. 그래도 애비는 아무 일도 없었던 듯 공부를 계속했다. 장광에서 날된장 한 숟갈 퍼다 이마에 붙이고 그 부위를 헝겊으로 질끈 동여맨 채 말이다. 당시는 약이 귀하고 없던 때라 불에 데거나 연장에 살을 베면 흔히 날된장을 환부에 붙이고 헝겊으로 동여맸다. 그것이 유일한 치료방법이었고 이 치료는 또 신통하게도 잘 들었다.

날된장에 의한 치료 방법말고도 흙이나 성냥 껍질을 벗겨 바르는 방법도 있었는데 이 방법은 그러나 날된장만큼 효과적이지 못해 덧나기 일쑤였다. 때문에 가능한 한 날된장을 발라야 했고 그래야 뒤탈이 없었다.

그런데 이상하게도 애비의 이마는 뒤탈이 생겨 덧나기 시작했다. 그

래 애비는 할머니가 아실까 봐 전전긍긍했다. 만일 할머니가 아시기라
도 하면 그런 낭패가 없는 것이다. 해서 애비는 생쥐처럼 밤에만 몰래
날된장을 바르곤 했는데 이게 하루 이틀이 아니고 보니 할머니가 모르
실 리 있겠니. 이마는 쇳독에 의해 밤톨만하게 부어 있었고 송곳에 찔
린 부위는 구멍까지 생겨 표가 완연하게 나 있었으니까…….

"아이고 이를 어째! 아이고 이거 큰일났네!"

할머니는 발을 동동 구르시며 입으로 애비의 이마를 빨으셨다. 쇳독
을 제거함에는 입으로 빠는 게 제일이라 하시면서 말이다.

"아이구 참말로 큰일날 뻔했다. 아니할 말로 눈이라도 찔렸으면 어
떡할 뻔했니 그래!"

할머니는 애비의 이마를 빨고 또 빠시면서 이마는 다쳤어도 눈은 괜
찮으니 불행 중 다행이라시며 이는 뭐니뭐니 해도 조상의 음덕이요 하
나밖에 없는 손자를 일구월심 돌보신 증조모님의 음덕이라 하셨다. 그
러며 할머니는 안도의 한숨과 함께 혀를 끌끌 차셨다.

왜 안 그러셨겠니.

할머니는 애비가 당신의 전부요, 희망이어서 쥐면 꺼질세라 불면 날
아갈세라 애지중지한 존재였다.

그랬기 때문에 할머니는 낫 놓고 기역자를 모르시고 똬리 놓고 이응
자를 모르시면서도 애비를 하늘처럼 떠받들었다. 아니 애비의 공부를
하늘처럼 떠받드셨다. 어떻게 해서라도 우리 집안에 학자 하나 나는
것을 보고 싶어 하셨고 또 그게 당신의 유일한 꿈이요, 최고 최대의
희망이자 오매불망의 소원이셨다. 그런데 그런 학자가, 아니 장차 학
자 될 아들이 원대한 뜻을 품은 채 학자공부를 하다가 이마를 다쳤으
니 어찌 노심초사로 애간장을 태우지 않으셨겠니.

할머니에게 있어 애비는 우주와도 바꿀 수 없는 애물(愛物)단지요, 애물(碍物)단지였다. 너희들이 애비한테 소중한 것만큼 말이다.

동호야! 그리고 동숙아!

애비는, 애비는 말이다. 할머니 할아버지의 숨결이 담기시고 애비의 어린 날 애환이 서린 이 방에 이렇게 앉아 너희들과 옛날 애기를 하는 게 도시 꿈만 같다. 할아버지와 할머니께서 비명에 가시지 않고 오래 살아계셨다면, 그래서 너희들의 대견한 모습을 보셨다면 얼마나 기뻐 하시겠니.

할아버지 할머니가 지금까지 살아계셔서 훌륭하게 자란 너희들을 보셨다면 세상 천지 당신들만 손자 손녀를 가지신 듯 기뻐하셨을 게다.

이 방에 이렇게 앉아 있으니 애비는 마치 옛날이 되살아난 듯한 착각마저 느낀다. 그래서 그 때가 손에 잡힐 듯 아른거린다.

자, 이제 밤이 늦었으니 그만 자자.

한도 끝도 없는 옛날 애기 밤을 샌들 어찌 다 할 수 있겠니. 별처럼 많은 사연과 실꾸리처럼 긴 애기는 앞으로 두고두고 들려 주마.”

하 교수는 말하고 긴 한숨을 토했다.

동호와 동숙이도 막혔던 숨통이 터지듯 한숨을 몰아쉬었다 세 사람은 말없이 자리에 누웠다. 이 때 어느 집에선가 괘종시계가 땡땡하고 두점을 가리켰다.

동호가 눈을 뜬 것은 해가 한 발은 솟은 다음이었다. 동숙은 그러나 아직 한 밤중인 양 혼곤히 자고 있었다. 그런데도 하 교수는 어딜 갔는지 보이질 않았다.

어제처럼 또 산에라도 간 모양이었다. 아니나 다를까 한참이 지나자 하 교수는 산에 갔다 온다면서 바지가랑이가 함초롬히 젖은 채로 들어섰다.

아침은 박옹댁에서 먹기로 했다.

당숙이 아침 먹으러 가자고 왔지만 박옹은 그런 법이 없다며 한사코 붙잡았다. 박옹은 아, 일부러도 모셔다 대접할 텐데 오신 손님을 그냥 가시게 하다니 무슨 소리냐 했다. 더욱이 주무시기까지 한 귀한 손님을 빈 입으로 가시게 한다는 건 당치 않은 일일 뿐만 아니라 사람의 도리로도 있을 수 없는 일이므로 맥반 총탕일지라도 한 술 자셔야 한다고 우겼다.

아침 식사가 끝나자 당숙은 서둘러 지게부터 챙겼다. 낫은 식전에 갈아놓았는지 새파랗게 날이 선 채 지게의 허리 세장에 꽂혀져 있었다.

"옛다. 이거라도 입어라. 풀쐐기가 약이 바짝 올랐을 테니 긴 팔을 입어야 할 게다."

당숙이 소매 긴 윗도리 두 벌을 내놓으며 동호와 동숙을 번갈아 봤다.

"풀쐐기요? 풀쐐기가 뭔데요?"

동숙이 궁굼한지 눈을 반짝이며 물었다.

"있다. 풀을 갉아먹고 사는 벌렌데 아주 고약하다."

"깨물어요?"

"깨무는 게 아니라 쏘지."

"쏴요? 어떻게요?"

"어떻게는 어떻게야, 그냥 쏘지. 주로 잎이 넓적한 풀에 납작 붙어 있다가 그 풀을 베거나 건드리면 팔뚝 같은 데를 쏘지."

"아픈가요?"

“아프지. 쏘인 부위는 쓰리고 따가우니까. 독이 바짝 오른 놈한테 쏘이면 붓기도 하고…….”

“어떻게 생겼길래 그렇죠? 큰가요?”

“허 녀석 되게 궁금한 게로군. 좀 있다 산에 가서 보렴. 그럼 알 게 아니냐.”

“그래도 미리 알아야죠. 아저씨. 예비 지식이란 게 있어야 하니까요.”

이번엔 동호가 궁금한 지 묻고 나섰다.

“대추씨 만한 것도 있고 손톱 만한 것도 있다. 생김도 대추씨처럼 길죽한 게 있고 손톱처럼 둥근 게 있고…….”

“색깔은요?”

“색깔이야 물론 풀색깔의 초록이지. 보호색이니까.”

“징그럽겠죠 아저씨?”

동숙이 집요하게 물으며 한 발 앞으로 다가섰다.

“백문이 불여일견이다. 직접 보면 알 텐데 뭘 그러냐. 한 번 쏘여도 보고 말이다.”

“싫어요. 보긴 해도 쏘이진 않을래요.”

동숙이 도리질을 하며 한 발 뒤로 물러섰다.

“그걸 맘대로 하나? 다니다 보면 저도 몰래 쏘이는 걸.”

“그럼 전 안 갈래요 아저씨.”

동숙이 눈을 동그랗게 뜨며 한 발 더 뒤로 물러섰다.

“녀석, 서울이 무섭다니까 과천서부터 기는구나. 괜찮다. 동숙이 넌 풀 베는 구경이나 하면 되니까.”

당숙이 씨익 황소 웃음을 웃으며 동숙의 어깨를 툭툭 쳤다.

퇴비는 가까운 산으로 베러갔다.

당숙이 앞장서고 그 뒤를 하 교수 서껀이 따랐다. 이른 아침 시각인데도 이글거리는 태양과 후끈거리는 지열로 숨이 막혀왔고 땀이 흐르기 시작했다.

그러나 바람은 제법 불어 상큼한 풀향기를 코끝에 전해 줬다. 아마 산너머에서 불어오는 재넘이인 모양이었다.

이슬은 밤새 자부룩이 내려 아랫도리가 온통 물에 빠진 듯 젖었고 산새들은 이 나무 저 나무에서 아침 인사라도 하는 듯 삐삐거리며 포록포록 날아다녔다.

"자, 풀은 어떻게 베느냐하면 이렇게 베는 거다."

사방이 무성한 풀로 뒤덮인 어느 지점에 이르자 하 교수가 지게를 벗어놓고 동호에게 풀 베는 법을 일러 줬다.

"처음이라 서툴긴 하겠지만 애비 하는 대로 하면 된다. 먼저 왼손으론 풀을 잡고 오른손으론 낫질을 한다. 이런 식으로 말이다. 풀은 한 움큼 한 움큼씩 베되 오금이 벌어질 때까지 베어서 왼발 정강이 안쪽에다 붙이고 계속 낫질을 한다. 낫질이 익숙하면 왼손의 풀 한 움큼으로도 많은 풀을 베어들일 수 있다. 이렇게 말이다."

하 교수는 낫을 쥔 오른 손바닥에 침을 한 번 퉤 뱉더니 왼손에 쥔 풀을 곧추세우고는 오른손의 낫으로 풀을 척척척 베어 왼발 정강이 안쪽에다 끌어들였다. 그러자 풀은 순식간에 정강이 쪽에 수북하니 쌓였다.

"형님, 낫질하시는 솜씨는 여전하시군요. 옛날만은 못하지만 말입니다."

하 교수의 낫질을 지켜본 당숙이 고개를 끄덕이며 예의 웃음을 웃었다.

"그럼. 세월이 벌써 얼마나 흘렀는데. 맘 같아선 잘 할 것 같은데 안 되는구먼. ."

"하긴 그렇지요. 세월이 벌써 얼마나 흘렀습니까. 그래도 형님, 잘하시는 겁니다."

"잘은 무슨. 옛날 가락으로 그냥 흉내나 내는 거지."

풀은 오전 중 두 짐씩을 베었다.

동호는 두 짐의 풀을 베면서 죽을 애를 먹었다. 그런데도 하 교수는 도와 주질 않았다. 도와 주기는커녕 거들떠보지도 않았다. 이는 당숙도 마찬가지여서 동호에게 눈길 한 번 주질 않았다. 동호는 속상하고 야속해 약이 올랐지만 반면 오기도 생겨 이를 물고 풀을 베었다. 그러다 날카로운 억새풀에 손가락을 베이고 독이 오른 풀쐐기에 팔뚝을 쏘였다. 그래도 동호는 애면글면 낫질을 계속했다.

처음엔 면장갑을 끼고 풀을 베었고 소매가 긴 웃도리도 입은 채 풀을 베었다. 그랬으므로 손가락을 베이거나 풀쐐기에 쏘이질 않았다. 그랬는데 손이 갑갑하고 땀이 뒤발하듯 흘러 장갑과 웃도리를 벗어버렸다. 그 바람에 억새풀에 손가락을 여러 군데 베었고 팔뚝도 풀쐐기에 여러 군데 쏘였다. 억새풀에 베인 손가락은 야짓잖이 아팠고 풀쐐기에 쏘인 팔뚝은 욱신욱신 쑤셔 흡사 불에 덴 듯 화끈거렸다. 뿐만 아니라 쏘인 부위가 퉁퉁 부어 성을 내기 시작했다. 그래도 동호는 이를 사려물고 낫질을 계속했다. 그러다 그만 끝내 낫에 손가락을 베고 말았다.

손가락은 왼손 검지 둘째 마디를 베었는데 베인 손가락에서는 선홍빛 피가 걷잡을 수 없이 쏟아졌다. 동호는 가슴이 철렁 내려앉아 손가락을 움켜쥔 채 그 자리에 주저앉았다. 여태껏 단 한 번 베어 보지 않던 손가락이어서인지 두렵고 겁이 났다. 동호는 하 교수나 당숙을 불러 도움을 청할까 하다 그만두었다.

동호는 들뛰는 가슴을 진정시키느라 심호흡을 계속했다.

그런데 바로 이 때였다.

하 교수와 당숙이 볼세라 풀숲에 쪼그려앉아 벤 데를 눌러 지혈을 시키고 있는데 저쪽에서 동숙이

"아이고 엄마, 나 죽겠네!"

하는 외마디 비명이 들렸다. 동호는 동숙의 비명소리에 반사적으로 몸을 일으켰다. 하 교수와 당숙도 동숙의 비명소리를 들었는지

"왜 그래 동숙아, 왜?"

"뭣 땜에 그려 응?"

하면서 동숙이 쪽으로 달려갔다. 동호는 뭔가 급박한 상황이 벌어졌음을 직감하고 동숙이한테로 뛰어갔다.

동숙은 두 손으로 머리를 감싸쥔 채 숨넘어가는 단말마와 함께 땅바닥을 뒹굴고 있었다.

"땡삐구나? 땡삐한테 쏘였어."

당숙은 이 말과 함께 동숙의 머리를 두 손으로 덮쳐 사정없이 문질러댔다. 그러자 동숙이 땡볕에 깨벌레처럼 마구 몸부림쳤다.

"이거 일났네. 땡삐가 머리 속까지 파고들었어."

땅벌은 동숙의 머리에 새카맣게 달라붙어 있었다. 그리고 아직도 많은 땅벌이 공중을 윙윙 날고 있었다.

"형님, 담배 있지요, 담배. 빨리 담배에 불붙여 이리 주세요. 담배 연기라도 쏘여야 돼요."

그러나 하 교수는 담배를 가져오지 않았다.

"이 사람아, 담배가 어딨어. 산에 풀 베러 온 사람이 담배를 왜 가져와."

"아따, 골초 양반이 담배는 왜 안 가져오셨어요. 그럼 라이터는요?"

"라이터도 없어. 담배를 안 가져왔는데 라이터는 왜 가져오누."

"그럼 안 되겠어요. 집으로 갑시다. 애가 이거 땡삐 집을 건드린 것 같애요. 땡삐는 건드리면 떼로 덤벼들잖아요."

당숙이 동숙을 들쳐안으며 소리쳤다.

"괜찮겠나? 병원에 안 가도 괜찮겠어?"

하 교수가 근심어린 눈으로 동숙을 지켜 보며 당숙한테 물었다.

"병원까지야 무슨……. 병원에 가더라도 집에 가서 우선 된장부터 바릅시다. 된장 바르면 숙질겁니다. 형님도 아시다시피 벌에 쏘인 데는 날된장이 최고 아닙니까. 동호 너 당숙 지게 좀 지고 오너라."

당숙이 지게 있는 쪽을 턱짓하고는 동숙을 한 번 추스르더니 집으로 내닫기 시작했다.

집에 다다르자 당숙은 서둘러 동숙의 얼굴에 날된장을 바르고 머리 속도 헤쳐 날된장을 덕지덕지 욱여넣었다. 동숙의 얼굴은 퉁퉁 부어 있었고 입술은 당나발처럼 툭 튀어나와 있었다.

"안 되겠어. 아무래도 병원에 다녀와야겠어. 동호야, 차 시동 걸어라."

하 교수는 신음을 토하며 자반 뒤집기 하는 동숙을 더 이상 볼 수가 없는지 동숙을 들쳐안고 마당으로 내려섰다.

그러나 사단은 여기서 끝나지 않았다.

동숙을 차에 태워 읍내 병원에 다녀오자 이번엔 또 동호가 얼굴이

통통 붓기 시작했다. 동호는 얼굴뿐만 아니라 양 팔뚝까지 통통 부어
올랐는데, 그 부어오른 부위가 좁쌀만하게 톡톡 부풀려 있었다.

"옻이구나 옻. 어쩌다 옻까지 올랐어 그래. 옻나무를 만진 게로구
나."

동호가 가려워 미치겠는지 얼굴 팔뚝 할 것 없이 마구 긁어대자 당
숙이 변소간 추녀의 썩은새 한 움큼을 뽑아 불을 붙였다.

"이걸 태워 연기를 쐬면 낫는다. 본래는 두드러기에 쓰는 양밥이다
만 옻에도 약이 된다. 아니 너 손도 비었구나? 풀쐐기에도 쏘이고. 이
런이런. 거 조심하잖고. 하기야 머리에 털 나고 처음 하는 일이니 오죽
하겠니. 그렇지만 좋은 경험했지 뭐. 돈을 주면 이런 경험하겠니 금을
주면 이런 경험을 하겠니. 자자, 연기가 매우니까 눈감고 숨 쉬지 말
어."

당숙은 참새처럼 연신 수다를 떨더니 썩은새 연기를 동호의 얼굴과
팔뚝에 쐬기 시작했다. 그러며

"허 그것 참! 마디에 옹이라더니 이게 꼭 그 꼴이구먼. 이게 꼭 그
꼴이여."

어쩌고 하면서 혼자 소리로 지껄여댔다.

밤이 되자 동숙의 얼굴은 더 부어 있었다. 얼마나 부었는지 본래의
얼굴은 온 데 간 데 없고 눈도 뜰 수 없을 만큼 감겨 있었다.

본래의 얼굴이 온 데 간 데 없고 눈도 뜰 수 없을 만큼 부은 건 동호
도 마찬가지여서 밤이 되자 더욱 기승을 부렸다.

동숙은 통통 부은 얼굴에 물수건을 얹은 채 반듯이 누워 꽁꽁 소리
를 냈고 동호는 동호대로 통통 부은 얼굴을 다자꾸 긁어 버얼겋게 충
혈되었다. 그런데도 동호와 동숙은 불평 한 마디 없었다. 하 교수는 이

188

런 아이들이 기특하고 측은해 콧날이 시큰했다.

"미안하다. 용서들 해라. 너희가 이렇게 된 건 전적으로 애비 잘못이다."

하 교수는 괴로워 신음하면서도 의연하게 누워 있는 아이들이 가상해 조심스레 부채질을 해 주며 내가 너무 혹사시켰구나 했다. 그러자 이이들이 더 가여워 명치가 뻐근해졌다. 적이나 하면 아버지 때문에 이렇게 됐다며 갖은 앙탈과 포악으로 발싸심 할 만도 한데 아이들은 앙탈 포악은 고사하고 원망 한 마디 없었다.

"아닙니다 아버지. 저희가 이렇게 된 건 오히려 잘 된 일입니다. 잠시의 고통이야 참으면 되지만, 이런 고통 얼마나 값진 고통입니까. 당숙 말씀대로 돈을 주고도 못 사고 금을 주고도 못 사는 좋은 경험을 하고 있습니다."

동호가 하 교수를 위로하듯 말하며 하 교수의 손을 더듬어 잡았다.

"그래요 아빠. 저흰 되레 잘된 일로 여기고 있어요. 그러니 조금도 염려 마세요. 이거야 아는 병이니 며칠 지나면 나을 것 아녜요? 저흰 지금 참으로 많은 공부를 하고 있어요. 산다는 게 무엇인가도 알 것 같구요. 고통이 어떤 것인가도 체득했어요."

동호의 말에 이어 동숙이 어른스레 입을 열었다.

"고맙다. 너희가 이해해 주니 애비는 할 말이 없구나."

하 교수는 동숙의 손을 끌어당겨 토닥토닥 두들겼다.

"역시 너희는 내 아들딸이다. 내 자랑스런 아들딸이다. 그리고 너희는 요즘 세상에 보기 드문 젊은이들이다. 장한 젊은이들이다."

하 교수는 너무도 고맙고 기특해 아이들의 얼굴을 보물이 듯 쓸어내렸다. 그러다 그만 깜짝 놀라고 말았다. 아이들의 얼굴이 열로 화끈거렸기 때문이었다.

"아이구 이거 얼굴이 불덩어리 같구나. 안 되겠다. 병원들 가자."

하 교수가 어쩔 바를 몰라 좌불안석하자 동호가

"아버지, 너무 염려 마시라니까요. 나을 때가 되면 저절로 낫습니다."

하고 아무렇지 않은 듯 말했다. 그러자 동숙이도

"오빠 말이 맞아요 아빠. 이삼일 지나면 나을 텐데 무슨 병원이에요. 병원에 가는 대신 얘기나 해 주세요 아빠."

하고 역시 아무렇지 않게 말했다. 이 때 당숙이,

"애들 말이 옳아요. 땡삐한테 쏘인 건 가만히 두면 낫습니다. 날된장까지 발랐는데 지까짓 게 안 낫고 배깁니까? 그리고 옻도 그래요. 썩은새 태운 연기 쐬었으니 가라앉을 겁니다. 풀쐐기에 쏘인 것도 한 이틀 지나면 제풀에 가라앉고요."

하면서 예의 황소 웃음을 웃으며 참견했다.

"그럴까? 병원에 안 가도 괜찮을까?"

"괜찮지 않으면요. 아 그렇게 겪어 보셨으면서도 모르세요? 우리가 어디 땡삐한테 한두 번 쏘였습니까? 그리고 옻도 어디 한두 번 올랐습니까? 그래도 된장 몇 번 바르고 썩은새 연기 몇 번 쐬면 씻은 듯 낫잖았습니까."

"그 때는 그 때고 지금은 지금 아닌가. 그 땐 죽을병에 걸렸어도 병원엘 못 갔을 때가 아닌가."

"아이 참 형님도 답답하시긴. 아무 걱정 마시고 가만 계세요 글쎄. 병원에서 섣불리 손대다간 더 덧칩니다. 여기 토종 개꿀 한 숟갈 구해 왔으니 이거나 바르면 됩니다."

당숙은 그러며 비닐에 싼 개꿀을 끌러 동호와 동숙의 얼굴에 덕지덕지 발랐다.

"자, 이제 자고 나면 부기가 쑤욱 빠질 게다. 토종꿀은 오만 가지 것이 다 들어 있기 때문에 만병통치다. 그러니 맘 푹 놓거라. 괜히 느이 아부지 말 듣지 말고. 느이 아부지보다 이 당숙이 훨씬 더 용하니까."

하더니 밖으로 나가버렸다.

하 교수는 그래도 마음이 안 놓이는지 아이들 곁을 떠나지 않았다. 아이들만 달랑 남겨놓는다는 게 왠지 미덥지 않아 흡사 철부지 어린것을 물가에 세워놓은 것 같아 마음을 놓을 수가 없었던 것이다. 그리고 종제(從弟) 명수의 말이 도대체 신빙성이 없어 반신반의했으므로 더욱 미덥지 못했던 것이다. 사람이 나이답지 않게 뺑뺑거리고 허풍을 떨어 어디서 어디까지가 참말이고 어디서 어디까지가 거짓말인지 종잡을 수가 없었기 때문이다.

벌에 쏘이거나 바더리에 쏘이면 날된장을 바르거나 개꿀을 바르고, 옻이 오르거나 두드러기가 나면 썩은 새나 헌 빗자루를 태워 그 연기를 쐬어야 한다는 민간요법쯤 모르는 바 아니지만 시대가 바뀌고 세상이 달라진 첨단 과학시대에 그 따위 고리타분한 비과학적 요법과 전근대적 치료 방법이 과연 효험이 있을까 싶었던 것이다. 지난날에야 돈이 없고 약이 귀할 뿐 아니라 병원이라는 데도 여간해선 갈 수가 없어 어지간한 병은 민간요법으로 다스렸고 그래도 안 나으면 자연치유가 될 때까지 내버려두었으나 지금이야 어디 그런가.

하 교수는 밤이 더 늦기 전에 아이들을 설득시켜 병원에 데려갈 요량으로 조심스레 입을 열었다.

"동숙아, 그리고 동호야. 아무래도 병원에 다녀오는 게 좋을 것 같다. 밤이 더 늦기 전에 다녀오자 우리 응?”

하 교수는 무슨 죄나 지은 듯 아이들 눈치를 보며 말했다. 그러나 아이들의 대답은 뜻밖이었다.

“아버지, 지금 이대로가 좋아요. 견딜 만하니 걱정 마세요. 전 지금 아주 편합니다.”

동호가 먼저 이렇게 말하자 동숙이도 뒤를 이어,

“아빠, 이대로 한 번 참아볼래요. 자연 치유라는 게 있잖아요? 아빠나 당숙께서도 저희처럼 이렇게 참으셨잖아요? 할아버지 할머니께서도 이렇게 참으셨을 테구요. 그러니까 아빠, 저희들 걱정은 마시고 얘기나 계속해 주세요. 아직 못다 하신 말씀이 무궁무진하잖아요. 사실 저희는 아빠께서 들려 주시는 얘기 이상 좋은 약이 없어요. 얘기해 주시는 거죠 아빠?”

하고 곤충이 더듬이로 무엇을 찾을 때처럼 손을 내밀어 하 교수의 손을 찾았다.

“알았다. 너희가 원한다면 그렇게 하지, 암 하고말고.”

하 교수는 동숙의 손을 잡아 애기 달래듯 토닥거렸다.

동숙의 눈은 완전히 감겨져 있었다. 성큼 하니 크던 두 눈은 온 데 간 데 없고 눈이 있던 그 자리엔 줄을 긋듯 드러난 일자의 눈금만 양쪽으로 나 있었다.

눈만이 아니었다.

오똑한 코며 반듯한 아마도 온데 간데 없이 윤곽이 뚜렷하던 이목구비는 볼품없는 하나의 평면체로 변해 있었다.

담배 한 대를 음미하듯 천천히 태우고 난 하 교수는 아이들의 이마에 손을 얹으며 이야기를 시작했다.

"누운 그대로 들어라. 편안한 마음을 가지고 말이다. 너희들의 모습을 보니 마치 애비의 옛 모습을 보는 것 같다. 애비도 너희들처럼 이렇게 누워 할머니의 간호를 받았다. 퇴비를 베다가 풀쐐기에 쏘이고 땡삐에 쏘이고 낫에 손을 베고 얼굴에 옻이 오른 채 말이다. 그러면 할머니는 손 벤 부위와 땡삐 쏘인 부위에 된장을 발라 주시고 옻 오른 부위에는 변소간 추녀의 썩은새를 태워 그 연기를 쐬어 주셨다. 그런데 희한한 것은 할머니의 지극하신 정성 탓이겠지만 아무튼 거짓말처럼 가라앉곤 했다. 그러면 또 퇴비를 베는데 퇴비는 보통 하루 일곱 짐씩을 벤다. 식전에 한 짐 오전에 석 짐 그리고 오후에 석 짐을 베는 것이다.

요즘이야 비료가 흔하고 각종 농약도 지천이지만 그 때는 농약은 물론 비료도 귀해 퇴비가 거름의 전부였다. 비료가 아주 없던 것은 아니어서 유안(硫安)이나 요소(尿素), 또는 암모니아 등의 비료가 쇠코에 땀나듯 배급나오긴 했으나 이를 믿고 농사 지을 수가 없어 거의 퇴비에 의존했다. 때문에 사람들은 음력 7월이면 너나없이 퇴비를 짚더미처럼 베어놓고 큰 산으로 가 재를 사르어 왔다.

재를 사른다 함은 생풀을 태워 재 만드는 것을 말하는 것으로서 큰 산에 들어 먼저 평퍼짐한 땅을 골라 그 땅을 방 크기 만하게 구덩이를 파놓고 그 위에 서까래처럼 생긴 길고 곧은 생나무의 어리덕을 척척 걸쳐놓는다. 그리고는 풀을 열 짐이고 스무 짐이고 베어다 구덩이 위의 어리덕에다 쳐쟁여 쌓는다. 그런 다음 불을 질러 재를 사른다. 풀은 처음 피이피 소리를 내며 잘 안 타다가 한 번 불이 붙으면 운김에 활활 탄다. 그러면 재가 어리덕 밑의 구덩이로 떨어지는데, 이 재를 재사름 회사름 또는 푸재라 한다.

이렇게 떨어진 재를 가마니에 담아 지고 와선 망옷을 퍼부어 삭혀서

거름으로 쓰는데 이 거름이 참으로 걸어 농사에 더 없이 좋다. 어떠냐. 애비가 하는 말 알아듣겠니?”

하 교수는 누구에게랄 것 없이 묻고는 동호와 동숙을 번갈아 봤다.

“잘은 모르지만 알 것 같아요. 근데 아빠, 망웃이 뭐죠?”

잠자코 누워 하 교수의 이야기를 듣고 있던 동숙이 몸을 뒤척이며 눈을 깜박였다. 아마 눈을 뜨려고 그러는 것 같았다. 그러나 눈은 떠지지 않고 눈언저리만 움직거렸다.

“어 참, 망웃이 뭔지 너희들은 모르지. 망웃이란 변소의 대변을 일컫는 말이다. 더 정확하게 말하면 대변은 대변이지만 곰삭아 묽어진 대변, 그게 망웃이다. 그러니까 물똥 혹은 묽은 똥을 망웃이라 한다.”

“이를테면 급조한 비료로군요 아버지. 푸재와 망웃이 재료가 된…….”

이번엔 동호가 참견을 하며 몸을 모로 뉘였다.

“말하자면 그렇지.”

“퇴비도 그럼 일종의 비료 아닌가요?”

“그렇다고 볼 수 있지. 그러나 퇴비는 비료보다는 거름에 더 가깝다. 왜냐하면 비료는 곡식을 웃자라게 하고 급성장시키는 데는 더없이 효과적이지만 지력(地力)이 약해지고 땅이 척박해진다. 하지만 퇴비나 두엄 같은 거름은 지력이 강해지고 땅이 걸어져 산성화를 방지한다. 때문에 가능한 한 퇴비나 두엄, 망웃 같은 것을 많이 써야 한다. 그래서 겠지만 애비가 농사 지을 때만 해도 퇴비와 두엄이 거름의 주종이었고 망웃도 없어서는 안 될 요소였다.

어디 또 이뿐이냐?

오줌이나 쇠똥 개똥도 아주 요긴한 거름이었다. 때문에 겨울이면 이

칸 장방의 사랑채를 가진 집에서는 동네 사람들을 놀러오게 해 조당수를 끓여내 오줌을 받았다. 조당수란 좁쌀로 끓인 죽을 말함인데, 이 조당수를 먹으면 희한하게도 오줌이 자주 마려워 흡사 오줌소태나 빈뇨증에 걸린 사람처럼 한참이 멀다하고 오줌을 눈다.

그러므로 예닐곱 사람 놀러와 조당수 두어 사발씩 마시고 밤이 이슥토록 놀다 가면 오줌동이에 그득하게 오줌이 모인다. 그러면 주인은 좋아서 입이 헤벌죽 벌어진다. 밀보리에 그만인 거름(오줌)을 한 동이나 받았으니 어찌 입이 벌어지지 않겠느냐. 거름으로는 쇠똥과 개똥도 사랑을 받아 바지런한 사람은 날이 새기 급하게 호미와 삼태기를 들고 고샅을 훑어 쇠똥 개똥을 모아들인다.

하지만 거름에 대한 애착과 거름 모으는 수단은 이것만이 아니어서 산에 나무하러 가거나 들에 일하러 가서도 똥오줌을 참았다가 집에 와 누는 기막힘인데, 이 기막힘은 참을 수 없는 한계상황이 아니면 싸기 직전까지 참았다가 집에 와서야 눈다는 점이다. 어떠냐, 이것도 이해가 되냐?”

하 교수는 또 누구에게랄 것 없이 묻고는 동호와 동숙을 번갈아 봤다.

“예. 그전 같으면 이해가 안 되겠지만 이번에 여기 와서 직접 일하고 또 아버지 말씀을 많이 들어 알 것 같아요. 절실하진 않지만요.”

동호가 고개를 끄덕이며 대답했다.

“동숙이 너는?”

“저두요. 저두 절실하진 않지만 알 것 같아요. 이번에 참 많은 것을 깨달았거든요. 아주 많은 것을요.”

동숙이 괴로운지 잠시 얼굴을 찡그려뜨렸다. 그러나 동숙은 이내 얼굴을 펴고 웃음을 머금었다.

"고맙다, 역시 너희는 이 애비의 아들 딸이다. 이 하명준이 자식 농사 하난 잘 지었지. 암, 잘 지었고말고."

하 교수는 다소 격앙된 목소리가 되며 아이들의 손을 토닥였다.

"아빠 또 감격하신다. 뭘 그깐 걸 가지고 다 감격하세요."

동숙이 핀잔 주듯 말하고 하 교수의 손을 꼬옥 잡았다.

"그깐 거라니. 이게 얼마나 대견하고 소중한 건데. 감격이라곤 없는 세상에 이만한 감격, 이만한 감동이 어디 있겠니. 더욱이 너희 같은 청년들에게 있어서……."

"그래도 아빤 너무 감격을 잘 하세요. 감동도 잘 하시고……."

"아니다. 이 감격 부재시대에 살면서, 이 감동 부재시대에 살면서, 이만한 감동도 흔치 않다. 너희 같은 새 세대 아이들한테서 감동 받는다는 건 얼마나 가슴 뿌듯한 일이냐. 옛말 그른 것 하나 없다. 농사는 자식 농사라는 거 말이다. 같은 시대에 살면서도 너희 세대와 애비 세대는 얼음과 숯처럼 정반대 되는 사고 의식을 가지고 있어 어울릴 수 없는 빙탄(氷炭)의 불상용(不相容)이 아니냐. 그래서 사고가 다르고 발상이 틀리고 의식이 차이가 나 갭이 생기고 괴리가 생기고 단절이 생긴다. 그러다간 마침내 도저히 화합할 수 없는 불협화음까지 생기고 만다. 그런데 너희는 달라, 적어도 그렇지는 않다. 그러니 이 어찌 감동이 아닐 수 있겠니. 이 땅의 청년들이 모두 너희만 같다면 얼마나 좋겠느냐."

하 교수는 말하고 아이들의 얼굴을 쓸어내렸다. 그런 하 교수의 손이 가늘게 떨리고 있었다.

"아빠. 이제 좀 일어날래요. 너무 누워있으니까 답답해요."

동숙이 가늘게 떨리는 하 교수의 손을 의식했는지 몸을 일으켰다.

그러자 동호도

"아버지, 저도 좀 앉아 있을래요. 자꾸 누워 있으려니 무슨 중병 환자 같은 느낌이 들어요."

하더니 몸을 벌떡 일으켰다.

"그래? 그럼 그러려므나."

하 교수는 동호와 동숙을 번갈아 보며 또 한 번 가슴 저린 안타까움에 사로 잡혔다. 하 교수의 안타까움은 그러나 어미소가 새끼소를 사랑하는 그런 단순 애정 표현으로서의 지독지애만은 아니었다. 뭐랄까, 하 교수의 안타까움은 고통을 인내로 극복해 과거를 알고, 그래서 현재의 인고(忍苦)를 역사 조명이라는 관점에서 승화시켜 자신들을 확인하려는 태도, 그 태도에 있었다. 그러므로 하 교수의 안타까움은 어버이의 자식 사랑이 어미소가 송아지를 핥아 주는 그런 지독지애와는 달랐다. 어미소가 맹목적이요 본능적이라면 하 교수의 애정은 현실 고통으로 지난 날을 알고자 하는 아이들(동호와 동숙이)의 장한 자세에 있었다.

때문에 하 교수는 아이들이 측은하고 가여우면서도 기특하고 장해 일찍이 맛보지 못한 희열을 만끽하고 있었다.

그랬다.

적이나 하면 아이들이 하 교수를 원망하며 병원에 입원하려 들고, 그래도 직성이 안 풀려 길길이 뛰면서 포악을 할 법도 한데 동호와 동숙은 그런 기미조차 보이질 않았다.

'오냐, 그래, 제발 지금 이대로만 자라다오.'

하 교수는 아이들을 바람벽에 기대 편히 앉게 하고는 다시 말을 계속했다.

"거름풀에 대한 얘기를 하다 말았으니 좀더 얘기하자. 너희들 갈 알지? 떡갈나무의 갈잎 말이다. 도토리나무라 하고 도토리를 상수리라 하여 상수리나무라 하기도 하는 떡갈나뭇잎 말이다."

하 교수는 말하고 아이들을 일별했다.

"예, 알아요. 아까 퇴비 베러 갔을 때 가르쳐 주셨잖아요. 이게 떡갈나무고 이 잎이 갈잎이라 하시면서요."

동호가 고개를 끄덕이며 안다고 하자 하 교수는

"아 참 그랬지. 그럼 동숙이 너도 알겠구나?"

하고 동숙을 쳐다봤다.

"그럼요. 도토리 주우시던 말씀까지 해 주셨잖아요."

"그래그래. 애비가 그만 깜빡했다. 그런데 그 갈을 언제 꺾는고 하면 풀이 활짝 팬 소만(小滿) 때 꺾는다. 갈은 분명 낫으로 베지만 벤다고 하지 않고 꺾는다 또는 뜯는다 한다."

"왜 그럴까요?"

동호가 물었다.

"글쎄다. 비록 다 패긴 했지만 그러나 아직은 여려 벤다는 표현이 잔인해서일 게다."

"대단한 휴우머니스트들이셨군요, 조상님들은. 그런 하잘 것 없는 식물에까지 벤다는 표현을 안 쓰신 걸 보면……."

이번엔 동숙이 하 교수의 말을 받았다.

"어디 식물뿐이겠느냐? 옛날 분들은 겸손해 산을 올라도 등산이라 하지 않고 입산이라 했다. 그래 산을 올라도 입산이지 등산이 아니었다. 그런데 요즘 사람들은 어떠냐? 산에만 갔다하면 등산 등반이지 입산은 아니다. 아니 등산 등반도 부족해 숫제 산을 정복했다고 한다. 방자하기 이를 데 없는 말이다. 어떠냐. 이왕 산에 대한 얘기가 나왔으니 산에 대해 좀더 얘기하자.

방자한 건 이것만도 아니어서 어느 산이고 정상을 올랐다 하면 정복이다. 정복이라니? 어디 전쟁에 나아가 땅이라도 빼앗았단 말이냐? 어느 나라라도 쳐들어가 정벌이라도 했단 말이냐?

무슨 책에서 읽었는지, 그리고 누가 쓴 것인지 기억은 잘 안 난다만 애비는 웅대장관한 히말라야의 에베레스트를 보고 아무 말도 못했다고 한 그 글에서 많은 것을 배웠다. 그는 그 글에서 조물주가 만든 자연의 위대함에 오직 머리가 숙여져 죽을 때까지 겸손하겠다 했고 인간이 잘난 체한다는 게 한낱 부질없는 짓이라는 걸 알았노라 술회했다. 이 얼마나 자연 섭리에 순응한 겸손이냐.

남녀가 한 타령이 돼 산을 오르거나 또는 젊음 하나만 믿고 섣불리 산에 덤비다 당하는 조난과 실종사고. 이는 모두 겸손이 결한 데서 빚어진 돌발사다. 바꿔 말하면 산을 만만히 보고 까불다 당하는 춘사(椿事)인 것이다.

산에 들면 산에 안겨 산을 배워야 한다. 그런데 산을 배우기는커녕 되려 찧고 까불고 별 해괴한 짓거리를 다 하니 산이 어찌 노하지 않겠느냐. 이는 산이 인간에게 내리는 벌이요 교훈이요 경종이다. 산은 본시 신령한 존재이므로 더러운 짓거리를 용서하지 않는다. 그래서 옛사람들은 산에 들기 전에는 부정한 짓을 안하고 부정한 것을 보지 않았다. 그리고 목욕재계로 몸과 마음을 깨끗이 했다.

인간은 산을 배워야 한다. 산은 우리의 말없는 도량(道場)이요 위대한 스승이다. 산은 명경지수(明鏡止水)요 천의무봉(天衣無縫)이다. 그만큼 산은 청정무구한 우리의 배움터다. 때문에 선인들은 산에 들 때마다 목욕재계로 몸과 마음을 닦았다. 지금도 지각 있는 사람들은 몸을 깨끗이 하고 마음을 깨끗이 한 다음에야 산을 찾는다. 말없는 도량과 위대한 스승을 만나기 때문이다. 명경지수와 천의무봉과 청정무구를 찾기 때문이다.

그런데 이런 산이, 이래야 될 산이 지금 어떻게 돼 가고 있느냐. 더러운 인간의 발길로 하여 몸살을 앓고 있다. 갖은 오물과 쓰레기에 파묻힌 채.

이러고도 산이 끝내 침묵하길 바랄 수 있겠느냐?

마음이 답답하던가 간절한 소망을 이루고자 할 때 사람들은 산을 찾는다.

왜 산을 찾느냐?

산에 가면 막힌 가슴이 탁 트이고 간절한 소망을 이룰 수 있다고 믿기 때문이다. 명경지수와 천의무봉과 청정무구의 신령함을 도량으로 믿기 때문이다. 망망대해의 바다를 바라보면 허무를 느끼지만 우뚝 선 의연한 산을 바라보면 든든한 넉넉함을 느낀다.

햇볕이 아랫목처럼 따사롭고 솔바람이 솔솔 귓전을 간질이는 봄날 산에 들어 다복솔 촘촘한 그늘에 누워 봐라. 앞 뒷산에서 뻐꾸기는 뻐꾹뻐꾹 몸달게 울어쌓고 산새들은 제각기 삐삐거리며 이 나무 저 가지로 옮겨앉는다. 바람이 나무를 스치며 솨아솨아 여울물 소리를 내면 풀내음 꽃향기가 콧속으로 파고든다. 온갖 기화요초가 전해 주는 방향이다.

장끼란 놈이 저쪽 잔솔포기 밑에서 꿔엉 꿩 하고 울다가 그 화려한 깃털을 과시하듯 푸드득 날아올라 건넛산 등성이 너머로 포물선을 그으며 내려앉으면 청설모가 나뭇가지를 타고 날아다니듯 여행한다.

다람쥐란 놈이 바위 위에서 앞발을 세운 채 눈을 말똥거리다 어디론 가로 쪼르르 내달리면 산토끼 한 마리가 나타나 코를 벌름거리며 이쪽을 보다가 깡충깡충 내뺀다. 솔숲을 스치는 송뢰는 여전히 솨아솨아 여울물 소리를 내고 상기도 뻐꾸기는 뻐꾹뻐꾹 울음을 토한다. 놈은 얼마나 울었는지 목이 다 쉬었다. 삘기를 뽑아 잘근잘근 씹으며 하늘을 쳐다본다. 그러며 생각한다. 아아, 산! 산! 우리의 도량인 산! 명경지수와 천의무봉과 청정무구의 산! 산!

마알간 햇살이 폭포처럼 쫠쫠 내리고 하늘이 아슬아슬 높은 가을 날 산에 들어봐라. 도라지 캐서 씹어 먹으며 말이다. 더덕은 냄새가 나기 때문에 후각만 발달하면 캘 수가 있다. 서덜이나 산자락에 군생하는 개암을 따서 오도독 깨물어 먹는 재미도 각별하다. 이 놈은 고소하기가 평양률(平壤栗) 같아 씹으면 씹을수록 맛이 난다. 계곡의 바위틈이나 숲 우거진 덤불에서 한국산 바나나로 일컬어지는 임하부인(林下夫人) 으름도 별미다. 까만 씨에 속이 하얀 밀큰거리는 으름의 맛. 꿀맛이 어찌 이를 따르겠느냐.

이러다 피로하면 윤기 자르르한 알밤색 갈비를 끌어모아 베개 하고 벌렁 드러눕는다. 파아란 하늘이 나무사이로 아슬하다. 이 때도 솔바람은 솨아솨아 여울물 소리를 낸다. 좀더 높은 데로 들면 더러 머루 다래도 있다. 머루는 초가을에도 따지만 다래는 서리를 맞고 곰삭아 잎이 다 진 뒤에 먹어야 꿀맛이다. 하지만 따 가지고 와 곰삭혀 먹으면 된다. 한 댓새 소쿠리에 담아두면 되니까.

지천으로 말라죽은 소나무 삭정이를 뚜욱뚝 부러뜨려 쌓아놓는다. 갈비는 손으로 끌어모아 쌓아놓는다. 갈퀴가 있으면 얼마나 좋으랴. 윤이 자르르 흐르는 갈비를 한 지게 해 지고 산을 내리던 소년시절.

삭정이로 밥을 하면 밥맛이 그만이다. 이씨 같은 전 이밥에 앵두 같은 팥을 놓고…… 농가월령가가 아니더라도 삭정이로 밥을 지으면 최상 이다. 참나무장작에 비할 바는 아니지만……. 솔바람 산새소리는 가을 에도 한결 같다. 산토끼 다람쥐도 코 벌름 눈 말똥으로 봄날과 다름없 고.

아아, 산!

저것들 산짐승이 살고 있는 산!

저것들과 동무해 살았으면 얼마나 좋겠느냐. 저 가식 없는 것들. 저 허식 없는 것들. 위선이 없고 위악이 없고 증오가 없고 저주가 없고 모략 중상 술수 권모가 없는 것들. 그래서 원형이정(元亨利貞)대로만 사 는 것들.

> 살어리 살어리 랏다
> 청산에 살어리랏다
> 멀위랑 다래랑 먹고
> 청산에 살어리 랏다
> 얄리 얄리 얄라셩 얄라리 얄라.

무심코 청산별곡 한 수 읊조리고 나면 세상이 온통 뜬구름 같다.

인간은 산을 배워야 한다. 앞에서 말했다만 산은 우리의 말없는 도 량이요 위대한 스승이기 때문이다. 산은 명경지수요 천의무봉이요 청 정무구 바로 그것이기 때문이다.

아아, 산! 산!

애비는 모든 것 훌훌 털고 산에 들고 싶다. 모든 것 팽개치고 산에 살고 싶다. 그리고 이는 애비만 느끼는 건지 알 수 없으나 애비는 산에 오르면 등태산이 소천하(登太山而小天下)라던 맹자의 말이 생각난다. 이 얼마나 크낙한 호연지기의 표현이냐. 태산에 오르니 천하가 작게 보인다던 그 호연지기.

그러나 애비가 찾는 산은 이런 호연지기보다는 솔바람 산새소리가 그립고 싱그러운 풀향기며 바위틈을 휘몰아 돌돌돌 흐르는 청계 옥수가 그리워서다.

돌무더기 나무 위에서 눈을 호동그랗게 뜨고 코를 벌름거리며 귀를 쫑긋 세우는 귀여운 다람쥐의 재롱도 산을 찾게 하는 그리움이다. 그리고 무엇보다 넉넉한 자연의 품에 안겨 세진(世塵)의 때를 벗는 것도 목적이라면 목적이다.

산을 찾을 땐 되도록 혼자가 좋다. 혼자라야 자연과 더불어 자연 속에 깊이 파묻혀 조용히 명상할 수 있기 때문이다. 산은 본시 혼자여서 말이 없는데 말 많은 탕남 탕녀의 패거리가 무리지어 떠들고 술 마시고 춤추고 노래하고 그러다간 별 해괴한 짓거리를 다 하니 외경스런 노릇이 아닐 수 없다.

산!

산은 우리 인간의 모태요 본향이다. 그래서 우리 인간이 영원히 친화해야 될 대안(對岸)이요, 피안(彼岸)인 것이다.”

하 교수의 산 찬미론은 끝없이 이어졌다. 그러나 하 교수는 이야기가 본말이 전도돼 곁길로 들어감을 알았는지

“이거 얘기가 자꾸 옆길로 새는구나. 안 되겠다. 애초의 얘기로 되돌아가자. 아까 애비가 어디까지 말했지?”

하더니 동호와 동숙을 일별했다.

"갈 꺾는 말씀을 하셨잖아요. 갈은 소만 때 꺾는데 벤다고 하지 않고 꺾는다 혹은 뜯는다 하시면서요."

동숙이 손바닥으로 얼굴을 자근자근 누르며 말했다. 얼굴이 자꾸 화끈거리는 모양이었다.

"아 참 그랬지. 그 때는 갈을 맘대로 꺾을 수가 없어 꼭 절초령(折草令)이 내린 다음에야 꺾었다. 절초령이라 함은 풀을 베도 좋다는 영(令)을 말하는 것으로 이 영을 절초령 또는 풀령이라 한다. 그리고 영자가 붙어서 그런지 꼭 절초령 내렸다가 아니면 풀령 내렸다고 한다.

그런데 이는 반드시 동회라고 하는 대동회(大同會)를 거쳐야 한다는 점이다. 그러니까 마을회의라고 할 수 있는 대동회의에서 어느 날부터 풀을 베자는 날짜가 결정돼야 비로소 풀을 벨 수가 있는데 이 날은 대개 풀이 활짝 패는 소만 때를 전후해 내려진다. 여기서 너희는 혹시 아무 날부터라도 갈을 꺾으면 되지 무슨 영을 내려 갈을 꺾느냐 할 지 모르겠다만 그렇지가 않다. 만일 이런 게 없이 아무나 그리고 아무 때나 맘대로 갈을 꺾게 해 봐라. 갈이 채 패기도 전에 덤벼들 뿐만 아니라 손포가 많은 집이 온통 독식을 하다시피 할 것 아니냐. 그래서 풀령이 내리기 전에는 그 누구도 갈 한 짐 꺾을 수가 없고 만일 꺾었다 하면 대동회의를 열어 혼구멍을 내준다. 그러므로 이는 성문화되지 않은 불문율로 일종의 자치규약 또는 향약(鄕約)이라 할 수가 있다. 그러니 이 얼마나 근사한 영이냐. 사람들은 올해는 언제 풀령이 내리지? 대동회는 언제 받는데? 하며 풀령내기리를 일구월심 기다린다. 그러다 대동회의가 열려 풀령이 내려지면 품앗이나 두레 같은 울력으로 갈을 꺾고 더러는 개인적으로 갈을 꺾기도 한다. 동호 너, 품앗이와 두레 알지?"

하 교수가 말하다 말고 동호를 쳐다봤다.

"알지요."

동호가 대답했다.

"동숙이 넌?"

"저도 알긴 아는데……."

"자신이 없다 이거냐?"

"예."

"괜찮아, 아는 대로 말해 봐."

"품앗이는 일을 서로 바꿔가며 해 주는 것 아닌가요?"

"맞다. 품앗이와 두레가 다 같이 오늘은 이 사람이 저 사람 일을 해 주고 내일은 저 사람이 이 사람 일을 해 주며 서로 품을 지고 갚고 하는 것을 말하는데 품앗이가 소규모적이라면 두레는 대규모적이다. 그런데 여기서 유의해야 할 것은 품앗이나 두레는 바로 바로 갚아야 한다는 점이다. 품앗이나 두레는 한창 바쁠 농번기에만 있는 일이므로 당장 갚아야 하는 것이다. 오죽하면 오뉴월 품앗이 고드랫돌 넘어가듯 한다는 말이 있겠느냐?"

"그게 무슨 뜻인가요. 아빠?"

"오뉴월 품앗이 고드랫돌 넘어가듯 한다는 말 말이냐?"

"예."

"품을 팔되 바로 갚는다는 뜻이지. 고드랫돌이란 허리가 잘쏙하게 생긴 둥글 납작한 돌로 발이나 돗자리 또는 짚자리 같은 것을 엮을 때 날을 갈아 메는 돌이다. 이 고드랫돌이 자리를 엮을 때 이쪽 저 쪽으로 쉴새 없이 넘나든다 해서 고드랫돌 넘어가듯 한다는 말이 생겼다. 어떠냐. 재밌지?"

하 교수는 말하고 얼른 아이들의 반응을 살폈다. 그러나 아이들은 별로 재미있어하는 눈치가 아니었다. 동호는 다만"글쎄요."할 뿐이었고 동숙은"잘 모르겠어요 아빠."할 뿐이었다. 하 교수는 아이들의 이같은 반응이 얼마는 실망스러웠으나 그러나 어쩌면 당연한 반응인지도 모른다 싶었다. 생전 듣도 보도 못한 생뚱한 소리를 생부지로 해대니 어찌 재미가 있을 수 있겠는가. 재미라는 것도 뭘 좀 알아 그 방면에 약간의 지식이라도 있어야 느낄 수 있는데 이건 백줴 전설 같은 소리만 늘어놓고 어찌 재미 운운할 수 있겠는가. 아이들이 이만큼이라도 하 교수의 뜻에 부응, 열심히 따라준 것만으로도 다행이라면 다행이어서 다른 아이들에게는 애시당초 바랄 수조차 없는 일이었다.

아이들이 별 반응을 보이지 않은 채 심드렁하게 여기는 것은 하 교수의 말에 관심이 없어서가 아니라 몸이 불편해 매사가 귀찮아서 그럴 것이라는 해석도 가능했다. 안 그렇고서야 그처럼 열심이던 아이들이 심드렁하게 여길 리 만무였다. 하 교수는 아이들을 그만 쉬게 해 내일 말해줄까 하다가 내친김에 좀더 말해야겠다 싶어 짐짓 입을 열었다.

"재미없지? 그래 재미없을 지도 몰라. 아니 재미있을 리가 없지. 그러나 들어야 한다. 이런 얘기를 어찌 재미로 듣겠느냐."

하 교수는 아이들을 너무 혹사시키는 것 같아 자리에 편히 눕게 하고는 말을 이었다.

"애비가 왜 이런 얘기를 시시콜콜 하는지 너희는 알 게다. 이건 너희가 희망한 것이기도 하지만 애비가 희망한 것이기도 하다."

하 교수는 담배에 불을 붙여 몇 모금 맛있게 빨아들이고는 다시 말을 이었다.

　"애비가 어디까지 말했지? 오 그래, 갈 꺾는 얘길 하다 말았지. 이렇게 꺾은 갈을 그럼 어디에다 쓰느냐 하는 건데, 더러 옥수수 심는 밑거름으로도 쓰이나 주로 모심을 논에 거름으로 쓰인다. 앞에서도 얘기했다시피 그 때는 비료가 귀한 때여서 갈이나 풀을 논에 깔고 갈아엎은 다음 모를 심었다.

　옥수수 밑거름으로 사용 될 갈은 마당에 널어 말린 후에 도리깨로 바숴 가루를 만들어 망웃을 끼얹어 쟁여두면 곰삭아 재가 되고 그러면 이 재로 옥수수를 심는다. 그런데 여기서 문제는 망웃이다. 망웃이 걸어 분(糞)이 많아야 거름이 되는데, 구더기가 다 파먹고 멀건 물똥만 남아 이걸 끼얹으니 거름이 약하다는 점이다. 그래 사람들은 할미꽃 뿌리를 캐다 변소간에 넣는다. 이상한 건 할미꽃 뿌리만 넣으면 구더기가 맥을 못 추고 죄 죽어버린다는 사실이다. 자, 그럼 이제 갈 꺾는 얘기 좀 할까?"

　하 교수는 담배를 뻑뻑 빨아 재떨이에 끄고는 그 때를 떠올리기라도 하는지 눈을 몇 번 깜빡였다.

　"갈도 퇴비처럼 하루에 보통 여섯 짐 내지 일곱 짐씩 꺾지만 퇴비만큼 애를 먹진 않는다. 우선 날씨가 한 여름처럼 덥지 않은 데다 풀쐐기도 아직 없을 때여서 한결 수월한 것이다. 그리고 갈도 어린애 손길처럼 보드라워 감촉이 좋고 윤기 또한 자르르 흘러 여간 정겨운 게 아니다. 게다가 풋풋하고 싱그러운 갈잎 특유의 냄새는 또 얼마나 좋은데…… 고 연한 연초록색 갈을 한 짐 꺾어지고 산등성이를 내리며 '이후후, 이후후후' 질러대는 풀꾼들의 소리는 듣기도 좋고 보기도 좋다. 그래 이런 말이 있다. 봄철 풀꾼의 야드르르한 연초록색 갈짐하고 가을철 나무꾼의 윤기 자르르한 알밤색 갈비나뭇짐을 보고 안 반할 동네 처녀가 없다는……

갈짐과 갈비나뭇짐이 얼마나 보기 좋으면 이런 말이 생겼느냐만 아무튼 풀꾼들의 날아갈 듯한 연초록색 갈짐은 정말 보기가 좋다.

풀꾼들이 갈을 한 짐 꺾어지고 산을 내릴 때는 거의 '이후후 이후후후' 하는 소리를 지르는데, 이 소리는 지르는 위치에 따라 메아리가 돼 동네를 지나가기도 한다. 그 배 주리는 보릿고개 한가운데 있으면서도 사람들은 신바람나게 갈을 꺾었고 신바람나게 이후후를 연발했다. 갈이라도 어디 제 논에다 꺾어 넣느냐? 대개의 갈꾼들은 어울이가 아니면 마름한테 갖은 수모 다 겪으며 7촌의 양자 빌 듯 사정사정 얻어 부치는 작인들이어서 죽도록 농사 지어봤자 도지 주고 나면 계량조차 어려워 봄과 함께 초근목피로 연명하는 애옥살이들이지만 갈 꺾을 때만은 제 논에 갈 꺾어 놓듯 좋아했다.

그런데 말이다. 이렇듯 신바람나게 갈을 꺾으면서도 가끔 웃지 못할 해프닝이 벌어지는데 그게 무엇인고 하면 날품팔이 풀꾼들의 속임수 '홀치기'다. 홀치기는 작은 분량의 풀(갈)을 가지고 많아 보이게 하는 눈속임으로, 여간 기술이 아니고는 해내기 힘들어 최고의 풀꾼만이 행사할 수 있는 기량이다.

풀(갈)은 보통 다섯 아름이라야 한 짐이 된다. 그러나 이 홀치기는 세 아름으로 어연번듯하게 한 짐을 만든다. 그렇다면 이 홀치기를 어떻게 하느냐 하는 건데 처음 아름, 그러니까 첫 번째 아름은 지게고삐를 따라 길다랗게 늘어놓고 두 번째 아름은 지게뿔에 걸쳐 세우고 세 번째 아름은 두 번째 아름 위에 얹어서 풀짐이 넘어가지 않을 정도로만 지게고삐를 느슨히 매면 되는 것이다. 이 때 주의해야 할 것은 지게고삐를 너무 느슨히 동여매 풀(갈)이 뒹그러져나오지 않게 하는 일이다. 그렇다고 지게고삐를 너무 단단히 동여맬 수도 없다. 왜냐하면 단단히 동여매면 맬 수록 풀의 분량이 그만큼 작아지기 때문이다.

그러므로 풀짐이 넘어가지 않을 정도로만 매야하는데 이게 여간 어렵지가 않아 좀한 기술로는 되지 않는다. 풀짐이 허물어지지 않게 지게고삐를 매면 일단 성공이나 이 때 잊지 말아야 할 것은 지게를 세워놓고 손보는 일이다. 전후 상하 좌우의 풀(갈)을 빠지지 않게 뽑아내 풀짐이 커 보이도록 부풀리는 게 그것이다.

이렇게 해서 만든 홀치기풀짐은 남 보기는 근사해 어연번듯 하지만 그러나 논에다 배겨놓으면 백줘 얼마 안 돼 금세 탄로가 난다. 그도 그럴 것이 다섯 아름이라야 한 짐인데 이 다섯 아름에서 두 아름이나 빠졌으니 어찌 다섯 아름의 정상적인 한 짐과 같을 수 있겠느냐.

그러나 주인은 날품팔이 풀꾼들의 이런 홀치기를 알고도 짐짓 모른 체했고 좀 심하다 싶으면 '어허, 홀치기 덕분에 금년 벼농사는 수월하겠는걸' 할 뿐 더는 말이 없었다.

이는 홀치기로 풀(갈)을 작게 깔았으니 거름이 약해 벼 소출이 그만큼 덜 나올 것이므로 농사도 그만큼 수월할 게 아니냐는 뜻이다.

어떠냐? 많이 배워 똑똑하다는, 그래서 잘났다는 요즘 사람들과 비교해 볼 때……."

하 교수는 여기서 말을 그치고 또 아이들의 반응을 살폈다. 그러나 아이들은 바람벽에 기댄 자세로 잠들어 있었다.

"아뿔사! 내가 너무했구나!"

하 교수는 아이들을 조심조심 방바닥에 눕히고 자리를 일어났다. 그리고는 밖으로 나와 툇마루에 걸터앉았다. 별무리가 성기고 삼태성이 한쪽으로 척 이운 것을 보니 밤이 꽤 깊은 듯 싶었다. 이 때 벽시계가 땡땡땡 하고 석 점을 쳤다.

다음 날 오후가 되자 아이들 몸은 한결 좋아졌다. 동호는 욯이 꺼덕 꺼덕 가라앉았고 동숙은 부기가 쑤욱 빠져 본래의 얼굴 모습에 가까워 져 있었다.

"혼들났다. 이제 그만하니 살 것 같지?"

하 교수가 한 시름 놓이는지 아이들의 등을 토닥이며 안도의 숨을 토했다.

"말씀 마세요, 아빠. 전 죽는 줄 알았어요, 엄마도 못 보고……."

동숙이 얼굴을 매만지며 입가에 미소를 머금었다.

"그러게나 말이다. 다 키운 딸 하나 잃을 뻔했잖아."

하 교수는 짐짓 놀라는 표정을 해 보이며 농 섞인 응수를 했다.

"지금이니 말이지만 무척 아팠어요. 얼굴은 욱신거리죠, 눈은 감겨 볼 수가 없죠, 미칠 뻔했어요 아빠."

"왜 안 그랬겠니. 미치고 환장할 만하지."

"잘못했어요 아빠. 얼굴이 최고로 부었을 때 사진 하나 찍어놓을 것 을요. 그랬다가 이 담에 기념으로 두고두고 보면 좋은 추억거리가 될 텐데……."

"아 참 그렇구나. 그럼 어쩌지? 이젠 다 낫다시피 했으니. 까짓 거 한 번 더 쏘일까? 벌한테? 그런 다음 최고로 퉁퉁 부었을 때 근사하게 한 장 찍지 뭐."

"싫어요. 다신 안 쏘일래요. 생각만 해도 끔찍해요."

동숙이 도리질하는 아이처럼 머리를 좌우로 흔들어댔다.

　"말이 났으니 저도 한 마디 하겠는데요, 옻이 그처럼 가려운 줄은 몰랐어요. 정말 미치고 환장하겠더군요 아버지."

　동호도 고개를 절레절레 흔들며 팔뚝과 얼굴을 번차례로 매만졌다.

　"그래, 안다. 애비가 왜 너희들이 겪은 고통을 모르겠니. 숱하게 겪어 이골이 난 애빈데……. 허나 그런 고통을 애비 때의 촌사람들은 맨으로들 겪었다. 그냥 나을 때만 바라면서. 옻은 사람에 따라 다르지만 안 오르는 사람은 옻나무를 만져도 괜찮고 옻순을 무쳐먹어도 탈이 안 난다. 그런데 옻을 잘 타는 사람은 옻나무를 보기만 해도 오르고 옻오른 사람 곁에만 가도 오른다. 심지어는 옻나무 얘기만 해도 옻 오르는 사람이 있지."

　"저는 그럼 어느 편에 속하나요. 아버지?"

　"글쎄다. 옻나무 얘기 정도로야 설마 오르겠니? 자, 그건 그렇고 애들아, 우리 기분 전환도 할 겸 앞내로 고기나 잡으러 가자. 고기는 해가 설핏할 이맘때의 석양 무렵이 가장 잘 잡히거든?"

　하 교수는 하던 말을 중동무이하고 헛간으로 눈을 주었다.

　"정말이에요 아빠?"

　동숙이 좋아라 폴짝거리며 손뼉을 쳤다.

　"그럼 정말이잖고. 동숙이 넌 고기 꿰미나 들고 다녀."

　하 교수는 맥고모를 눌러쓰더니 헛간에서 반두(족대)를 꺼내 왔다. 세 사람은 러닝셔츠 바람인 채 아랫도리를 둥둥 걷고 앞내로 향했다.

　"봐라. 고기가 펄떡펄떡 뛰지? 석양엔 본시 고기가 저렇게 뛴단다."

　냇가로 나오자 하 교수가 수면을 가리키며 자갈밭에 주저앉았다.

　"저게 무슨 고기죠 아빠? 피라미 아닌가요? 맞죠? 그렇죠?"

　동숙이 신기한 듯 수면을 바라보며 수선스레 물었다.

"맞다, 피라미다. 다른 고긴 저렇게 뛰질 않지. 그런데 저 놈은 성질이 급하고 고약해 잡으면 팔딱팔딱 뛰다가 금세 죽는다. 홍어나 동자개, 또는 메기나 미꾸라지 같은 것들은 꿈틀꿈틀 하면서 오래 사는데……. 그 중에서도 미꾸라지란 놈은 성질이 눅반죽 같고 고무질빵 같아 그런지 아주 오래 산다."

피라미는 성질만큼이나 급한 몸짓으로 수면 위를 펄펄 뛰어올랐다. 그럴 때마다 순백의 비늘이 햇볕에 반사돼 반짝반짝 빛났다.

"아빠, 참 빠르네요. 피라미의 동작이요. 그리고 어쩜 저렇게도 날씬하죠?"

"그렇지? 빠르고 날씬하지? 저 놈의 날랜 솜씬 당할 자가 없다. 그러기에 호천리(虎千里) 어만리(魚萬里)란 말이 있다."

"그게 무슨 뜻인가요 아빠?"

"호랑이는 하룻밤에 천 리를 가고 고기는 하룻밤에 만 리를 간다는 뜻이지."

"고기가 그렇게 빨라요 아빠?"

"암. 호랑이가 하도 빨라 날비(飛) 자를 써서 비호(飛虎)라 하는데 고긴 그 비호보다 더 빠르다 하여 어만리라 한다. 어떠냐. 그 어만리를 이제 좀 잡아볼까? 동호야, 애비가 족대를 댈 테니 넌 돌을 들쳐라. 흔들어 울려도 좋고, 할 수 있겠니?"

"그럼요. 친구들이랑 캠핑 가서 많이 해 봤거든요. 농활(農活) 가서 해 보기도 하구요. 그러니 아버진 아무 염려 마시고 족대나 잘 대세요."

동호가 자신 있게 말하며 물로 첨벙첨벙 들어섰다.

"어쭈. 제법 큰소리치는구나."

"큰 소리가 아닙니다. 이건 전적으로 사실이니까요. 그 증거를 말씀 드려요 아버지."

"증거? 그래 좋다. 말해 봐."

"좀 전에 아버진 호랑이보다 빠른 어만리를 잡아 보자 하셨는데 그 어만리가 무슨 고깁니까? 피라미 아닙니까. 그런데 피라미는 낚시질로 잡지 족대론 절대 못 잡습니다.

왜 그러냐하면 피라미는 돌에 들지 않고 늘 물 속을 유영하기 때문이죠. 그러므로 족대로 잡을 수 있는 고긴 꺽지 동자개 메기 홍어 등 주로 돌에 붙어살거나 돌 속에 들어가 사는 고기들이죠. 어떻습니까 아버지. 이래도 어쭙십니까?"

"아주 엉터린 아니다. 그러나 고기가 있음직한 돌을 잘 알아야 한다. 그것도 알겠니?"

"국수 만드는 여자가 수제비는 못 뜨겠습니까? 자, 이 돌엔 틀림없이 죽병이 한 마리쯤 들었을 겁니다. 아버지. 족대 대 보세요."

동호가 바둑판 만하게 생긴 네모꼴 돌 하나를 가리키며 소리쳤다.

"죽병이를 다 알고 제법이구나. 하지만 고긴 돌에 청태가 끼이고 주위에 비슷한 돌이 많아야 꼬인다. 그런데 이 돌은 그렇질 않다. 그러나 마나 한 번 대 보자."

하 교수가 족대 자루를 ×자 형국으로 잡아 돌을 에워싸자 동호가 돌을 들썩거렸다. 그러자 버얼건 흙탕물이 일며 무슨 고긴가가 하 교수의 정강이를 슬쩍 건드렸다. 감각으로 봐 홍어나 동자개 같았다.

"이크, 한 마리 들어왔다!"

하 교수가 소리치며 재빨리 족대를 들어올렸다. 고기는 검지손가락 만한 크기의 동자개였다.

“이게 무슨 고기예요 아빠?”

족대를 들고 개울가로 나오자 동숙이 호기어린 눈으로 물었다.

“동자개라는 고기다.”

“근데 아빠. 이 고기한테서 무슨 소리가 나요. 무슨 소리죠?”

“잘 들어 봐라. 무슨 소린지.”

“빠가빠가 소리를 내는 것 같아요.”

“그래서 이 고기를 일명 빠가사리라고도 한다.”

하 교수는 가는 버드나무 가지를 꺾어 꿰미를 만들더니 그 꿰미에 고기의 아가미를 꿰어 동숙에게 내밀었다.

“옛다. 가지고 있어라.”

그러나 동숙은 겁이 나는지 고기 꿰미를 받아들고는 멀찌감치 팔을 뻗었다.

“근데 아빠, 어찌 그렇게 빨리 아셨어요? 족대에 고기가 든 걸요. 버얼건 황토물이라서 고기가 드는 게 보이지 않을 텐테……”

“그게 궁금하냐?”

“궁금하잖구요. 오빠두 궁금하지?”

동숙이 동호에게 눈을 돌렸다. 그러나 동호는 글쎄 하는 표정일 뿐 말이 없었다.

“다 아는 방법이 있지.”

“어떻게요?”

“아까 애비가 족대를 물 흐르는 쪽으로 대는 것 봤지? 그리고 족대가 물살을 따라 애비 정강이에 척 걸쳐진 것도 봤지? 돌을 들치거나 흔들면 고긴 더러 물살을 거슬러 위로 내빼는 놈도 있지만 대개는 물살을 따라 아래로 내뺀다. 그러면 어찌 되느냐. 족대 속으로 들어오게 마련이지? 이 때 정강이에 연락이 온다. 족대에 들어온 고기가 돌아치면서 정강이를 툭툭 건드리는 것이다. 이 때 꺽지나 죽병이처럼 몸이 빠른 고기는 정강이에 닿는 속도도 빨라 강하게 부딪치지만 홍어나 동자개 또는 메기처럼 동작이 굼뜬 고기는 속도가 느려 정강이에 와닿는 것도 약해 은근슬쩍 건드린다. 어떠냐. 이제 알겠지?”

“알 것 같아요. 하지만 직접 한 번 해 보고 싶어요.”

“그래? 그럼 한 번 해 보지 뭐. 자 이리 와서 족대부터 잡아 봐.”

하 교수는 고기가 들어있음 직한 돌 하나를 골라 동숙에게 족대 대는 법을 가르쳐 주었다. 그러자 동숙은 흥분과 긴장과 호기심과 두려움이 착종된 표정인 채 이를 사려 물었다.

“자, 단단히 잡아라? 고기 들어간다?”

하 교수는 이 말과 함께 돌을 서너 번 들썩거렸다. 그러더니,

“족대 들어 봐, 팔뚝 같은 대어 한 마리 들어갔는지.”

하며 동숙이를 도와 족대를 들어올렸다. 그러나 족대 속엔 송사리 새끼 한 마리 들어있지 않았다.

“어허, 이걸 어쩐다? 팔뚝 같은 대어 한 마리 들어 있을 줄 알았더니 없네, 없어. 이 놈의 고기가 우리 동숙일 몰라보고. 괘씸한 것들 같으니라고.”

하 교수가 능청스레 엉너리치며 다른 돌 하나를 찾아 족대를 대 주었다.

“설마 이번엔 있겠지. 족대 잘 잡아?”

하 교수가 족대 잡은 동숙의 손을 확인하고 돌을 들썩거렸다. 그러나 고기는 이번에도 한 마리 들지 않았다.

“거 이상한데? 고기가 우리 동숙일 알아보나 보다. 너무 이쁜 아가

씨가 고길 잡으니 야코 죽어 내뺀 게 아냐? 웬 아름다운 인어가 나타났나 하고…….”

하 교수가 빙긋 웃으며 동호를 쳐다봤다. 그러자 동호가 얼른

“그게 아니죠 아버지. 고기가 동숙일 깔보고 그런 거죠. 고기도 아버지, 여자아일 용케 알아보거든요.”

동숙이는 약이 올라

“그런 게 어딨어. 고기가 어떻게 여자아일 알아 봐. 그건 엉터리야 엉터리. 그렇죠 아빠?”

동숙은 발끈 토라지며 흰창이 된 눈으로 동호를 흘겼다.

“왜 못 알아 봐. 알아본다구. 그걸 증명해줄까?”

“그래 증명해 봐. 해 봐!”

동숙이 혀를 날름 내밀며 양 검지손가락을 볼에 대 용용 죽겠지를 했다.

“좋아! 그 족대 이리 줘!”

동호는 동숙으로부터 족대를 뺏다시피 채뜨려 가지고는 몇 발짝 앞에 있는 돌에 족대를 대더니 왼손으로 돌을 잡아 흔들었다.

그러며 속으로 제발 고기 한 마리쯤 들어 주기를 간절히 빌었다. 만일 고기 한 마리 들지 않은 빈 족대를 들어올린다면 큰소리치고 빼앗은 손이 부끄러워 동숙에게 체면이 서지 않을 것이기 때문이었다. 그러나 또 이 때 동숙은 동숙대로 제발 고기 한 마리 들지 않기를 간절히 빌었다. 고기가 들지 않아야 오빠의 코가 납작해지지, 만일 고기가 든다면 오빠는 기고만장해질 것이기 때문이다. 그러나 이 간절한 희원에도 불구하고 동호는,

“자, 대어 나오신다, 대어. 으랏차차.”

하는 소리와 함께 족대를 들어올렸다. 그러더니 희색이 만면한 채 물 밖으로 첨벙첨벙 뛰쳐나왔다.

"자, 봐라 동숙아. 이래도 증명이 안 되냐, 이래도?"

동호가 약올리듯 족대를 동숙의 코앞에다 들이대며 소리쳤다. 족대 안엔 정말 고기가 들어있었다. 그것도 한 마리 아닌 두 마리나. 고기는 또 두 마리 다 꺽지였는데 크기도 제법 커 미루나무 이파리 만했다.

"야아, 이거 꺽지구나 꺽지! 꺽지는 민물 고기 중에서 최고로 치지. 최고로."

하 교수가 놀라운 눈으로 족대를 들여다보며 환하게 웃었다.

"너희들 쏘가리 알지? 강쏘가리. 그 쏘가리가 강고기론 단연 최고다. 맛도 최고고 값도 최고고. 어떠냐. 이 꺽지가 꼭 쏘가리 같이 생겼지? 그래, 이 꺽지는 강쏘가리나 마찬가지야. 그러니까 꺽지는 쏘가리와 4촌쯤 되지."

하 교수는 어린아이처럼 좋아하며 족대에서 꺽지를 꺼내 꿰미에 꿰었다.

"자, 동숙이 넌 이 고기 꿰미 잘 들고 있어. 어쩌면 꺽지 좀 잡을 것 같다. 오랜만에……."

하 교수는 고기 꿰미를 동숙에게 건네고는 동호로부터 족대를 받아들었다. 동숙은 괜히 약이 올라 속으로 고기만 제일인가 뭐 하고 쫑알거렸다. 왠지 동호와 함께 하 교수도 밉게 느껴졌던 것이다. 동호는 하 교수를 따라 물로 들어가다 말고 아까의 말을 되살려,

"동숙이 너 말해 봐. 이젠 증명 됐지? 그렇지?"

하고 다짐하듯 물었다. 그러자 동숙이

"치이, 오빠가 뭐 남자래서 고기가 잡혔나? 까마귀 날자 배 떨어지

듯 우연의 일치로 잡힌 거지."

하며 땡삐처럼 쏘아붙였다.

어쩌면 꺽지 좀 잡을 것 같다던 하 교수의 기대는 그러나 허사에 그
치고 말았다. 해가 꼴깍 지고 땅거미가 내릴 때까지 개울을 헤매며 돌
이란 돌은 모조리 들쳤지만 고기는 여남은 마리도 채 잡질 못했다.

"그 많던 고기는 다 어디로 갔을까? 그리고 그 많던 물은 또 왜 이리
줄어들었나."

하 교수는 문득 서글픈 생각이 들어 아이들과 마당 바위라 불려지는
널찍한 반석에 앉아 땅거미 지는 수면을 바라보며 혼자 소리로 지껄였
다.

"그 전엔 고기가 많았나요 아빠?"

심통이 나서 뾰로통 토라져 있던 동숙이 언제 그랬더냐 싶게 생글거
리며 하 교수를 쳐다봤다.

"암. 많았지. 족대로 잠깐이면 한 사발씩 잡았지. 한 꿰미는 금방이
고……."

"그럼 오늘처럼 몇 시간씩 잡으면 엄청 많이 잡았겠네요?"

"한 종다래끼는 좋이 잡았지. 큰 뱀장어도 잡았고 팔뚝만한 메기도
잡았고……."

고기는 예전에 비해 씨가 지다시피 귀했고 물도 예전에 비해 그 양
이 반나마 줄어 있었다. 그래서인지 내의 폭도 좁아졌고 내의 깊이도
얕아져 있었다.

"신났겠네요 그 땐. 그 때도 족대로 잡았나요?"

"족대로도 잡았고 낚시로도 잡았지. 그리고 투망으로도 잡고 여뀌
라는 풀을 짓찧어 물에 풀어서 잡기도 했지. 이 여뀌는 독해 짓찧어

물에 풀면 고기가 그 물을 먹고 죽거든? 허연 배를 드러낸 채 물에 둥둥 떠서. 그러면 그냥 건지는 거야. 그러나 이 때 빠른 동작으로 건져야지, 우물쭈물 하다가는 놓치고 말아. 약물 먹은 고기가 금세 살아나거든.”

“재밌었겠네요 아빠?”

“재밌었지. 그런데 죽는 건 주로 피라미나 송사리 또는 피라미처럼 생긴 배가 버얼건 불거지 같은 고기야. 모래무지 미꾸라지 홍어 동자개 같은 고기는 잘 죽질 않아. 꺽지 뱀장어 메기도 잘 죽질 않고…….
그래서 이 놈들이 죽을 때까지 여뀌풀을 무한정 찧어 물에 풀곤 했지.
그 풀을 사람들은 약풀이라고 했다.”

“아빠, 고기 잡는 방법도 여러 가지죠? 그렇죠?”

“여러 가지지.”

“어떤 것 어떤 것이 있나요?”

“아까처럼 족대로 잡고 지금 말한 대로 투망이나 약풀로도 잡고 파리를 미끼로 꿰어 낚시로도 잡지. 이밖에 작살로 잡기도 하고 물을 에워서 잡기도 한다. 하지만 고기 잡는 방법은 이것만이 아니어서 메로 돌을 두들겨 잡는 방법도 있고 밤에 뜸메질을 해 잡는 방법도 있다.”

“아빠, 다른 건 다 알겠는데 에워서 잡는 것과 메로 돌을 두들겨 잡는 건 모르겠어요. 아 참, 또 있다. 뜸메질로 잡는 것도 모르겠어요. 어떻게 하는 거죠 아빠? 그리고 메와 에운다와 뜸메질은 또 뭐죠?”

동숙은 뿌리를 뽑기라도 하듯 바짝 다가앉은 채 줄기차게 물어댔다.
그런 동숙의 자세는 벌에 쏘이기 전처럼 진지하고 엄숙했다.

“허, 녀석 또 질문 공세로군. 먼저 메가 무엇인가부터 알아야 하는데, 메란 큰 쇠망치를 말함이다. 너희들 해머 알지? 그 해머가 바로 메

다. 이 메로 추운 겨울 날 개울의 돌을 땅땅 치면 돌 밑에 있던 고기가
놀라서 죽는다. 아니 기절하는 거지. 그러면 줍는 거지. 이 때도 고기가
금세 살아나기 때문에 얼른 건져야 한다. 그 다음에 에운다함은 물이
양 갈래로 갈라져 흐르는 지점을 막아 물이 한 쪽으로만 흐르게 하는
것을 말함인데, 이렇게 되면 어찌 되느냐. 물이 한 쪽으로만 흘러 다른
한 쪽은 물이 마를 게 아니냐? 이 때 고기들은 물이 없어 아가미를 쩍
쩍 벌리며 건천에서 팔딱팔딱 뛴다. 이 때 고기를 줍는 거지.

"아, 그렇군요. 고긴 물이 없으면 못 사니까요."

"그렇지."

"그럼 뜸메질은 뭐죠?"

"아 이 놈아 좀 천천히 물어라. 애비 숨넘어가겠다."

하 교수는 담배에 불을 붙여 몇 모금 빨고는 말을 이었다.

"뜸메란 족대로 고기 뜨는 걸 말한다. 희한하게도 고기는 밤이 이슥
하면 물가 쪽으로 나와 잠을 잔다. 눈을 뜬 채 말이다. 이 때 관솔불을
밝혀들고 족대로 고기를 조심조심 뜬다. 이게 뜸메질이다. 여기서 알
아야 할 것은 일 년 사계절 중 꼭 여름에만 고기가 물가에 나와 잔다는
점이고 밤이 깊어야만 물가로 나온다는 점이다. 어떠냐, 재밌지?"

"그렇군요 아버지. 그럼 오늘밤에도 나와 자겠군요. 여름이니까요?"

잠자코 앉아 수면만 바라보던 동호가 불쑥 입을 열며 하 교수를 쳐
다봤다.

"암. 하지만 고기가 예전처럼 많질 않아 어떨는지……."

"그래도 웬만큼은 나와 잘 거 아녜요?"

"글쎄……."

"그럼 아버지, 우리 이따 뜸메질하러 나오죠 예?"

동호가 하 교수의 의중을 묻자 동숙이 얼른

"그래요 아빠, 예?"

하고 하 교수의 팔을 잡아 흔들었다.

"그러자꾸나. 헌데 몇 마리나 나와 잘는지 원. 옛날엔 고기가 그리도
많아 잡았다 하면 몇 사발이요, 물도 벌창하다시피 흘러 여름이면 미
역감느라 해 지는 줄 몰랐는데…… . 그런데 지금은 고기도 없고 물도
메말랐으니 삭막하구나. 어쩌다 자연마저 이렇게 변했는지…… ."

하 교수는 말하고 하늘을 쳐다봤다. 하늘은 어느 새 성긴 별무리가
드문드문 깔려 있었다.

"애들아 그만 가자. 밤이 늦었다."

늦은 저녁 식사를 마치고 마당가의 평상에 앉아 땀을 들이던 동숙은
밤이 깊을 때까지 기다릴 수가 없어 열 시가 되자마자 하 교수를 졸랐
다. 도무지 안달이 나 진득하니 있을 수가 없었다. 동호도 좀이 쑤셔
못 견디겠는지 동숙의 말을 거들고 나섰다.

"녀석들 급하기도 하다. 아직은 고기가 나올 시각이 아니어서 가봐
야 소용이 없다."

하 교수는 부채질을 멈추며 시계에 눈을 주었다.

"이제 겨우 열 시다. 고기가 나오자면 한두 시간은 더 있어야 한다."

그러나 동숙은 막무가내로 보챘다.

"그래도 가세요 아빠. 냇가의 반석에 앉아 얘기하다 보면 금방이에
요, 아빠."

동숙은 언제 찾아놓았는지 족대와 랜턴까지 들어 보이며 안달이었다.

"허 녀석 참. 그래 가자 가."

하 교수는 동숙에게 이끌리다시피 자리를 일어났다.

세 사람은 앞서거니 뒤서거니 앞내로 나왔다.

"봐라. 아직 한 마리도 안 나왔지."

내에 다다르자 하 교수가 랜턴으로 물 가장자리를 비추며 말했다.
고기는 정말 한 마리도 보이질 않았다.

"자, 저 반석에 가 좀 앉자."

하 교수가 마당바위 쪽으로 걸음을 옮기자 동호와 동숙이 그 뒤를
따랐다.

"어이구, 물가에 나오니 한결 시원하다."

세 사람은 반석 위에 나란히 앉았다.

반석은 열 시가 넘었는데도 완전히 식지 않아 뜨끈했다.

"아빠, 고기가 끝내 안 나오면 어떡하죠?"

동숙은 반석에 앉아서도 그게 걱정인지 내내 조바심이었다.

"설마 그렇기야 하겠니. 아무튼 좀더 기다려 보자꾸나. 적이나 하면
몇 마리라도 나오겠지."

"겨우 몇 마리요?"

"맘 같아선 떼로 몰려나오면 좋지. 헌데 아까 푼수로 봐 어째 기미
가 안 보인다. 옛날엔 그렇게도 많던 고기가 씨가 지다시피 했으니. 고
기가 얼마나 많았으면 매봉천이란 내[川] 이름보다 다어천(多魚川)이란
내 이름으로 더 유명했겠니. 고기 중엔 꺽지가 유난히 많아 꺽지내라
고도 불렀다. 그리고 고기는 모래개울의 사천(沙川) 고기보다 이 매봉
천처럼 돌개울의 석천(石川) 고기가 훨씬 맛있다. 모래개울의 고기는
해감내가 나지만 돌개울의 고기는 그렇지가 않거든. 꺽지를 잡아서 갖

은양념으로 찌개를 만들거나 국을 끓여 봐라. 그 맛이 기가 막힌다. 그 때는 폐수가 있나 물이 오염됐나. 수정처럼 맑은 청계옥수에서 서식했기 때문에 먹으면 그대로 약이 됐지. 그래서 사람들은 육류를 못 먹어 솟증(素症)이 나면 이 개울로 나와 고기를 잡아서 정신없이 퍼 먹어댔다."

하 교수는 여기까지 말하고 랜턴을 켜 시계를 들여다봤다. 그러나 시계는 아직 10시 반을 조금 지나 있을 뿐이었다.

"좀 이른 시각이긴 하다만 한 번 더 보자. 여태껏 한 마리도 안 나왔으면 희망이 없다."

하 교수가 자신 없는 소리로 말하며 자리를 일어났다. 동호와 동숙은 하 교수의 뒤를 따라 일어나며 제발 고기가 나와 있었으면 했다. 그러나 이런 바람에도 불구하고 고기는 단 한 마리 나와 있질 않았다. 하 교수가 랜턴으로 물 가장자리를 이 잡듯 훑었으나 고기는 끝내 보이질 않았다.

"역시 없구나!"

하 교수가 탄식하듯 말하고 땅이 꺼지게 한숨을 몰아냈다.

"그럼 이제 희망이 없나요 아빠?"

동숙이 하 교수를 쳐다보며 안타깝게 물었다.

"그럴지도 모른다. 이 시각쯤이면 고기가 꽤 많이 나와 자야 하거든?"

"어쩌면 좋죠? 아빠, 무슨 방법 같은 거 없나요?"

동숙이 똥 마려운 강아지처럼 어쩔 바를 몰라했다.

"방법은 무슨 방법이냐. 애비가 용왕님도 아니고……."

"그럼 어떡하죠?"

동숙은 거의 울상이었다.

"어떡하긴…… 할 수 없지."

"혹시 상류에 무슨 공장이 있어 폐수라도 흘려 보낸 게 아닐까요 아버지?"

동호도 안타까운 지 랜턴의 불빛을 따라 물 가장자리를 들여다보며 말했다.

"글쎄다. 저 매봉산 밑에 무슨 공장인가가 몇 개 있긴 있다더라만……."

"맞아요 그럼. 그 공장들에서 몰래 폐수를 흘려 보낸 거예요. 그래서 생태계가 파괴돼 그런 거라구요. 안 그렇고야 그 많던 고기가 다 어디로 갔겠어요. 폐수 먹고 죽은 거죠."

"그렇더라도 몇 마리쯤은 나와 있어얄 게 아냐. 근데 지금은 단 한 마리도 나와 있질 않잖아. 아까 낮엔 그래도 더러 있었잖아?"

동숙이 무슨 소리냐 듯 동호의 말을 가로막고 나섰다.

"폭탄이 터져도 사는 사람은 살아. 낮에 잡은 고긴 전쟁에서 산 사람 같은 거야. 그리고 또 뭐 세상이 다 변했는데 고기라고 안 변할 리 있겠니?"

고기는 밤이 깊어 11시가 넘어도 단 한 마리 나오질 않았다.

"다 틀렸다, 다 틀렸어. 옛날의 매봉천은 이미 아니다."

하 교수는 또 땅이 꺼지게 한숨을 토하고 담배를 꺼내 불을 붙여 물었다. 불현듯 고향을 잃어버린 듯한 서글픔에 가슴이 저려왔다. 그 많던 고기는 다 어디로 갔으며, 그 많던 물은 또 어디로 갔는가.

동무들과 어울려 자맥질하다 입술이 파래지면 후끈거리는 마당바위에 나와 앉아 몸을 덮이던 매봉천. 자맥질이 싫증나면 여뀌풀을 짓찧어 고기 잡고 이것도 싫증나면 개울을 에워서 해 저물도록 잡던 고기.
그러다 밤이 되면 삼태성이 하늘가로 척 기울 때까지 관솔불 밝혀들고
족대로 뜸메질 하며 깔깔대던 소년시절.

나무를 해 오다 숨막히는 더위에 땀이 뒤발하면 마당바위 앞에 나뭇
짐 받쳐놓고 냇물로 첨벙 뛰어들어 미역을 감고, 퇴비를 베어오다가도
땀이 온 몸을 뒤발하면 마당바위 앞에 퇴빗짐 받쳐 놓고 냇물에 뛰어
들어 자맥질하던 소년시절.

아, 그 때의 상쾌함을 어찌 표현할 수 있을까. 그 때의 시원함을 어
찌 형언할 수 있을까. 배는 고파 기진해 있었어도 그 때의 날아갈 듯한
기분은 천하를 주고도 바꿀 수 없는 기분이었다. 그래서 세상 만사 하
나도 부러울 게 없었다. 그 때는 물도 많고 고기도 많아 몇 길이나 되
는 물 속을 자맥질하면 느리고 혹은 빠르게 유영하던 고기들이 다리를
툭툭 치며 달아나기 일쑤였다. 그런가 하면 더러는 또 고 앙증맞은 주
둥이로 물을 뽀끔뽀끔 먹다가 배꼽이나 발바닥을 살살 간질이기 예사
였다. 그런데 지금은 그런 고기 한 마리 찾아볼 수 없었다. 그리고 그
많던 수량도 형편없이 잦아들어 옛날의 매봉천은 어디에도 없었다.

하 교수는 문득 「고향 무정」이란 유행가 한 소절이 생각나 눈시울이
붉어졌다. '산골짝엔 물이 마르고 기름진 문전 옥답은 잡초에 묻혀 있
다'던 고향 무정.

하 교수는 참담한 기분인 채 담배 연기를 깜깜한 공중으로 내뿜었
다. 도무지 허무하고 허탈해 마음을 질정할 수 없었다.

우주 만물은 항상 돌고 변해 한 모양으로 머물러 있지 않다는 일체
유위(一切有爲)의 제행무상(諸行無常)을 모르는 바 아니지만 인위(人爲)
아닌 무위(無爲=자연)가 이토록 변할 줄은 생각조차 할 수 없었다.

하기야 인지(仁智)와 인지(人知)가 최고를 극한 대성(大聖)공자도 일찍이 냇가에 서서 흘러가는 물을 보고 서자여사부(逝者如斯夫)인저 불사주야(不舍晝夜)로다 하면서 '가는 것이 이와 같구나. 밤낮으로 흘러 쉬는 일이 없으니'를 되뇌여 모든 것이 변하고 또 변해 어제와 오늘이 같지 않고 어제의 것이 오늘의 것이 아님을 갈파했으니 이 세상 어천만사 중 변하지 않는 게 있다면 그건 오직 하나 진리뿐일지도 모른다 싶었다. 그러나 아무리 그렇더라도 하 교수로서는 허망하기 짝이 없어 어떤 절망까지 느끼는 심경이었다. 그래서 하 교수는 애써 '산천은 의구하되 인걸은 간 데 없다'던 길재(吉再)의 시를 생각했고 '산은 옛 산이로되 물은 옛 물이 아니로다'던 황진이(黃眞伊)의 시를 떠올렸다. 하지만 이것 역시 제행무상일 뿐 견강부회는 되질 않았다. 길재의 산천은 의구한데 어찌하여 인걸은 간 데 없고, 황진이의 산은 예 그대로인데 어찌하여 인걸은 물과 같이 가고 아니 오느냐의 해석도 따지고 보면 결국 제행무상에 다름아니었다. 그러나 변하는 것만이 좋을 수 있느냐는 것에 대해서는 자못 회의적이었다. 그리고 변하는 것만이 반드시 발전적이냐 하는 것에 대해서도 회의적이었다. 이는 고향에 올 때마다 느끼는 소회로 매번 겪는 일이었다.

하 교수는 고향을 찾을 때마다 적지않은 실망으로 여간 당혹한 게 아니었다.

이는 당혹만이 아니어서 서글프고 안타까워 어떤 좌절마저 느꼈던 것이다. 그래서 고향 상실을 절감할 수밖에 없었던 것이다.

고향 상실!

그랬다. 하 교수로서는 적어도 그렇게밖에 생각할 수가 없었다.

그것은 우선 동구 밖 장승백이에 서 있던 천하대장군과 지하여장군의 장승이 온데 간 데 없어 삭막한 데다, 동네 어귀에 서 있던 두 그루의 큰 느티나무가 그루 째 베어져 더욱 삭막했다.

뿐만이 아니었다.

여름밤이나 쉴 참이면 동네 청년들이 나와 씨름하고 놀던 홰나무 터엔 새마을회관이 세워져 있고 마을 뒤 편편한 산자락엔 돈사 우사의 축사들이 살풍경하게 들어서 있어 황량함을 자아냈다.

하지만 어디 또 이뿐인가?

꼬불꼬불 정겹던 고샅길은 일직선으로 나 있어 멋을 잃었고 흙담과 싸리울타리는 시멘트와 블록담으로 둘러져 있어 운치를 앗아갔다. 그리고 두툼하니 이엉을 덮어 용마루가 덩그렇게 높던 초가지붕은 슬레이트 지붕으로 변해 푸근함을 잃고 말았다.

말타기, 자치기, 비석치기, 제기차기로 해 가는 줄 모르던 황토마루 둔덕배기엔 확성기가 달린 종루가 서 있고 동네 복판 향나무 가의 석간수 우물은 시멘트로 싸발라 흔적조차 없었다.

이런 고향, 이런 모향(母鄕)을 찾을 때마다 하 교수는 이러면 안 되는데, 이래서는 안 되는데를 연발하며 다자꾸 눈을 감았다.

어느 유행가 가사처럼 눈 감으면 고향이나 눈 뜨면 타향이기 때문이었다.

그랬다. 그래서 하 교수는 '고향에 찾아와도 그리던 고향은 아니러뇨……'를 읊조리며 산매 들린 듯 산천을 쏘다녔다. 그리고는 '고향길은 희망의 길 산 꿩이 운다. 서낭당 장승이 매양 그리워'를 열 번이고 스무 번이고 불러 제쳤다.

다음 날은 도시락을 싸 가지고 매봉산을 찾았다.

밤새 동호와 동숙은 완인(完人)이 되다시피 정상을 되찾았다. 퉁퉁 부었던 얼굴과 팔뚝이 제 모습을 찾자 동호와 동숙은 기분이 좋은 지 허밍으로 노래까지 불렀다.

"이제 살 만한 모양이로구나. 노래부르는 걸 보니."

아이들이 기분 좋아하는 걸 보니 하 교수도 덩달아 기분이 좋았다.

"그럼요. 게다가 날씨까지 이렇게 쾌청하잖아요. 좀 덥긴 하지만 요……."

동숙이 생글거리며 하 교수의 팔짱을 꼈다.

"덥다 이 놈아, 이것 봐라."

하 교수가 꽁무니에 찬 면수건으로 이마의 땀을 씻어내며 말했다.

"아빠 괜히 그러셔. 좋으시면서도……."

날씨는 벌써부터 푹푹 찌기 시작했다. 오늘도 어지간히 삶을 모양이 었다.

세 사람은 앞서거니 뒤서거니 하면서 들판길을 걸었다. 아침인데도 논에서는 뜸부기가 '뜸뜸뜸'하고 투박하게 울었다.

"우리 여기서 물수제비 좀 뜨고 갈래?"

들판을 지나 매봉산 초입에 다다르자 하 교수가 펴언한 수면을 가리 키며 말했다. 하 교수가 가리키는 수면은 보를 막아 교실 여남은 칸 크기의 물이 찰랑찰랑 넘치고 있었다.

"물수제비라뇨? 물수제비가 뭐죠 아빠?"

동숙이 하 교수와 보의 수면을 번갈아보며 묻자 동호가,

"넌 그것두 모르니? 그래가지고 어떻게 작가가 되겠다는 거니."

하고 어깨를 으쓱했다. 그러자 동숙이 총알처럼

"그런 오빠 알아? 알아?"

하며 덤비듯 말했다.

"알다 뿐이니? 직접 해 보기도 했는데. 볼래 너?"

동호는 또 한 번 어깨를 으쓱하더니 동글납작한 돌 몇 개를 주워 들었다.

"이 놈들 이거 또 싸운다. 동숙이 넌 이리 와. 애비가 가르쳐줄게."

하 교수도 동글납작한 돌 몇 개를 찾아들었다.

"물수제비 뜬다함은 요런 돌을 물 위로 띄워 보내는 것을 말하는데, 돌로 물위를 가로치면 돌이 담방담방 뛰어간다. 그러니까 돌이 수면을 차고 칙칙칙칙 뛰어가게 팔매질 치는 거지. 자, 애비 하는 거 봐라?"

하 교수는 말하고 그중 낫다 싶은 돌 하나를 오른쪽 엄지와 검지 사이에 끼우고는 허리를 굽혀 수면 위로 냅다 띄웠다. 그러자 돌은 '차르르'소리를 내며 수면을 담방담방 뛰어갔다. 그러더니 담방대는 도수(度數)가 잦아지면서 물 속으로 힘없이 가라앉았다.

수제비는 모두 열 번을 담방거렸다.

"야아 근사하다. 참 멋있어요, 아빠!"

동숙이 손뼉을 치며 깡총거렸다.

"멋있지? 그리고 재밌지? 너도 한 번 해 보련?"

하 교수가 동글납작한 돌 하나를 주어 동숙의 손에 들려 줬다.

그러나 동숙은 냉큼 행동에 옮기지 못한 채 엉거주춤 서 있었다. 이때 동호가 앞으로 나서며

"자 봐라? 이렇게 하는 거야."

하고 뽐내듯 수제비를 띄웠다. 수제비는 일곱 번을 담방거리다 잦아들었다.

"동호 너 제법이구나. 일곱 번씩이나 띄우고."

하 교수가 놀라운 눈으로 동호를 보며 환하게 웃었다.

"이건 보통이죠 뭐. 잘할 땐 열다섯 방까지로 나아가니까요."

동호가 애석한 표정을 지으며 돌 하나를 새로 주워 들었다.

"그래? 그걸 뭘로 증명하지?"

하 교수가 믿기지 않는 투로 물었다.

"실제로써 증명하죠. 자 보세요 아버지?"

동호가 여봐란 듯 팔을 한 번 휘두르더니 수제비를 띄웠다. 그러나 수제비는 다섯 방에서 그치고 말았다.

"녀석, 자랑 끝에 불났구나. 고작 다섯 방 가지고 큰 소리냐? 이번엔 애비가 할 테니 잘 세어라?"

하 교수는 크게 한 번 숨을 들이마시고는 수제비를 띄웠다.

"야아, 아빠가 이기셨다. 아빠, 모두 열세 방이에요 열세 방! 오빠의 다섯 방보다 배도 넘어요 배도!"

동숙이 또 손뼉을 치며 깡총거렸다. 그러더니 동호에게 혀를 쏙 내밀어 약을 올렸다.

"좋아! 이번엔 열 방 넘을 테니 두고 봐?"

동호가 포옴을 잔뜩 잡고 돌을 띄웠다. 그러나 이번엔 다섯 방에도 못 미쳐 네 방에 그치고 말았다.

"피이, 고작 네 방이야? 네 방?"

동숙이 같잖다는 듯 입을 삐죽거렸다.

"이상하다. 오늘은 어째 영 잘 안 된다. 농활 땐 진짜 열다섯 방까지 떴는데."

동호가 고개를 갸웃거리며 다시 포옴을 잡았다.

"그 실력이 그 실력이지 뭐. 농활 때 열다섯 방 띄웠는데 지금은 왜 고작 네 방이야. 할 말이 없으니까 괜히 핑계야. 그죠 아빠?"

동숙이 찰거머리처럼 하 교수에게 바짝 다가붙으며 종알거렸다.

"동숙이 너 자꾸 까불래? 오빠가 진짜 열다섯 방 뜨면 어쩔래?"

동호가 도끼눈을 해 가지고 쥐어박는 시늉을 했다.

"열다섯 방은 그만 두고 열 방만 떠도 내 손에 장을 지지겠다."

동숙이 좀은 켕기는지 하 교수의 팔에 매달리며 말했다.

"그래? 좋다! 동숙이 네 손에 장 한 번 지져 보자. 너 약속 할 수 있어?"

"그래, 할 수 있어."

"정말이지?"

"그래 정말이야. 정말임 누가 겁날 줄 알아?"

"좋다. 그럼 잘 세기나 해라?"

동호는 이 말과 함께 힘껏 수제비를 날렸다.

그런데 이 어찌된 노릇인가.

수제비는 거짓말처럼 담방담방 열네 번을 뜨다가 왼쪽으로 방향을 틀며 꼬르르 가라앉았다.

"자, 동숙이 너 봤지? 모두 열네 방이다? 그러니 이제 손에 장을 지져야지."

동호가 어깨를 으쓱이며 동숙에게로 다가왔다.

"아빠, 나 몰라아!"

동숙이 비명을 지르며 하 교수의 등뒤로 몸을 숨겼다.

"약속은 약속이니까 이행해야지."

하 교수가 몸을 비키며 동호에게 눈을 끔벅거렸다.

"그렇죠 아버지? 약속은 약속대로 이행해야죠?"

"암, 이행해야 하고말고. 그래서 약속이 소중한 게 아니냐."

하 교수는 또 한 번 눈을 끔벅해 보이고는 싱긋 웃었다. 그러자 동호는 동숙을 사로잡기라도 하려는 듯 양팔을 벌려 한 발 한 발 좁혀왔다.

"어머, 나 몰라아. 아빠, 어떡해!"

동숙이 자지러지는 소리와 함께 또 하 교수의 등뒤로 숨었다.

"그러게 왜 지키지도 못할 약속을 하냐 하길."

하 교수가 이번엔 동숙을 숨겨 주며 동호에게 말했다.

"동호야, 가만 생각하니 물은 있는데 장이 없어 안 되겠다. 그러니 동숙이 손에 장 지지는 건 천상 집에 가서나 하자. 그 대신 수제비를 뜨게 하는 게 어떻겠니? 수제비를 세 방만 뜨면 여기서는 일단 용서해 주자 응?"

하 교수가 동숙을 싸안으며 그녀의 편을 들었다.

"안 됩니다. 아버지. 쇠뿔은 단김에 빼랬다고 어디서 장을 구해와서라도 지져야 합니다. 안 그러면 그게 어디 약속입니까?

동호가 강경 일변도로 나왔다.

"말인즉슨 옳다. 그러나 아무리 그렇더라도 예외라는 게 있잖니. 애비 생각은 집에 가서 지지는 게 좋겠다. 그렇게 하자 동호야."

하 교수가 동숙의 눈치를 슬슬 보며 사정조로 말했다.

"그럼 아버지, 집에 가선 약속대로 하시깁니다. 아니 이건 본인한테 물어봐야 합니다. 동숙이 너 그렇게 할 수 있지? 그지?"

그러나 동숙은 아무 말도 않은 채 숨만 쌕쌕 쉬고 있었다. 그러자 하 교수가

"그야 물론이지. 동숙이가 어디 한두 살 먹은 어린애냐? 다만 여기

서의 집행만 유예하자는 거지. 자, 동숙이 너 운 텄다. 대신 수제비나
근사하게 한 번 떠 봐라.”

하 교수가 돌 하나를 동숙의 손에 들려 주며 말했다.

“치이, 아주 나만 골탕 먹일려구. 좋아요. 까짓 거.”

동숙이 쌔근거리며 수면 위로 돌을 날렸다. 그러나 동숙이 날린 돌
은 단 한 방의 수제비도 뜨지 못한 채 그 자리서 첨벙하고 빠졌다. 동
숙의 수제비는 날렸다기보다 집어던진 데 불과했다.

“그렇게 하지 말고 이렇게 해야지. 돌을 집어던지지 말고 물 위로
살짝 깔아서 띄워야지. 이렇게.”

하 교수가 수제비를 직접 떠 보이며 파이팅을 외쳤다. 한데도 동숙
의 수제비는 번번이 실패였다. 동호는 계속 수제비를 뜨며 ‘야아 야아’
소리를 연발했다. 보니 동호는 열 방 혹은 열두 방의 수제비를 뜨고
있었다. 동숙은 이런 동호가 심통 나는지 다자꾸 수제비를 띄웠다. 그
러다 얼마만에야 “야아, 나도 떴다. 떴어! 아빠 보셨죠? 세 방이나 떴어
요. 세 방이나?”

하며서 손뼉을 쳤다. 자신이 생각해도 신기한 모양이었다.

“그렇구나. 물경 세 방이다. 세 방! 야아, 우리 동숙이 이제 보니 실
력이 대단한걸?”

하 교수가 동숙의 어깨를 툭툭 두들겨 주고는 박수를 쳤다.

세 사람이 자빠지며 엎어지며 허위단심 매봉산 정상에 오른 것은 한
낮이 기운 시각이었다.

산이 높아서인지 이글이글 퍼붓는 불볕에도 정상은 그닥 덥질 않았

다. 더위는 아까 매봉산을 들어서면서부터 빼곡이 들어찬 수목으로 하여 별로 느낄 수가 없었다. 땀은 쥐어짜듯 흘렀어도 더위는 평지에서처럼 심하지 않았다.

“자, 어떠냐. 가슴이 탁 틔이는 것 같지?”

하늘에 닿기라도 하듯 가쁜 숨을 한동안 몰아쉬고 나자 하 교수가 눈 아래 펼쳐진 파노라마를 가리키며 말했다.

“그래요 아빠. 막혔던 가슴이 뻥 뚫리는 것 같아요.”

동숙이 두 팔을 벌려 숨을 크게 들이쉬며 탄식처럼 말했다.

“그리고 세상이 모두 눈 아래 있군요, 아버지!”

동호도 숨을 크게 들이쉬고 나서 탄식처럼 말했다.

“암, 막혔던 가슴이 뻥 뚫리는 것 같지. 세상이 모두 눈 아래 있으니까!”

세 사람은 발아래 펼쳐진 전경(全景)을 보느라 정신들이 없었다.

“저어기, 저 딱지처럼 다닥다닥 붙은 집들 보이지? 저게 읍내다.”

하 교수가 손을 들어 읍내를 가리켰다.

“저게요? 아이고, 여기서 보니 꼭 장난감 같아요, 아빠.”

동숙이 실푸녕스럽다는 듯 깔깔 웃었다.

그러나 장난감 같기는 읍내만이 아니어서 눈 아래 전개된 모든 것들이 그렇게 보였다. 더욱 장난감처럼 느껴지는 것은 가아맣게 내려다 뵈는 마을의 집들이었는데 옹기종기 모여 앉은 마을의 집들은 마치 성냥갑을 모아 놓은 것 같았다.

“아아, 상쾌하다. 이 맛에 산을 오르나 보죠, 아빠?”

동숙이 산을 오르며 다리 아파 죽겠다고 징징거리던 때와는 달리 얼굴 가득 웃음을 띠며 말했다.

"암. 이 맛이 얼마나 기막힌 맛이냐. 죽기 기를 쓰고 산을 오르는 게
다 이맛 때문이지. 봐라. 이런 데서라면, 그리고 이런 기분이라면 어찌
호연지기가 안 생기겠느냐."

"이 산이 몇 미터나 되나요 아빠?"

"천 15 고지다."

"표곤가요. 해발인가요?"

"물론 해발이지."

세 사람은 눈 아래의 세상에 한동안 넋을 잃다 편편한 바위에 퍼질
러앉았다.

"너희들, 저어기 저 골짜기 보이지? 숲이 유난히 짙푸르러 뵈는 골
짜기 말이다."

하 교수가 무엇을 찾는가 싶더니 곧 바른 편 골짝 하나를 가리켰다.
골짝은 팔부능선쯤 되는 지점에서 골이 깊이 패인 채 아래로 급하게
뻗어 있었다.

"저 골짝이 다랫골이다. 다래가 유난히 많아 붙여진 이름이지."

"그럼 머룻골도 있겠군요."

동호가 그렇지 않느냐는 표정으로 하 교수를 쳐다봤다.

"물론 있지. 다랫골 반대쪽에 있는 저 골짝이다."

하 교수가 손을 들어 원을 그리듯 왼편 쪽 산을 가리켰다.

머룻골도 다랫골처럼 팔부능선쯤에서 골이 패인 채 아래로 뻗어 있
었다.

그러나 머룻골은 다랫골에 비해 골짝이 얕아 보였고 경사도 한결 완
만해 보였다.

"자, 이제 우리 밥 먹자. 너희들 배고프지? 벌써 한낮이 겨웠다."

하 교수가 발 아래 펼쳐진 전경에서 눈을 거둬 배낭으로 가져왔다. 이 때 어디선가 기차의 기적소리가 바람에 실려 아련히 들려왔다.

밥맛은 꿀맛이었다.

세상이 발 아래 깔려 모든 게 한 눈에 굽어 뵈고, 머리 위로 더 높은 산이나 가로막힌 차단물이 없어 일망무제 할 수 있는 산정에서 먹는 점심은 맛도 맛이지만 보는 기분과 느끼는 감회가 유달라 각별한 바 있었다.

그랬다.

천 미터가 넘는 산꼭대기서 내려다보는 아래 세상은 통쾌할 만큼 시원했다. 그리고 끝간 데 없이 이어져 눈이 모자랄 지경으로 바라보이는 일목요연의 파노라마는 어떤 승리감마저 느끼게 했다.

"우리 야호 해요, 아빠!"

동숙이 눈이 모자라게 바라뵈는 파노라마에 압도돼 한 동안 넋을 잃고 있다가 입을 열었다.

"그러자꾸나."

세 사람은 손나팔을 만들어 동시에 '야호'를 외쳤다. 그러나 소리는 '야호 야호 야호'를 연호하며 끊길 듯 이어지면서 꼬리에 꼬리를 물고 계곡을 메아리쳐갔다.

"한 번 더 해요 아빠."

동숙이 메아리치는 소리가 재미나는지 다시 손나팔을 만들었다.

"녀석, 꽤도 좋은 모양이다. 그럼 이번엔 각각 하자. 애비가 먼저 하고 동숙이 동호 차례로 하자. 누구 목소리가 더 큰 지 시험도 할 겸."

"트리오 아닌 솔로로 하자 이 말씀이시죠? 좋아요, 목소리야 오빠가 단연 일등이겠지만요."

“자, 그럼 아빠부터 한다?”

하 교수는 손나팔을 만들어 배에 힘을 주고는,

“사랑하는 내 딸 동숙아, 사랑하는 내 아들 동호야아, 애비는 너희를 아주아주 사랑한다아, 그러니 너희는 진실하고 성실하게 인생을 살아라아.”

하고 소리쳤다.

“아빠 고맙습니다. 그럼 아빠 딸 동숙이 소리칩니다?”

하 교수의 외침이 메아리 되어 계곡을 흘러가자 동숙이 목을 길게 뽑으며,

“사랑하는 아빠아, 사랑하는 엄마아, 저 두 분의 딸 동숙이에요, 저는 두 분을 무지 사랑합니다아. 두 분 부디 건강하게 오래 오래 사세요오?”

했다. 그러나 동숙의 외침은 소리가 약해서인지 메아리가 또렷하질 않았다.

“이제 제 차례군요. 소리가 너무 크면 산신령님께서 놀라실 텐데요?”

동호는 농담과 함께 기침을 몇 번하고는 목소리를 가다듬었다.

“괜찮아. 산신령님께서 귀엽게 봐 주실 거야. 그러니까. 맘놓고 소리쳐 봐 오빠.”

“그럴까?”

동호는 빙긋 웃더니 나팔손을 만들어

“존경하는 아버지이, 저 아버지의 아들 동홉니다아. 아버지께서 가르치신 대로 맑고 깨끗하게 살겠습니다. 그리고 부끄럽지 않은 사학도가 되겠습니다아.”

하고 소리쳤다.

"목소리가 미상불 크긴 크구나. 산신령님께서 만일 낮잠이라도 주무셨다면 기절초풍 하셨겠다."

하 교수는 만면에 미소를 띤 채 바른 쪽 계곡에다 눈을 주었다. 그러나 하 교수는 못 볼 것을 보기라도 한 듯 황망히 눈을 거둬 하늘을 쳐다봤다. 이는 아까도 느낀 바 있어 되도록 바른 쪽 계곡엔 눈을 주려 하지 않았는데 그만 무심결에 또 눈이 가고 만 것이다.

하 교수는 이런 자신을 아이들이 눈치 챘으면 어쩌나 싶어 태연을 가장한 채 "어, 시원하다. 그 하늘 한 번 참 맑구나." 어쩌고 하면서 짐짓 딴청을 부렸다.

하 교수가 바른 쪽 계곡을 피하는 데는 그만한 까닭이 있었다. 바른 쪽 계곡 칠부 능선 한곳에 거대한 바위 벼랑이 있고 그 바위 벼랑은 어머니가 동네 아낙들과 함께 봄나물(산나물) 뜯으러 왔다가 발을 헛디뎌 실족사한 곳이기 때문이었다. 그랬으므로 그 곳은 두 번 다시 보기 싫고 두 번 다시 생각하기 싫은 마(魔)의 계곡이었다.

하 교수에 있어 매봉산은 어느 한곳 아프지 않고 서럽지 않은 곳이 없었지만 어머니가 실족사한 바위 벼랑만은 꿈에서도 떠올리기 싫은 곳이었다.

땅(농토)이 없어 산에 불을 지르고, 그 지른 불에 나무가 타 재가 떨어지면 그 탄 나무 등걸을 들어낸 다음 조밭을 파던 화전(火田)도 이곳 매봉산이었고, 농사 지을 거름 재[灰]가 없어 땅을 방안 만하게 파놓고 그 구덩이 위에 생나무를 열십자로 걸쳐놓은 다음 그 위에 풀을 열 짐이고 스무 짐이고 베다 쳐쟁여서 불을 질러 재를 사른 곳도 이 곳 매봉산이었다.

하지만 어디 또 이뿐인가?

농목(農木) 동목(冬木)도 매봉산에서 했다. 가을 한 때 머루 다래 따는 곳도 매봉산이었다.

뿐만이 아니었다.

추수를 하고 마당질이 끝나면 주루막(물건을 담기 위해 짚이나 삼으로 새끼를 꼬아 얽음얽음 엮어서 만든 기구. 배낭처럼 어깨에 메고 다님)을 메고 약초 캐던 곳도 매봉산이요, 농한기의 겨울 눈이 장설(壯雪)하면 산짐승이 잘 다니는 길목에 덫이나 창애 또는 옥노(올무)를 놓아 꿩, 토끼, 노루, 돼지, 오소리, 너구리, 여우, 늑대, 살쾡이 등을 잡고 더러는 곰과 호랑이를 잡는 곳도 매봉산이었다.

그 때는 매봉산에 곰은 물론 호랑이도 있던 때라 몇 년에 한 번 씩은 덫에 치이거나 옥노에 걸리곤 했다.

이 외에도 매봉산은 쓰임새가 많아 옛날 난리(임진왜란이나, 병자호란) 때는 난을 피해 숨는 피난처였고 무슨 변이 생기면 봉화를 밝혀 그 변을 알리는 구실도 했다.

한일합방 때는 근왕 창의(勤王倡義)의 의병들이 훈련장으로 썼고 일제 말에는 징병 징용 및 정신대(挺身隊)에 안 끌려가기 위해 숨어살던 은신처로 쓰였다. 그리고 6·25 때는 인공(人共)을 피해 9·28수복 때까지 숨어 지내던 곳이기도 했다. 이만큼 매봉산은 근동의 사람들에게 다목적 다용도로 쓰이던 곳이어서 삶의 터전이요, 생활의 근거지였다.

그래서 매봉산 자락이나 그 발치에 취락(聚落)한 촌락들은 매봉산이 종교요, 울타리였다.

그러나 아무리 그렇더라도 하 교수에 있어 매봉산은 원한의 산이요, 원망의 산이었다. 그것은 어머니가 매봉산의 바위 벼랑에 떨어져 비참하게 돌아가셨기 때문이었다.

하 교수는 아이들이 눈치채지 않도록 한숨을 몰아쉬고 행장을 수습했다. 금세라도 아이들이 할머니가 실족사한 곳이 어디냐고 물을 것 같아 오금이 저려 왔던 것이다.

"자, 이제 그만 내려가자 우리."

하 교수가 어깨에 배낭을 걸메며 말했다.

"벌써요?"

동숙이 아쉬운 지 앉은 자세로 물었다.

"벌써라니. 지금 내려가도 집에 가면 저문다. 산 속 해는 금방이니까."

"그래도 그렇죠. 조금만 더 있다 가요, 아빠."

동숙은 여전히 앉은 자세 그대로였다.

동호도 아쉬운지

"그렇게 하세요, 아버지. 모처럼 오른 산인데 만끽하다 가야죠."

했다. 그런 동호도 동숙과 짜기라도 한 듯 일어설 기미가 없었다.

"내려가면서 할 일이 많다. 으름도 따 먹고 나무딸기도 따 먹어야지."

하 교수는 아이들을 어서 일어나라 손짓하곤 발길을 떼어놓았다.

"아빠 참 이상하시다. 왜 갑자기 서두르시지?"

동숙이 할 수 없이 일어나며 고개를 갸웃거렸다.

"글쎄…… 하긴 더 있음 뭘 하겠니. 슬슬 내려가자."

동호는 일어나며 엉덩이를 툭툭 털었다. 그런데도 동숙은 못내 아쉬워,

"아빠, 별러 별러 온 산인데 더 있다 가면 얼나마 좋아요. 이 산에

대해 자세히 설명해 주시면서 말예요. 산꼭대기서 내려다보면 산 전체가 눈 아래로 보여 설명하시기도 좋잖아요."

했다. 생각할수록 속상하는 모양이었다. 그러나 하 교수는 못들은 체 발길을 재게 놀렸다. 그러며 속으로 빨리 서두른 게 잘했다 싶었다. 동숙이 말하는 품으로 봐 조금만 더 지체했으면"아빠, 할머니께서 실족하신 데가 어디쯤이죠?" 하고 물었을 게 틀림없기 때문이었다.

내리막은 오르막에 비해 한결 수월했으나 다리는 더 시큰거렸다. 오르막길은 장딴지가 땡기고 숨은 찼어도 다리가 이리 시큰거리진 않았다. 그런데 내리막길은 숨이 안 차는 대신 다리가 시큰거리고 장딴지가 조착거려 잘 걸을 수가 없었다.

"너희들 다리 아프지?"

얼마를 내렸을까, 주변이 제법 널찍하고 편편한 구릉에 이르자 하 교수가 비로소 뒤를 돌아보며 말했다.

"예, 조금요, 하지만 저흰 괜찮아요. 젊으니까요. 근데 아버진 몹시 아프시죠?"

동호가 큰 소리로 대답하며 성큼성큼 발길을 떼어놓았다.

"아냐. 난 아퍼. 난 다리가 떨어져 나갈 것 같단 말야."

동숙이 뒤쳐져 걸으며 뾰로통한 표정인 채 다리 저는 시늉을 했다.

"왜 안 아프겠니. 저 높은 산을 올라갔다 왔는데. 자, 우리 다리 아픈데 여기서 좀 쉬어가자꾸나."

하 교수가 타월로 목덜미의 땀을 닦으며 길옆 바위에 걸터앉았다.

"옛날 이 곳에 절이 있었다는구나. 그래서 이 곳을 절터라고 부르지."

"그렇군요. 어쩐지 터가 너르다 했죠."

동호가 사방을 두릿거리며 바위 난간에 기대앉았다.

"너희들, 여기 잠깐 앉아 있거라? 저쪽에 으름나무가 있는 것 같다."

동숙이 바위에 퍼질러앉자 하 교수가 계곡 쪽에다 눈을 주며 몸을 일으켰다.

계곡에선 물 흐르는 소리가 돌돌돌 들려왔다.

"애들아, 이리들 와라. 여기 으름이 있다 으름이."

하 교수가 계곡으로 드는가 싶더니 이내 숨넘어가듯 소리쳤다.

"으름이 있다구요? 한국산 바나나 으름 말씀인가요?"

동호가 벌떡 일어나며 계곡 쪽으로 눈을 주었다.

"그래. 한국산 바나나 으름이다. 어서들 와라. 어서들."

하 교수가 또 숨넘어가듯 소리치고는

"어이구 많이도 달렸다, 많이도. 으름 풍년인 걸 보니 올 농사는 풍년이겠구나."

하며 혼자 소리로 지껄였다.

동호는 계곡을 향해 한 달음에 달려갔다. 동숙이도 동호를 따라 계곡으로 뛰어갔다. 말로만 들어온 으름이 어떻게 생겼는지 직접 한 번 보고 싶었던 것이다. 그리고 맛이 어떤지 직접 한 번 먹어 보고 싶었던 것이다.

"자, 봐라. 이게 으름이다. 이게 한국산 바나나로 일컬어지는 으름이라는 거다."

하 교수가 길쭉하게 생긴 반 타원형 으름 두 개를 들고 있다가 동호와 동숙에게 하나씩 건넸다. 으름의 크기(또는 굵기)는 어른의 엄지손가락만 했고 길이는 어른의 가운데 손가락만 했다. 그리고 색깔은 연 초록색을 띠고 있었다.

"아직은 덜 익어 맛이 덜할 게다. 이게 다 여물면 가운데의 배 부분
이 쩍 벌어지는데, 그러자면 음력 7월 하순께나 8월 초순께로 개암이
나 보리수가 익기 시작할 무렵이 돼야 한다. 아 참 너희들 개암과 보리
수를 모르지. 개암이란 음력 8월 초순께 익는 도토리만 하게 생긴 개암
나무의 열매로, 산기슭이나 양지 바른 야산에 자생하는데 맛이 밤처럼
고소해 산골 아이들의 사랑을 받는 산과실이고, 보리수란 보리수나무
열매로 역시 8월 초순께 익는 맛이 아주 단 진분홍색의 팥알 만하게
생긴 산 과실이다. 때문에 개암과 보리수는 으름과 함께 산골 아이들
에겐 없어서 안 될 가을 과실로 아이들은 가을만 되면 삼삼오오 짝을
지어 산을 헤맸다.

그건 그렇고 애들아, 우리 예까지 왔으니 으름 한번 먹어 보자꾸나.
으름이 좀 안 익었기로서니 눈앞에 있는데 안 먹을 수야 없잖니. 자,
으름을 생긴 길이 대로 양 쪽 가장자리를 잡은 채 좌우로 벌려 봐. 이
렇게 말이다."

하 교수는 으름 가르는 법을 일러 주고 자신도 으름을 짜겠다.

"에게게. 혹시나 했더니 역시 안 익었구나. 이게 다 익으면 이 속에
쌀뜨물처럼 하얀 점액이 농밀하게 들어 있고 씨도 새까만데, 이건 점
액 아닌 묽은 액체로 씨도 아직 하얗구나……."

하 교수는 실망스런 표정으로 묽은 액체를 한 동안 들여보다 몇 번
깔짝였다. 그러더니 잠시 후 그 액체를 후룩후룩 들여마셨다. 동숙이
이 광경을 보고 "어머!" 하면서 양미간을 찌푸렸다.

"괜찮아. 너희들도 먹어 봐. 아직 완전히 익지 않아 제 맛은 안 난다
만 그런 대로 먹을 만하다."

그러나 동숙은 여전히 양미간을 찌푸린 채 하 교수를 바라봤다. 한

데도 동호는 하 교수처럼 액체를 혀로 몇 번 깔짝이다 후루룩 들여마셨다.

"어이구 맛있다. 야아, 이거 혼자 먹다 둘이 죽어도 모르겠네. 동숙이 너 한 번 먹어 봐. 엄청 맛있어. 엄청!"

동호가 입맛을 쩝쩝 다시며 동숙을 살살 꾀었다.

"맛있어?"

동숙이 호기심어린 눈을 반짝이며 물었다.

"그럼. 그러니까 혼자 먹다 둘이 죽어도 모르지."

"아무리……. 둘이 먹다 혼자 죽으면 몰라도 혼자 먹다 둘이 죽는 게 말이나 돼?"

"말이 안 되니?"

"안 되잖고 그럼."

"아냐. 원체 맛이 좋으면 그럴 수도 있어."

"그렇게도 맛있어?"

"그렇다니까."

"거짓부렁이지?"

"넌 쬐그만 게 왜 사람의 말을 못 믿니. 못 믿는 거 그거 좋은 버릇 아니다 너?"

"그럼 나도 한 번 먹어볼까? 아빠, 이거 정말 맛있어요?"

동숙은 그래도 미심쩍은지 코로 냄새를 맡고 혀끝으로 맛을 보고 했다.

"묻고 자시고 할 것 없다. 직접 먹어 보는 게 가장 정확하니까. 어디 천하일미 하나 더 먹어볼까?"

하 교수는 동숙을 힐끔거리며 으름 하나를 더 따서 또 후룩후룩 마섰다. 그제서야 동숙이 안심이 되는지 으름을 깔쭉깔쭉 먹기 시작했다.

"에이그, 맛이 뭐 이래요 아빠?"

동숙이 고개를 절레절레 흔들며 벌레 씹은 얼굴을 했다.

"맛이 어때서. 애빈 맛만 좋다. 동호 너도 좋지?"

하 교수가 의미 있게 웃으며 동호를 일별했다.

"그럼요. 으름은 먹을수록 맛이 난다죠?"

동호가 얼레발을 치며 으름 하나를 따 내렸다.

"그렇게 맛있는 게 왜 이래? 들큰하고 밀큰하고 아무튼 희한 얄궂어."

동숙이 으름을 든 채 계속 벌레 씹은 얼굴을 했다.

"이상하다. 우린 맛있기만 한데. 너만 왜 그러니? 아버지, 맛있죠?"

이번엔 동호가 의미 있게 웃으며 하 교수를 일별했다.

"암. 맛있다 마다. 그러기에 이렇듯 자꾸 먹잖니."

하 교수는 머리를 끄덕이며 또 으름 하나를 따 내렸다.

"근데 나만 왜 맛이 없지? 나도 아빠처럼 먹어볼까?"

"그래라. 그래야 제 맛이 난다."

동숙은 울며 겨자 먹듯 잔뜩 얼굴을 찌푸린 채 으름을 후룩후룩 먹었다. 그 표정이 어찌나 우스운지 하 교수와 동호는 그만 쿡쿡 웃음을 터뜨렸다.

"왜, 왜 웃어 오빠? 아빠, 왜 웃으시는 거죠?"

동숙이 비로소 눈치챘는지 정색을 하고 따졌다.

"아니다. 그냥 우스워 그렇다."

"아니긴 뭐가 아네요. 아주 나만 골탕먹일려고 두 분이 짜고서……."

동숙이 뾰로통 앵도라지며 으름을 냅다던졌다.

“아이구 우리 공주님 또 화나셨네. 화를 푸사이다 공주마마.”

하 교수가 동숙의 어깨를 다독이며 계곡 바위에 끌어 앉혔다.

“동숙아, 애비가 으름에 대해 설명해 줄 테니 잘 들어. 소설가가 되려면 으름에 대해서도 알아야 하거든? 더욱이 우리 동숙인 가장 한국적인 작가가 되어 가장 한국적인 작품을 쓴다고 했잖아.”

하 교수가 동숙의 머리를 몇 번 쓰다듬고 으름에 대해 설명하자 동숙은 말 잘 듣는 초등학생처럼 다소곳해졌다.

“이 으름을 일명 목통(木通) 또는 통초(通草)라 한다. 목통은 나무목 자와 통할통자를 쓰고 통초는 통할통자와 풀초자를 쓴다. 그리고 또 으름은 제비연자 옆지를 복자 아들자자의 연복자(燕覆子)라 하기도 하고 수풀림자 아래하자 지아비부자 사람인자의 임하부인(林下夫人)이라 하기도 한다. 어떠냐 재밌지?”

하 교수가 으름나무 밑둥에 등을 기대며 말했다.

“재밌어요. 아빠. 근데 연복자니 임하부인이니 하는데는 그만한 까닭이 있을 것 같아요. 예를 들면 무슨 전설 같은 거 말예요.”

동숙이 언제 토라졌더냐 싶게 생글거리며 하 교수 앞으로 바투 다가 앉았다.

“그렇지? 무슨 전설이라도 있을 것 같지?”

“예.”

“헌데 애빈 불확실한 전설, 전설이라기보다 구전(口傳) 두어 가지밖에 모르고 있다. 그것도 임하부인에 대해서만 말이다.”

“어떤 구전인데요?”

“어느 부부가 으름나무숲 밑에서 사랑을 했다해서 임하부인이라 한다는 설도 있고, 또 임씨 성을 가진 총각이 어느 나무 밑에서 처녀와 자주 만났는데, 그 처녀가 결국 임총각의 아내가 되어 그 때부터 으름나무를 임하부인으로 부른다는 설도 있다. 그러나 이 두 가지 것은 출전(出典)에 근거한 것이 아니기 때문에 확실치가 않다. 그러니 연복자야 더더욱 모르는 일이지. 연복자를 글자대로 풀이하면 제비가 엎지른 아들이나 제비를 엎지른 아들로 되는데, 이리 되면 아무 말도 아무 뜻도 안 되고 만다. 안 그러냐?"

"그렇군요. 하긴 뭐 글자와 딴판 다른 게 한두 가진가요? 어떤 건 글자와는 얼토당토않게 다른 게 있잖아요."

"있다 뿐이냐? 글자와는 뜻이 사뭇 달라 아주 무관한 게 많지. 가령 예를 들면 월자(月子)나 월하노인(月下老人) 같은 게 그것인데 월자란 글자대로 풀면 달 아들이요, 월하노인이란 달 아래의 노인이다. 그러나 월자란 다리를 말하는 것으로 다리란 여자들이 머리털의 숱을 많아 보이게 하려고 덧넣어 딴 머리를 말함이요, 월하노인이란 부부의 인연을 맺어준다는 전설의 노인을 일컬음이다. 이 외에도 흰 백자 임금제자의 백제(百帝)가 글자 대로라면 흰 임금이지만 속뜻은 가을을 맡은 서쪽의 신(神)이란 말이요, 흰 백자 장정정자의 백정(白丁)도 글자 대로라면 흰 장정이지만 속뜻은 소, 개, 돼지 같은 것을 잡거나 고리를 겯는 일로 업을 삼는 천민 계급의 백장을 나타내는 말이다. 하지만 어디 또 이것뿐이겠니? 글자와 뜻이 전혀 다른 건 수백 수천에 이른다. 그건 그렇고 애들아, 우리 지금 무슨 말을 하고 있는 거냐. 산에 등산 와서까지 엉뚱한 얘기를 하다니. 이제 화제를 바꾸자. 그리고 슬슬 내려가자."

하 교수가 배낭을 걸며 메며 자리에서 일어났다.

"얘긴 아빠가 먼저 꺼내놓으시고 뭘 그러세요. 아빤 너무 해박하셔서 무슨 얘길 꺼내시면 한이 없으셔요."

"그러냐?"

"그럼요. 아버진 문장으로 말하면 간결체 아닌 만연체예요. 염상섭의 소설을 읽는 듯한……."

"그래?"

"그게 다 식자우환에서 비롯되신 거다. 식자우환."

이제껏 말이 없던 동호가 그것도 모르느냐는 듯 용훼하고 나섰다.

"원 녀석들하곤……."

세 사람은 배를 잡고 웃다가 산을 내리기 시작했다.

"자, 우리 저쪽으로 가 보자. 저기 저 서덜 밑으로 완만한 경사가 보이지? 옛날엔 저 곳에 나무딸기가 지천으로 많았다. 지금은 어떤지 모르지만. 지금도 적이나 하면 있을 법도 하다만…….

요즘이 한창 나무딸기 철이거든? 하여간 가나 보자. 허허실실로……."

얼마나 내렸을까. 산을 얼추 내렸다 싶은 지점에 이르자 하 교수가 건너편 산기슭을 가리키며 샛길로 접어들었다. 하 교수가 가리키는 곳은 나무가 별로 없는 묵정밭 같은 곳으로 풀이 무성한 밋밋한 초원이었다.

"야아, 있다 있어! 얘들아, 나무딸기가 있다!"

길도 없는 풀섶을 허위단심 헤치고 앞장서 가던 하 교수가 무슨 보물이라도 발견한 듯 큰 소리로 외쳤다.

"어서들 와라. 어서들. 딸기가 한창이다 한창. 너희들이 복 터졌다. 복 터졌어!"

하 교수는 딸기밭을 손짓하며 감정을 억제 못하는 어린애처럼 수선

떨더니 그 쪽을 향해 구르듯 뛰어갔다.

동호와 동숙이도 하 교수의 뒤를 따라 구르듯 뛰어갔다. 그러노라 이리 자빠지고 저리 엎어지기를 여러 번이었다.

"자, 어서 따 먹어라. 딸기가 지천이다 지천."

하 교수는 딸기에 포원이 된 듯 움큼으로 따서 입안 가득 털어넣었다. 딸기에 어지간히 상성된 사람 같았다. 하 교수의 말대로 딸기는 지천이었다. 그 너른 풀밭이 온통 딸기나무로 뒤덮인 듯했다.

"너희들 뭘 하냐. 어서 따 먹어. 이거야말로 둘이 먹다 하나 죽어도 모를 지경이다."

하 교수는 두 손으로 딸기를 따 정신없이 먹어댔다. 동숙은 이런 하 교수가 이해 안 돼 한 자리에 못 박힌 채 하 교수를 지켜봤다. 일찍이 이런 하 교수를 본 적이 없기 때문이었다.

그러나 동호는 이해하고 있었다. 아니 이해할 수 있었다. 어린 날의 추억이 오롯이 담긴, 그래서 향수가 켜켜이 서린 나무딸기. 그 나무딸기를 몇 십 년만에 대했으니 어찌 저러지 않을 수 있으랴 싶었던 것이다.

더욱이 저 나무딸기로 주린 배를 채웠을지도 모를 아버지의 유년시절이고 보면 이해는 쉬 할 수 있었다. 생각이 여기에 이르자 동호는 괜히 콧마루가 찡해 왔다.

"너희들 뭘 하냐. 얼른 따 먹지 않고. 나무에 가시가 많으니 조심들 해라."

하 교수는 어느 새 배낭까지 벗어 놓고 본격적으로 덤벼들었다. 그제야 동호는

"아 예, 따 먹습니다. 아버지."

하고 딸기나무로 접근해 갔다. 그러며 동숙에게 눈짓을 보내 딸기

따 먹을 것을 종용했다. 동숙이 하 교수에 무엇을 느끼고 있는지 눈치 챘기 때문이었다. 하 교수의 말대로 딸기는 둘이 먹다 하나가 죽어도 모를 만큼 맛이 좋았다. 약간 새큼하면서도 달디단 딸기는 씨가 자박자박 씹힘에도 불구하고 입안에 들기가 무섭게 살살 녹았다.

"어떠냐. 맛있지? 이 나무딸기가 여름 산 과실로는 단연 총아다. 이게 좀더 있어 곰삭으면 그 땐 그대로 꿀맛이다."

얼마를 정신없이 딸기나무에 매달려 딸기 따기에만 열심이던 하 교수가 비로소 딸기에서 손을 떼며 이쪽으로 고개를 돌렸다.

"암, 맛있고말고. 이 놈이 색깔은 또 좀 고으냐? 진홍빛 아니냐 진홍빛. 하지만 좀더 있어 곰삭으면 그 땐 검붉은 빛이 된다. 그렇지만 빛깔로 친다면야 도랑가나 산기슭 언덕배기의 봄 산딸기에 비할 바 아니지. 나무딸기야 알이 잘아 콩알 두어 배 크기에 빛깔도 진홍색이지만 봄 산딸기는 크기도 나무딸기 몇 배로 클 뿐 아니라 빛깔도 아주 고와 선홍색의 극치다. 하지만 극치는 또 있어 아침 이슬을 함초롬이 맞은 채 햇빛에 반짝이는 딸기의 자태다. 딸기 끝에 대롱대롱 매달려 떨어질 듯 떨어질 듯 안 떨어지며 영롱히 빛나는 아침 이슬은 어떻게 표현할 수 없는 미의 극치다. 그러므로 아무리 아름다운 보석일지라도 아침 이슬 반짝이는 산딸기에 비할 수가 없다. 그런데 우리는 아니 애비 때는 이 아름다운 산딸기로 배를 채웠다. 나무딸기도 물론 주린 배를 채워 주는 데 큰 몫을 했고……. 어찌 산딸기와 나무딸기뿐이겠느냐. 뱀딸기라 일컬어지는 딸기도 종당엔 먹었다. 이 뱀 딸기는 이름처럼 아름답지가 않아 별로 사랑을 받지 못했다. 뱀딸기는 논둑이나 밭둑에 많은데 맛이 신통찮아 인기가 없었다. 그리고 색깔도 검붉어 괄시가 이만저만 아니었다. 그런데도 워낙 배가 고팠으므로 안 먹을 수가 없

었다. 봄 산딸기와 뱀딸기는 보릿고개가 절정을 이루는 춘궁기에 아귀
아귀 먹었고 나무딸기는 가을 햇곡이 차례 먼 칠궁기(七窮期)에 아귀아
귀 먹었다. 그리고 지금도 애비는 나무딸기를 아귀아귀 먹고 있다. 딸
기에 포원이 진 사람처럼. 딸기에 상성이 된 사람처럼……."

하 교수는 여기까지 말하고 그 때를 회상하는지 자리에 털석 주저앉
아 먼 하늘가로 눈을 보냈다. 동호와 동숙이 이런 하 교수 곁에 조용히
앉았다. 그러나 그 뿐 세 사람은 말이 없었다.

이런 시간이 얼마나 흘렀을까. 좋이 담배 한 대 태울 시각은 흘렀지
싶자 동숙이 조심스레 입을 열었다.

"……아빠, 이 나무딸기도 으름처럼 본이름말고 딴 이름이 있나요?"

동숙이 말을 해 놓고도 눈치가 보이는지 하 교수를 훔쳐봤다.

"……있지."

"어떤 건가요?"

"고무딸기라 하기도 하고 복분자(覆盆子)라 하기도 한다."

"고무딸기와 복분자요?"

"그래."

"무슨 자 무슨 잔가요?"

"엎지를 복자, 동이 분자, 아들자 잔데 이렇게 쓴다."

하 교수는 말하고 작대기 하나를 주워 들었다.

"아빠, 안 쓰셔도 돼요. 저, 그만한 한문쯤은 알잖아요."

"아 참 그렇지. 우리 동숙이 한문실력 대단하지."

"다 아빠 덕택이죠 뭐."

"고맙구나."

"고마운 건 저예요. 아빠 덕분에 이만큼이라도 알게 됐으니까요."

그랬다. 동숙이 또래들에 비해 한문 실력이 월등한 것은 순전히 하 교수 덕이었다.

하 교수는 동숙이 초등학교 3학년이 되자 한문을 가르치기 시작했다. 처음엔 쉬운 자부터 한 자 한 자 가르치다 초등학교 5학년부터는 천자문(千字文)을 가르쳤다. 그리고 6학년부터는 계몽편(啓蒙篇)과 동몽선습(童蒙先習)을 가르쳤다. 1년에 두 번 맞는 여름방학과 겨울방학엔 학교 숙제 외엔 한문만 집중적으로 가르쳤다. 중학교에 진학하고도 한문공부는 계속돼 중학교 3년을 마칠 무렵엔 상당한 수준에 와 있었다.

소학(小學)은 물론 논어(論語) 맹자(孟子)까지도 저혼자 힘으로 읽을 만하게 되었던 것이다.

이는 동호도 마찬가지여서 초등학교 때부터 한문공부를 시작했다. 아니 동호는 동숙이보다 빨라 초등학교에 입학하자마자 천자문을 배우기 시작했다.

하 교수는 그 때 생각했다.

공부를 제대로 하려면 한문은 필수적이라고. 그리고 또 생각했다. 학문을 바로 하고 폭넓은 지식을 쌓자면 한문 없이는 될 수가 없다고.

하 교수의 이 생각은 백프로 들어맞았다. 동호가 다른 학문 아닌 국사를 하고 동숙이 다른 학문 아닌 국문학을 택했기 때문이다.

국사를 전공하고 국문학을 전공하자면 한문은 필수불가결의 필요조건이었다. 소장 학자들이, 더욱이 국사나 국문학을 전공한 젊은 학자들이 한문을 몰라 쩔쩔매고 강의가 끝난 후 동료교수 몰래 구메구메 한문 배우러 다니는 것을 보면 역시 한문 없이는 깊은 경지의 학문은 할 수 없는 듯했다. 게다가 동숙은 어휘를 생명으로 하는 소설가가 되려하지 않는가.

누구나 알 듯 우리의 낱말은 60%이상이 한문이다. 설사 한문 아닌 순수 우리말이라 할지라도 그 어원과 파생어는 한문의 영향을 받지 않은 게 별로 없는 형편이다.

생각이 여기에 미치자 하 교수는 열 번 잘했다 싶었다. 그래서인지 동호와 동숙이 그렇게 미더울 수가 없었다. 하 교수는 말없이 동호와 동숙의 손을 거머잡았다. 동숙이 이런 하 교수의 심경을 헤아리기라도 한 듯

"아빠!"

하고 응석투의 소리로 하 교수를 불렀다.

"그래."

하 교수가 자애로운 눈으로 동숙을 쳐다봤다.

"아녜요, 그냥."

"녀석 싱겁긴……."

세 사람은 약속이나 한 듯 자리를 일어나 산을 내리기 시작했다. 해는 그 새 매봉산을 꼴깍 넘어간 다음이었다.

"자, 우리 여기서 또 잠시 쉬었다 가자. 이 곳은 애비가 나무 해오다 늘 쉬던 곳이다. 바로 이 자리서 말이다."

산을 얼마나 내렸을까. 동네가 반쯤 내려다 뵈는 돈들막에 이르자 하 교수가 걸음을 멈추며 편편한 반석을 가리켰다.

"이 반석에서요?"

동숙이 소중한 보물이라도 되듯 반석을 어루만졌다. 동호도 귀한 보물인 양 반석을 쓰다듬었다.

"아빠, 이 반석에서 아빠의 체취가 풍기는 것 같아요."

동숙은 계속 반석을 어루만졌다.

"그럴지도 모르지. 수백 번을 아니 어쩌면 수천 번을 앉았던 곳이니까."

하 교수는 말하고 반석에 걸터앉았다. 동호와 동숙이 그런 하 교수를 옹립하듯 좌우로 둘러앉았다.

"어떠냐, 애비 노래 한 곡 부를까?"

하 교수가 눈을 감고 목청을 가다듬었다.

"좋아요 아빠, 한 곡 하세요."

동숙이 짝짝 박수를 쳤다. 하 교수가 조용히 노래를 부르기 시작했다.

　　옛 동산 아지랑이
　　할미꽃 피면
　　꽃댕기 매고 놀던
　　옛 친구 생각난다
　　그 시절 그리워
　　동산에 올라 보면
　　놀던 밤이 외롭고
　　흰 구름만 흘러간다
　　모두 다 어디 갔나
　　모두 다 어디 갔나
　　나혼자 여기 서서
　　지난 날을 그리네.

하 교수가 부른 노래는 '옛 생각'이었다.

"아빠!"

노래가 끝나자 동숙이 하 교수의 품으로 뛰어들었다. 그러자 동호도

"아버지!"

하고 하 교수의 가슴으로 다가왔다.

"오냐, 그래."

하 교수는 팔을 벌려 동호와 동숙을 싸안았다.

"아빠, 아빠를 사랑해요. 아빠의 딸로 태어난 게 얼마나 큰 축복인지 몰라요."

동숙이 어미품을 파고드는 강아지처럼 하 교수의 품을 곰실곰실 파고들었다.

"오냐, 그래. 애비도 널 사랑한다. 그리고 널 딸로 둔 게 얼마나 큰 축복인지 모른다."

하 교수는 동숙의 어깨를 아기 재우는 엄마처럼 토닥토닥 두들겼다.

"아버지, 아버지를 존경합니다. 아버진 제게 있어 신앙이십니다. 절대적 존재의 신앙이십니다."

동숙이 하 교수의 품을 파고들자 동호도 하 교수의 가슴에 안기며 말했다.

"오냐, 그래. 애비도 동호 네가 신앙이다. 절대적 존재의 신앙이다."

하 교수는 팔을 벌려 동호와 동숙을 힘껏 껴안았다.

이 때 건넛산에서 올배미가 '쪽쪽쪽'하고 단절음을 토했다. 그러자 부엉이도 어디선가 '날 저문다 부우엉, 저녁 먹자 부우엉' 하고 울어댔다.

주위는 어느 새 포돗빛 땅거미가 서서히 내리기 시작했다

다음 날, 아침 식사가 끝나자 하 교수는 아이들과 함께 선영을 찾아 조상께 참배하고 일찌감치 귀가길에 올랐다.

벼르고 별러서 온 고향인데다 아이들까지 데리고 온 터였으므로 며

칠 더 머물다 가고 싶었으나 사정이 그렇지를 못해 상경할 수밖에 없
었다. 사흘 앞으로 다가온 세미나와 닷새 앞으로 다가온 심포지엄 관
계로 더 지체할 시간적 여유가 없었던 것이다. 사흘 앞으로 닥친 세미
나는 하 교수의 주재하에 진행되는 학생들과의 문학 토론이요, 닷새
앞으로 닥친 심포지엄은 하 교수가 주제를 발표하기로 돼 있는 국문학
학술회의였다.

그랬으므로 도저히 빠질 수가 없었다. 때문에 여기 대한 준비도 하
지 않을 수 없는 일이었다.

"어떠냐. 이번 고향길이 유익했느냐? 그리고 보람 있었느냐? 며칠
안 되는 기간이어서 주마간산이 됐다만 그래도 느낀 건 많았을 게다.
안 그러냐 동숙아?"

차가 마을을 벗어나 구절양장의 넋고개를 넘어서자 하 교수가 엄숙
하게 입을 열었다.

"많다 뿐인가요? 전 완전히 다시 태어난 기분이에요. 며칠 안 되는
짧은 기간이었지만 참으로 많은 것을 보고 느끼고 배웠어요. 정말 이
번 여름 방학은 값지고 보람차고 유익한 방학이에요, 아빠."

"그래?"

"그럼요."

"그렇다면 다행이다."

"다행인 정도가 아니라 행운이죠."

"행운?"

"그렇잖구요. 아빠의 딸이 아니었다면, 그리고 또 그런 고향을 갖지
않은 아빠였다면 어찌 돈 주고 살 수 없는 귀한 경험을 할 수 있었겠어
요. 아빠의 자식으로 태어난 건 행운이에요, 행운."

“녀석 비약은……. 비행기 태우지 마라. 이 놈아.”

“비약이라뇨. 비행기라뇨 이거 다 사실이에요, 아빠?”

“오냐, 그래 알았다. 그럼 동호야 넌 어땠느냐. 너도 동숙이와 같은 생각이냐?”

하 교수는 여전히 엄숙한 표정으로 말했다.

“예, 아버지와 같이 안 왔더라면 큰일날 뻔했어요. 새삼 아버지께 감사드립니다.”

동호가 차의 속도를 조금 늦추며 후사경을 쳐다봤다.

“정말이냐?”

“그럼요 얼마나 많은 것을 배우고 큰 것을 얻었는데요.”

“고맙다 너희가 애비의 뜻을 따라 줘서……”

“무슨 말씀이세요. 고마운 건 저희들이죠. 아마 평생을 두고 잊지 못할 거예요. 그리고 평생 동안 좋은 교훈이 될 거예요.”

“다행이다. 짧은 시간에 그렇게 많은 것을 얻었다니.”

하 교수는 등받이에 몸을 뉘며 담배를 빼 물었다.

“하지만 너무 짧았다. 너희는 많은 것을 배우고 큰 것을 얻었다 한다만 그 사이에 배우면 얼마나 배우고 얻으면 얼마나 얻었겠느냐.”

“그래도 안 해본 일이 없잖아요? 그루 조밭을 시작으로 그루 콩밭도 매 보고 밀타작에 퇴비도 베어 보구요. 그리고 풀쐐기에 쏘이고 옻이 올라 애도 먹어 보구요. 동숙인 땡비한테 쏘이기까지 했잖아요.”

“그건 그렇다만……”

하 교수가 담배에 불을 붙여 물고 다음 말을 이었다.

“그러나 그것으로 안 해본 일이 없다 한다면 큰 잘못이다. 너희는 농촌 사람들이 하는 일의 백 분의 일도 못했다. 옛날 보릿고개 시절에 비하면 천분지의 일도 못했고…… 하지만 너희는 장한 일을 했다. 너희들 표현대로 돈을 주고도 살 수 없는 귀한 경험을 했으니까.”

“네. 그래요 아빠. 저희들 깜냥에 비하면요. 그렇지만 아빠 말씀대로 저희가 알면 얼마나 알고 경험을 하면 얼마나 했겠어요.”

동숙이 제법 어른스럽게 말하며 이마에 흩어진 머리카락을 손으로 빗어 넘겼다.

“어쭈 동숙이 제법이네.”

동호가 비아냥대는 투로 동숙을 놀려댔다.

“사실 그렇잖아. 우리가 알면 몇 푼 어치나 알고 경험을 하면 몇 푼 어치나 했어. 우리 푼수로 봐선 엄청난 건지 모르지만. 그죠. 아빠?”

동숙이 말하고 하 교수를 쳐다봤다.

“얼씨구 점점.”

동호가 같잖다는 듯 쿡쿡 웃었다

“아니다. 그건 동숙이 말이 맞다.”

하 교수가 재떨이에 담배를 비벼 끄며 동숙이 편을 들었다.

“거 봐. 오빠는 괜히…….”

동숙이 좋아하며 손뼉을 짝짝 쳤다.

동호는 잠시 머쓱하더니

“야아, 동숙이 너 며칠 사이에 딴 사람이 됐구나. 그전 같으면 뺏쭉 토라져 앙앙거렸을 텐데.”

하고 후사경을 통해 동숙을 쳐다봤다. 그러며 덧붙였다.

“하기야 딴 사람이 안 되면 그게 어디 사람이니? 인간이지.”

동호는 녹반죽처럼 느물거리며 동숙을 흘근적거렸다.

“오빠, 자꾸 이럴 거야? 자꾸 이럼 나 화낸다?”

동숙이 주먹을 올러매 보이며 눈을 부라렸다. 그런데도 하 교수는 침잠한 표정인 채 말이 없었다. 동숙이 이런 하 교수를 일별하곤 조심스레 입을 열었다.

"아빠 우리 내년 여름 방학 때 또 와요. 네."

동숙은 하 교수가 왜 말이 없는지 궁금했다. 이는 동호도 마찬가지여서 하 교수가 필시 무슨 생각인가 골똘히 하고 있으리라 여겼다. 왜냐하면 하 교수의 표정이 경색되리 만큼 진지하고 엄숙했기 때문이다.

"내년 방학에도?"

하 교수가 비로소 경색을 풀며 제 얼굴을 했다.

"예."

"왜?"

"더 배우고 더 알아 더 많은 경험을 쌓으려구요."

"동호 너도 그러냐?"

하 교수가 동호의 뒤통수에 대고 물었다.

"예. 아버지."

"그래. 좋다. 하지만 내년 여름의 농촌은 어찌 되는지 원."

하 교수는 힘없는 소리로 대답하곤 땅이 꺼지게 한숨을 토해냈다. 동호가 하 교수의 눈치를 살피며 조심스레 입을 열었다.

"농산물 개방 압력 때문인가요?"

"물론 그 영향도 아주 크다. 그러나 그보다 더 큰 문제는 농촌을 버리고 도시로 떠나는 이촌향도(離村向都)에 있다. 아니 이촌향도 하게끔 만든 정책에 있다. 이대로 가다간 농촌은 망하고 만다.

너도나도 농촌을 버리고 도시로 가니 어찌 망하지 않을 수 있겠느냐. 농촌은 지금 공동화(空洞化) 현상으로 텅텅 비어 있다. 노인이 돌아가시면 장례 지낼 사람이 없다. 농촌에서 아이 울음소리가 그친 지는 이미 오래다. 이는 너희도 봐서 알고 있는 일 아니냐. 농업이 주가 되던 농경사회엔 전체 인구의 80%가 농민이었다. 아니 60년대나 70년대까지만 해도 농민이 전체 인구의 60%를 차지했다.

그런데 지금은 어떠냐?

90년 대 들어선 현재는 농민이 전체 인구의 15%에도 못 미친다. 이대로 가다간 몇 년 안 있어 농촌은 문을 닫고 만다. 그러면 어찌되느냐? 우리의 뿌리요, 터전인 농촌은 망하고 말아. 논밭이 묵어 자빠져도 부칠 사람이 없고 도지 안 물고 공짜로 부쳐 먹으라 해도 거들떠보는 사람이 없다.

너희도 보도를 통해 알겠지만 전라도 어디에선 일꾼이 없어 죽도록 지은 보리 농사를 밭째 태워버린 일도 있잖니. 농민에게 있어 농사는 절대요, 곡식은 자식 같은 것인데, 이 자식 같은 곡식을 밭째 태워야 하는 농민의 심경은 오죽했겠니. 그야말로 사랑하는 자식 불에 태워 죽이는 심경이지.”

하 교수는 여기까지 말하고는 억장이 무너지는 ‘후유’하고 꺼지게 한숨을 토했다. 그러더니 담배에 불을 붙여 뻑뻑 소리나게 빨아댔다.

차는 그 새 포장 안 된 우툴두툴한 길에서 포장 된 국도로 접어들었다. 굼벵이 천장하듯 느려터지기만 하던 차가 국도로 접어들자 날개라도 달린 듯 바람을 갈랐다.

“동호야, 그리고 동숙아, 우리 올 겨울방학 때 또 오자. 그래서 눈 쌓인 매봉산에서 꿩도 잡고, 토끼도 잡자. 덫이나 창애를 놓아 노루도 잡고 옥노를 놓아 돼지도 잡자. 아니다. 참새 멧새도 잡고 굴뚝새 족제비도 잡자. 그리고 그리고 말이다……”

하 교수는 담배가 다 타자 새 담배에 다시 불을 붙여 뻑뻑 빨았다.

"아니다. 꿩과 놀고 토끼와 놀고 노루와 놀고 참새 멧새 굴뚝새 족제비와도 놀자. 그리고 눈쌈을 하자.

그런 다음 밤엔 밤마실 갔다 돌아오는 사람 보고 컹컹 짖는 등성이 너머의 개 짖는 소리를 듣고, 먼 데 어디서 들려오는 전설 같은 다듬이 소리를 듣자. 그러며 밤이 이슥하도록 옛날 이야기를 하자.

옛날 옛적 깊은 두메에 한 사람이 살았는데…… 가 아니면 애기가 때기를 짊어지고 서산을 넘는데 해 넘어가는 소리가 쿵하고 나더라는 이야기를 하자. 질화로 잉걸불 가에 둘러앉아 알밤 냠냠 구워 먹으며 도란도란 재미난 옛날 이야기를 하자.

바깥바람 씽씽 부는 소리 들으며 솔바람 윙윙 우는 소리 들으며 옛날 이야기로 밤을 새우자. 그러다 재미나면 깔깔거리고, 슬프면 엉엉 울고, 신명나면 덩실덩실 춤을 추면서 한겨울을 보내자. 그렇게 살뜰하게 한겨울을 보내자……."

하 교수는 여기서 또 담배를 꺼내 물었다. 이 때 동숙이,

"아빠아."

하고 하 교수를 불렀다.

"왜, 왜 그러냐."

"담배 그만 태우세요. 벌써 세 대째예요."

"벌써? 벌써라니?"

하 교수는 담배에 불을 붙이지 않았다. 동숙의 만류가 주효한 때문일까?

그러나 이 때 하 교수는 이렇게 뇌까렸다.

"아아 그립다 그리워. 헐벗고 굶주리던 그 때 보릿고개가 그립다. 한

없이 못 견디게 그 때가 그립다. 아아, 정말 그 때 보릿고개 그 시절이 그립다."

고속도로로 들어선 차는 이제 전 속력으로 달리기 시작했다.

집에 닿자 하 교수는 정신없이 바빴다.

사흘 앞으로 다가온 세미나 준비와 닷새 앞으로 박두한 심포지엄 준비 때문이었다.

자신이 빠지거나 누구한테 위임해서 될 일이라면 이렇듯 허둥대지 않아도 되련만 두 행사가 다 자신이 직접 주재하지 않으면 안 되는 것이어서 옴치고 뛸 수가 없었다. 그래 하 교수는 솜방망이처럼 짜브라든 피곤을 풀 겨를도 없이 밤을 새다시피 자료 준비에 골몰했다.

바쁘고 골몰한 건 그러나 하 교수만이 아니었다. 동호와 동숙이도 바쁘고 골몰했다.

아니 이들은 바쁘고 골몰하다기보다 마음이 숙연해져 심경의 여유가 없었다. 이는 말할 나위도 없이 며칠 동안 겪은 고통이 큰 충격으로 다가왔기 때문이었다. 그리고 그 충격이 벅찬 감격과 깊은 감동과 짙은 환희로 다가왔기 때문이었다. 그래서 많은 것을 생각하게 했기 때문이었다.

그랬다.

이번의 고통은 커다란 충격이요 벅찬 감격이요 깊은 감동이었다. 그러므로 당연히 환희도 뒤따를 수밖에 없었다. 몸은 천 근이나 되듯 늘어져 두들겨 맞은 것처럼 아프고 고통 또한 이에 못지 않아 형벌 받듯 괴로웠지만 충격을 동반한 감격과 감동은 마음 속 깊이 각인되어 무엇으로도 살 수 없는 귀한 값이었다.

'아, 며칠 간의 고통이 얼마나 값진 것이었던가. 그 값진 고통을 나는 하마터면 평생 모르고 살 뻔했다.'

동호는 생각할수록 이번 여름 방학이 값지고 보람 있어 쾌재라도 부르고 싶었다. 그런데도 왠지 자꾸 콧날이 시큰거려 눈물이 나려했고 마음이 숙연해져 고개가 떨어졌다.

'아, 보릿고개! 그리고 칠궁! 말할 수 없는 배고픔과 몸이 으스러지는 농사일! 난 이번에 참으로 값진 것을 배우고 익혔다.'

동숙은 며칠 간의 짧은 고통으로도 그 때 그 시절 그 기막히던 참상을 조금은 알 것 같았다.

그러나 동숙은 이내 고개를 저었다. 며칠 간의 짧은 고통이, 그것도 시대가 다르고 환경이 다르고 생활 양태가 판이한 지금, 포시랍게 피상적으로 겪은 고통이 어찌 참담무비의 그 때를 짐작이나 할 것인가. 더욱이 현대 문명과 물질 문명에 길들여질 대로 길들여진 의식으로…….

만약, 그리고 다행히 그 때 그 참상을 조금이라도 느낄 수 있다면 이는 피상에 의한 짐작이지 실상 그 자체는 아니다. 때문에 그 때 그 참상을 안다는 건 말도 안 되는 언어도단으로 건방지기 짝이 없는 방종이었다.

그러나 이렇게라도 그 때 그 참상을 느낄 수 있다는 건 얼마나 다행한 노릇인가.

보릿고개라면 천 년 만 년 전의 일로 생각하고 우리와는 상관도 없는 전설처럼 생각해 오불관언 하는 세상 아닌가. 그리고 못 나고 못 생겨 배 주리고 고생했다고 치지도외하는 세상 아닌가. 아니 그 케케

묵어 고리타분한 보릿고개가 도대체 어쨌다는 것인가 하고 되레 따지
는 세상 아닌가. 게다가 젊은이들은, 젊은이들 중에서도 10 대나 20 대
들은 보릿고개 이야기만 나와도 그게 무슨 자랑이라 떠드느냐며 비웃
고 면박 주고 코웃음치는 세상 아닌가. 사람이 만든 별이 하늘을 날아
다니는 이 첨단 과학시대에 그 따위 호랑이 담배 먹던 시절의 이야기
가 어디에 해당하냐면서…….

그래 맞다.

다 옳은 소리다.

아니 옳은 소리로 들릴 수 있다. 저 광대 무변한 우주, 그 우주를 정
복하려는 21세기. 그 21세기를 살아가는 오늘의 젊은이들 의식으로
는…….

그러나 동숙은 아니야 아니야 하고 강하게 고개를 저었다. 21세기가
아니라 201세기에 산다해도 우리의 역사는 우리의 뿌리였던 민초들의
슬픈 이야기만은 알아야 한다고 믿고 있었기 때문이었다. 기실 동숙은
아버지 하 교수로부터 보릿고개에 대한 이야기를 많이 들어 보릿고개
가 어떤 것이고 왜 보릿고개를 겪지 않으면 안 되었나를 웬만큼은 알
고 있었다. 그런데도 동숙은 보릿고개가 도무지 가슴에 와 닿지 않아
하 교수의 말을 시큰둥하게 들었었다. 그랬는데 이번 여름 방학에 하
교수와 함께 현장에서 농사일을 직접하며 보릿고개에 대한 이야기를
듣고 나자 생각이 달라졌다.

아, 그랬었구나!

보릿고개가 그런 것이었구나!

동숙은 여태까지 가지고 있던 보릿고개에의 관념, 다시 말하면 피상
적 관념은 완전히 사라지고 대신 실상에 가까운 관념이 머리에 새겨졌

다. 그래 동숙은 지금 적어도 보릿고개에 대해서만은 여느 젊은이들과
는 다른 생각을 가지고 있었다. 해서 어떤 자긍심과 자부심마저 가지
고 있었다.

뿐만이 아니었다.

아버지 하 교수에 대한 자긍심과 자부심도 남다른 바 있었다. 부모
덕에 고생 모르고 포시랍게 공부해 평범하게 강단에 선 하고많은 교수
들에 비한다면 아버지 하 교수는 얼마나 자랑스러운가. 이는 자랑스러
움을 넘어, 아니 자랑스럽다는 말로는 부족해 위대하고 거룩하기까지
한 아버지였다.

그 찢어지듯 가난한 애옥살이. 그 엄청난 애옥살이의 배고픔과 극한
상황 속에서도 뜻을 세워 오늘에 이르른 아버지의 인생 역정. 아버지
는 누가 뭐래도 불세출의 입지전적 인물이었다. 그래 동숙은 생각했다.
언젠가는 아버지 하 교수를 주인공으로 소설을 쓸 것이라고.

이번에 아버지로부터 들은, 아버지가 겪고 살아온 그 억장 무너지는
이야기만 잘 살린다면 감동적인 작품이 될 것 같았다.

'아, 난 참 축복 받은 아이다. 훌륭한 아버지의 딸로, 불세출의 입지
전적 인물인 아버지의 딸로 태어났으니…….'

동숙은 생각할수록 아버지가 고마웠다. 아버지가 살아온 인생 역정
만 써도 훌륭한 글은 되고도 남았다. 물론 어떻게 쓰느냐에 따라 달라
지긴 하겠지만…….

문학도로서, 작가 지망생으로서 아버지와 같은 분의 딸로 태어났다
는 건 얼마나 축복 받은 일인가. 게다가 젊은이들은 까맣게 모르고 있
는 보릿고개에 대해서도 남달리 알고 있지 않은가. 작가 지망생으로
보릿고개를 안다는 건 커다란 재산이었다. 더욱이 가장 한국적인 소설

을 써 보고 싶은 게 평소의 꿈이 아니었던가. 그런데 보릿고개를 모르고서야 어떻게 가장 한국적인 글을 쓸 수 있는가. 꼭 보릿고개에 대한 이야기만이 가장 한국적인 글이 되는 건 아니다. 보릿고개 이야기가 아닐지라도 한국적인 글은 얼마든지 쓸 수 있다. 그러나 그 바탕, 다시 말하면 작품의 근저에 흐르고 있는 제재(題材)나 소재(素材)는 보릿고개와 무관한 게 없어 가장 한국적인 작품은 결국 보릿고개가 맥처럼 흐르고 있다. 아니 흘러야 한다.

우리에게 농촌이 모향(母鄉)이요 농경(農耕)이 모태가 아닌 사람이 없듯, 보릿고개는 누가 뭐래도 가장 우리적인 민초들의 슬픈 이야기이다.

생각이 여기에 미치자 동숙은 당장 글을 쓰고 싶은 충동을 강하게 느꼈다. 그것은 거의 충동작의(衝動作意)에 가까웠다. 아버지의 지난날을 다큐멘트로 쓰거나 일인칭 사소설 형식으로 써도 하나의 훌륭한 작품이 나올 것 같았다. 그러나 동숙은 고개를 저었다. 아직은 너무 일러 글을 쓸 단계가 아니라고 생각했다. 문장을 다루는 솜씨도 서툰 데다 구상도 약해 펜을 들 용기가 나질 않았다. 그러므로 좀더 고심하고 번민한 다음 구성이 탄탄하게 짜여지고 문장 솜씨도 자신이 생길 때 쓰리라 마음 먹었다. 그러자면 아버지에 대한 연구는 물론 농촌과 농민에 대한 연구도 더 많이 해야 된다고 생각했다. 그것이 1년이 걸리든 2년이 걸리든 혹은 3년 이상이 걸리든 상관할 바 아니었다. 좋은 작품만 쓸 수 있다면 몇 년쯤 걸리는 게 무슨 대수인가. 괴테는 파우스트 하나를 쓰는데도 60년 이상이 걸렸다고 하지 않는가. 반드시 그런 건 아니겠지만 대개의 경우 작품을 오래 구상하고 많이 고뇌하면 한 것만큼 결과도 좋다는 게 정평이요 정석이다.

'그래. 오래 구상하고 많이 고뇌한 다음에 쓰자. 공부도 더하고 아버

지도 더 연구하고 농촌과 농민에 대해서도 더 많이 안 다음에 쓰자.'

동숙은 얼마가 걸리더라도 아버지를 주인공으로 한 소설을 꼭 쓰리라 결심했다. 그러자 알 수 없는 희열이 가슴 밑바닥을 꽉 메우며 세포의 각질 하나 하나마다 파고드는 것 같았다. 대학 재학 시에 소설이 당선되거나 추천돼 문단에 나오는 신인들의 글이 거의가 대학촌을 무대로 쓴 글이요, 일반인들의 젊은 신인들도 당선작이나 추천작을 보면 회색의 대도시를 무대로 쓰지 않으면 사건도 스토리도 없이 감각만을 앞세워 쓴 글이 대부분인 터에 농촌을 무대로 아버지의 인생 역정을 잘 펼쳐 나아간다면 그것 하나만으로도 훌륭한 소설이 될 것 같았다. 농촌을 무대로 하고 아버지를 주인공으로 등장시킨다면 사건도 스토리도 무궁무진해 쓸 이야기는 얼마든지 있을 터였다. 농촌을 무대로 다룰 때 자칫 진부한 글이 될 소지도 없지 않지만 그러나 이는 어떻게 그리고 어떤 내용(문장일 수도 있는)으로 쓰느냐에 따라 극복될 수가 있다.

동숙은 다소 흥분된 상태에서 이번에 겪은 며칠 간의 체험을 메모하기 시작했다. 이 다음 글을 쓸 때 다시 없이 귀중한 자료가 될 것 같아서였다.

'아, 이번 체험은 참으로 값진 것이었어. 어디서 어떻게 그런 값진 체험을 할 수 있을까.'

메모가 끝나자 동숙은 더 경건해지는 마음이었다. 그래 동숙은 다시 일기 형식을 빌어 그 힘겨웠던 하루 하루를 빠짐없이 기록하기 시작했다. 그러며 생각했다. 정신차려야 한다. 정신차려야 된다라고…….

여태까지 천둥벌거숭이처럼 또는 고삐 풀린 망아지처럼 겁없이 쏘다니며 하고 싶은 짓 다 하고 갖고 싶은 물건 다 가지면서 시시덕거리던 지난날이 얼굴 뜨겁도록 부끄러웠다. 여름 방학이면 으레 아버지를 졸라 친구들과 캠핑이다 바캉스다 하여 산이나 바다를 다녀와야 했고, 겨울 방학이면 당연히 스키장에 한두 번쯤 다녀와야 직성이 풀리었다. 이는 그러나 여고시절부터 있어온 일이어서 밥 먹고 잠잘 시간만 빼고는 수험준비에 여념이 없어야 할 고3 방학 때도 결행한 바였다.

하지만 어디 이것뿐이던가.

산이나 바다, 혹은 스키장을 다녀와도 무엇인가 미진해 포옴으로 수준 높은 책 두어 권 든 채 연극이다 음악회다 뻴때추니처럼 싸지르면서 보들레르가 어떻고 포스트 모더니즘이 어떻고 하며 섣부른 이론이나 남발하던 치기. 그러다가 카페에 들러 그 비싼 커피 홀짝이면서 씨날에도 먹지 않는 외국의 유명 가수나 배우 나부랑이를 주워 섬기고, 끝내는 호프집이 아니면 PC방과 DDR 게임방에서 들고뛰기나 하던 자신이 부끄럽고 죄스럽고 후회스러워 얼굴이 화끈거렸다. 이는 무엇보다 아버지 보기가 민망해 견딜 수가 없었다.

아버지!

그렇다. 동숙은 아버지 보기가 민망했다. 그래 동숙은 지금 적어도 대오 각성한 심경으로 지난날을 참회했다. 캠핑을 하고 스키장에 다녀오고 수준 높은 책 두어 권 들고 연극이나 음악회를 돌아치고 카페에 들러 커피를 마시고 맥주집에 들러 맥주를 마셔야 낭만을 만끽하는 젊은이답고 지성을 구가하는 대학생다워 시대에 뒤떨어지지 않는다고 생각했던 지난 날. 그러나 그게 대체 뭐란 말인가. 동숙은 지난날을 애써 지우며 이제부터라도 엄숙하고 진지한 대학생활을 해야겠다 마음 먹었다. 껍데기일랑 훌훌 벗어버리고, 허위일랑 툭툭 털어버리고 내실 있고 알맹이 있는 대학생활을 해야겠다 마음 먹었다. 그러자면 너울처럼 쓰고 다녔던 허례, 허식, 허영도 다 벗어던져야 할 것이었다. 그리고 무엇보다 돈을 아껴 쓰고 물건 귀한 줄 알아서 아무리 하잘 것 없는 사물일지라도 소중히 여기는 버릇을 길러야 한다고 생각했다. 특히 먹는 음식과 입는 의복에 대해서는 신앙처럼 귀하게 여겨 떠받들어야 한다고 생각했다.

'벼를 호미질 하여 해가 낮이 되니, 땀이 벼 밑의 흙으로 방울째 떨어진다. 뉘 알리요, 상 위의 밥이 알알이 다 피땀인 것을, 하던 이신(李紳)의 시 '민농(憫農)'과 '어제 성 밖에 갔다가, 집에 돌아와 눈물이 손수건을 적시었다. 온 몸에 비단을 두른 사람은 곧 누에를 기른 사람이 아니었다'라는 '잠부(蠶婦)'시. 아버지는 이 두 시를 설명하면서 숙연한 자세를 취한 채 긴 한숨을 토하지 않았던가.

'정신차려야 한다, 아니 정신차리리라.'

동숙은 '민농'이란 시와 '잠부'라는 시를 가슴에 아로새겨 언제까지고 잊지 않으리라 했다. 그러며 저 에티오피아와 방글라데시의 난민(難民)들을 생각했다. 먹을 게 없어 굶다 굶다 끝내는 나무토막처럼 쓰러져 죽는 처절함. 개구리 말라비틀어진 듯 몸이 배배 꼬여 뼈에다 가죽만 덮어 씌운 몰골. 목은 댕강 떨어지게 가늘고 눈은 깜박일 힘조차 없어 파리가 덕지덕지 꼬여도 쫓지 않은 채 죽기만을 기다리는 아이들. 그러면서도 배만은 유독 불쑥 튀어나와 가련하기 짝이 없는 아이들. 우리의 우리 아버지 때의 보릿고개가 그랬으리라. 우리 할아버지 때의 보릿고개가 그랬으리라. 동숙은 에티오피아와 방글라데시의 난민들을 보릿고개와 연결시키자 그만 눈물이 왈칵 솟았다. 그와 함께 모골이 송연해지는 전율을 동반했다. 도대체 왜, 어째서, 무엇 때문에 신은 인간을 만들어 놓고 이렇듯 모진 고통을 주는가. 사랑하기 때문에? 선택한 백성이기 때문에? 그것도 아니면 시험에 들게 하기 위해서?

신은 자기가 사랑하는 대상을 선택해 시험을 한다지 않은가. 고통이란 너울을 씌워서. 그렇다면 대저 신은 무엇인가?

아니 신은 있는가?

신이 정말 존재한다면, 전지전능(全知全能)하고, 무소불능(無所不能)하고, 무소부재(無所不在)하다는 신이 정말 존재한다면 이럴 수가 있는가?

니체가 말한 대로 신은 이미 죽었는지도 모른다. 그래서 니체는 필요하다면 내가 신이 되어 주겠노라 했는지도 모른다.

그래 신은 죽었다.

그렇지 않고는 이럴 수가 없다. 절대로 없다. 만약 신이 존재한다면, 그래서 이 세상 삼라만상을 관장 주재하면서 굶어 죽는 사람들을 나 몰라라 방관한다면 이는 신의 명백한 직무유기다. 그리고 남을 괴롭히는 것을 좋아 즐기는 아주 못된 가학성(加虐性)의 사디스트다.

지금 지상에서는 해마다 몇 백만 명이 먹을 게 없어 굶어 죽고 몇 천만 명이 굶어 죽기 직전에 놓여 있다 한다. 이 21세기의 풍요로운 세상에 말이다. 사람이 만든 별이 우주를 누비는 이 첨단 과학시대에 말이다.

잘 사는 나라에서는 농산물이 남아돌아 썩은 잉여농산물을 바다에 처 넣고 강대국은 만만한 나라에 시장 개방의 압력을 넣어 농산물 팔아 먹기 위해 혈안인 마당에, 한쪽에서는 먹을 게 없어 생으로 굶어죽다니. 그것도 몇 백만 명씩이나.

우리 나라도 식량이 남아돌아 쌀라면이 나오고 쌀막걸리를 만들어 흔전만전 하는데 어째서 소말리아나 에티오피아, 또는 방글라데시 같은 나라는 참혹한 참상 속에서 굶어 죽기만을 기다려야 하는가. 유엔은 대관절 무엇을 하고 안전보장이사회는 또 무엇을 하는가. 이것 하나 해결 못하는 권능과 기능이라면 그런 유엔은 있으나마나한 기구 아닌가. 좀 잘 사는 나라에서 계속 구휼미를 보내고 구휼품을 보내 함께 좀 살아야 할 게 아닌가. 그것이 인도주의요 인간주의 아닌가. 따지고 보면 모두가 사해 동포요 사해 형제의 코스모폴리탄이 아닌가.

'정신차려야 한다. 정신차려야 된다. 우리가 언제부터 그리 잘 살아 흔전만전 하는가. 하늘 무섭게 하늘 두렵게 흥청망청 쓰는가.'

동숙은 결연한 심경으로 자신에게 다짐했다. 그러며 앞으로는 공부도 더 열심히 하고 가사도 열심히 돌보며 매사에 충실하리라 다짐했다. 며칠 사이에 큰 도를 깨우친 사람 같았다.

'그래, 난 아버지의 딸이다. 보릿고개를 겪어 온 아버지. 그러면서도 독학과 고학으로 오늘에 이른 장하신 아버지. 나는 그런 아버지의 딸이다.'

동숙은 거듭거듭 정신차려야 한다고 굳게 다짐하며 이를 사려물었다.

다짐은 그러나 동숙이만이 아니었다. 동호도 동숙이 못지 않게 자신에게 다짐을 했다. 동호는 집에 돌아오자 그 날부터 두문불출한 채 깊은 자책에 빠져있었다. 사학도로서, 더욱이 한국 근대사를 전공하는 사학도로서 한국을 아니 농촌과 농민을 너무 몰라 부끄러웠고 가난한 민초들의 기막힌 역사 또한 너무 몰라 참괴스러웠다. 힘 있는 자들의 족적과 명멸만이 역사는 아니요 커다란 사건과 시대적 변혁의 소용돌이만이 역사는 아니었다. 이름 없이 살다가 풀처럼 쓰러진 가난한 민초들의 아픈 이야기도 역사일 수 있고 어디에다 자기 의견이나 주장

한 번 내세우지 못한 채 빙충이처럼 업신여김 받으며 억울하게 살다간 민초들의 이야기도 역사일 수 있다. 아니 역사여야 한다. 기실 역사의 기층을 이루고 있는 것은 민초들이요 역사의 수레바퀴도 민초들에 의해 굴러가고 굴러왔다. 이럼에도 동호는 여태껏 이름 있는 사람들의 족적과 명멸에 대해서만 관심을 가졌고 커다란 사건과 시대적 변혁의 소용돌이만을 역사 연구의 대상으로 삼았다.

그러나 동호의 이런 역사관은 아버지와 함께 며칠을 보내며 아버지로부터 기막혔던 과거를 듣고 또 자신이 직접 겪은 힘든 농일 에서부터 달라지기 시작했다.

'역사란 민초들의 것이다. 아니 민초들의 것이어야 한다. 민초야말로 역사의 주체요 기층이다.'

동호의 사관(史觀)은 크게 달라졌다. 그러나 달라진 게 어찌 사관뿐이겠는가. 정신이며 사고(思考)도 크게 달라졌다. 말하자면 의식의 일대 전환을 가져온 것이다.

그랬다.

동호는 아버지와 함께 견디기 힘든 일을 하고 지난날의 참담하던 이야기를 듣고 난 후부터는 딴 사람이 되었다. 첫째 역사를 바라보는 눈이 달라졌고 둘째 가치에 대한 인식이 달라졌다. 그리고 모든 존재, 예컨대 현상으로 나타나 보이는 온갖 사물에 대해서는 깊은 통찰력을 가지게 되었다. 그리고 무엇보다 자기 제어와 절제가 그 전보다 달라졌다. 이는 인내일 수도 있고 극기일 수도 있는, 아니 인고(忍苦)까지도 인내할 수 있는 극기였다. 그러므로 동호에게 있어 며칠 간의 참기 어려웠던 고통은 앞으로의 인생 길에 참으로 많은 교훈과 타산지석이 된 것이다.

그러나 동호는 아직 더 많은 고통, 더 많은 체험을 해야 한다고 생각했다. 며칠 간의 고통이 크면 얼마나 크며 며칠 간의 고생이 심하면 얼마나 심하랴 싶었던 것이다. 평생을 입지도 먹지도 못한 채 애옥살이로 살다간 그들. 가난을 무슨 유산처럼 대대로 물려 주며 허기져 살았을 그들. 그러면서도 하늘을 법으로 알고 하늘 무서운 줄 알면서 평생을 국으로 그렇게 살았을 그들. 그들에 비한다면 며칠 간의 고통은 고통도 아니요 며칠 간의 고역은 고역도 아니다. 평생을 고통 속에 살고 그 고통을 후손에게까지 물려준 그들의 입장에서 본다면 며칠 간의 고통은 수유요 찰나였다. 때문에 이를 고통으로 생각하는 것 자체가 호사요 사치였다.

'그렇다. 내가 겪은 며칠 간의 고통을 고통으로 생각한다면 이는 호사요 사치다.'

동호는 몇 십 리 밖 읍내까지 나무를 져다 팔며 고학으로 공부하다시피 한 어린 날의 아버지를 생각했다. 그리고 남의 집 머슴으로 밭갈이하다 부사리한테 뜨여 돌아가신 할아버지와 산나물 뜯다가 바위에 떨어져 비명 횡사한 할머니를 생각했다. 그러자 저도 몰래 긴 한숨과 함께 뜨거운 것이 양 볼을 타고 주르르 흘러내렸다.

'아버지! 할머니! 할아버지!'

동호는 눈물을 닦을 생각도 않고 조용히 아주 조용히 아버지와 할머니와 할아버지를 불렀다. 그러며 생각했다. 앞으로는 할아버지 할머니 산소에 성묘를 자주 가고 어떤 일이 있어도 벌초만은 손자인 자신이 직접 하리라고. 아버지도 더욱 존경해 아버지의 뜻이라면 무조건 따르고 순종하리라고.

생각이 여기에 이르자 동호는 큰 죄를 용서받은 듯 마음이 얼마는 가벼웠다. 그런데도 왠지 마음 한 구석엔 뭐라 형언키 어려운 안타까움이 남아 있었다. 그러나 그 안타까움은 해마다 여름 한 철 당숙을 찾아가 고통을 직접 겪으리라 생각하니 웬만큼 사라지는 듯했다.

'그래, 해마다 한 번씩은 체험을 하자. 그래서 조부모님과 아버지의 아픔을 조금이라도 체득하자. 뿐만이 아니다. 대학원의 석사 논문도 농촌 역사에 관한 것으로 쓰고, 앞으로 연구 논문도 보릿고개에 얽힌 민초들의 가슴 아픈 역사에 대해 쓰자. 이것만이 우리가 우리일 수 있고 우리가 우리 것을 찾을 수 있는 길일 것이다. 무슨 거창한 내용만이 대단한 건 아니다. 자료와 통계에 의해 간접 경험으로 씌어진 글은 생명력이 없어 공소(空疎)할 것이다. 그러므로 실제로 겪고 부딪친 경험을 토대로 써야 살아 있는 글이 될 것이다. 힘있는 사람들에 의해 버려진 역사. 이름 없는 노방초처럼 숱하게 짓밟히고 학대받으며 서럽고 배고프게 살다간 민초들. 그 민초들의 가슴 저미는 이야기를 쓰자. 그 글이 소설이 아닌 논문으로 소설만큼 재미가 없고 감동 또한 소설만큼 못 줄지라도 나는 써야 한다. 민초들의 넋을 달래는 위령의 글이 된다 할지라도 나는 써야 한다. 그래서 보릿고개가 전설이 아니고 민초들의 아사(餓死)가 거짓이 아니었다는 것을 보여 줘야 한다.'

동호는 굳게 다짐하며 두 주먹에 불끈 힘을 줬다. 그리고 그 날부터 농노(農奴)에 관한 책과 소작쟁의(小作爭議)에 관한 책을 구해다 읽기 시작했다. 그런가 하면 지주들의 착취와 수탈, 일제(日帝)의 착취와 수탈사(收奪史)까지도 구해다 읽었다. 그러면서 동호는 연신 "죽일 놈들! 죽일 놈들!" 하고 비분강개 치를 떨었다. 농노와 작인은 사람도 아니어서 지주나 상전 또는 일제에 두들겨 맞고 병신이 되고 그러다간 마침내 죽임까지 당했기 때문이었다.

얼굴이 예쁜 농노나 작인들의 딸은 지주나 상전이 겁을 줘 욕심을 채웠고 말을 듣지 않으면 사형(私刑)으로 매질을 했다. 아내를 빼앗아 소실로 삼는 지주가 있는가 하면 딸을 겁탈해 아이를 갖게 한 마름도 있었다. 정조를 목숨 이상 여겨 죽음을 택한 소작인 아내가 있는가 하면 지주나 마름을 죽이고 자신도 목매 죽은 경우도 있었다.

일제의 총칼에 혀를 깨물며 몸을 맡긴 아녀자가 있는가 하면 배고픔이 지겹다며 지주나 상전의 소실로 들어가 갸기부리는 여인도 있었다. 그러나 거지처럼 살다가 짐승처럼 죽어간 불쌍하고 가여운 민초들이 대부분이었다.

'쓰리라, 써서 민초들의 한을 풀어 주리라. 응어리지고 피멍이 든 민초들의 한을 풀어 주리라.'

동호는 다시 두 주먹에 불끈 힘을 줬다.

세미나다 심포지엄이다 하여 그 준비와 함께 행사를 마치고 나니 일주일이 후딱 지났다.

일 주일 동안 하 교수는 눈코 뜰 새 없이 바빴다. 그러느라 아내는 물론 아이들과도 대화 한 번 제대로 나누질 못했다. 그런데도 하 교수는 아이들이 그 전과는 많이 달라져 있음을 느꼈다. 그것은 우선 아이들이 남은 방학 동안 어디를 가겠다며 나서질 않고 차분하게 들어앉아 무엇인가를 진지하게 생각하는 것으로써 알 수 있었다.

'녀석들, 며칠 혼나더니 아주 딴 사람이 되었군!'

하 교수는 말은 안 했지만 아이들이 신통해 업어라도 주고 싶었다. 적이나 하면 친구들과 어울려 정신없이 돌아칠 법도 한데 아이들은 그런 기미조차 보이질 않았다.

'오냐, 그래, 고맙다 고마워.'

하 교수는 이게 다 며칠 간의 고생 끝에 얻어진 결과라 여기면서도 아이들이 고맙고 대견했다. 그래 행사가 끝난 다음 날 오후 아내와 함께 아이들을 데리고 모처럼 만에 교외로 외식나들이를 나섰다. 왠지 아이들이 갑자기 어른이 된 듯하고 또 괜히 측은하기도 해 저녁이라도 한 끼 사 먹이고 싶었다. 그리고 또 가족끼리 단촐하고 오붓하게 교외에서 시간을 보내고도 싶었다.

"그래, 그 동안 무엇을 하고 지냈니? 애비가 세미나다 심포지엄이다 하고 바삐 돌아치는 바람에 너희들과 애기 한 번 나누질 못했구나. 어디, 우리 동숙이부터 말해볼까?"

차가 복잡한 도심을 벗어나 한적한 시골길로 접어들자 하 교수가 동숙의 손을 잡고 물었다.

"집에 들어앉아 많은 걸 생각했어요."

동숙이 열려진 차창으로 바깥 풍경을 바라보며 대답했다.

"그래? 어떤 생각?"

"보릿고개에 대해 생각하고 칠궁에 대해 생각했어요. 그리고 배고품, 농사일, 아버지, 할머니, 할아버지에 대해 생각했어요."

"그랬어?"

"또 있어요, 아빠."

"또?"

"민농이란 시와 잠부라는 시도 생각하고 에티오피아와 방글라데시의 난민들도 생각했어요."

"아이구, 우리 동숙이가 아주 많은 것을 생각했구나."

“하지만 또 있어요, 아빠.”

“또 있어? 뭔데?”

“정신차려야 한다, 정신차려야 된다고 생각했어요. 그리고 아빠를 주인공으로 글을 써 보기로 했어요.”

“그래? 야아, 이거 딸 덕분에 애비가 출세하겠네. 그럼, 동호 넌 뭘 생각했어?”

하 교수가 이번엔 시선을 동호에게 주며 물었다.

“저도 아버지와 할머니 할아버지를 생각했어요. 사학도로서 한국 농촌을 너무 몰라 자책하기도 했고, 민초들의 기막힌 아픔을 몰라 불괴스럽기도 했구요.”

“그래?”

“예. 그리고 역사를 보는 눈이 달라졌어요.”

“역사를 보는 눈이 달라져? 사관이 바뀌었단 말이지?”

“예!”

“어떻게?”

“여태까지의 역사란 이름 있는 사람들의 족적과 시대적 대 변혁 및 대 사건만이 역사로 알았거든요. 근데 반드시 그런 것만이 역사는 아니라는 걸 알았어요. 이름 없고 힘없이 살다 풀처럼 스러져 간 가난한 민초들의 아픈 이야기야말로 참 역사일 수 있다는 걸 알았어요. 아니 이런 민초들일수록 역사의 기층을 이룬 사람들이란 사실을 알았어요. 그래 저는 앞으로 석사 논문도 보릿고개에 얽힌 기층민의 아픈 역사를 쓰고, 연구 논문도 가능한 한 민초들의 기막혔던 이야기를 쓰기로 했어요.”

“그랬니?”

“예, 아버지. 그리고 할아버지 할머니 산소에 자주 성묘 가고 벌초는 어떤 일이 있어도 제가 직접하기로 했어요.”

“그래?”

“예. 아버지도 더욱 존경하구요. 아버지 말씀이라면 무조건 따르면서요……”

“……”

“……”

저녁은 호젓하고 한적한 어느 농원에서 갈비로 먹었다.

자연에 도취되어서일까 분위기에 압도당해서일까 네 사람은 저녁 식사를 할 때까지 말이 없었다.

아니다.

저녁 식사를 마치고 귀로에 올라서도 말이 없었다.

이 날 밤.

하 교수는 오랫동안, 참으로 오랫 동안 벼르고 벼르던 작품을 쓰기 위해 책상 앞에 대좌했다.

‘그래 쓰자, 아니 써야 한다!’

하 교수는 기도하듯 경건한 자세로 눈을 감았다. 그런 다음 제목부터 커다랗게 떠올렸다.

오늘의 신화 — 흙의 아들을 위하여 —.

오늘의 신화 -흙의 아들을 위하여-

인쇄일 초판 1쇄   2001년 01월 10일 2쇄   2014년 05월 25일
발행일 초판 1쇄   2001년 01월 15일 2쇄   2014년 05월 30일
지은이 강 준 희 발행인 정 진 이 발행처 새미 등록일   1987.12.21, 제17-270호
서울시 강동구 성내동 447-11 현영빌딩 2층 Tel : 442-4623,4,6 Fax : 442-4625
인터넷 www. kookhak.co.kr E- mail   kookhak2001@hanmail.net
ISBN 978-89-89352-15-0 *03690 가 격 8,500원

* 새미는 국학자료원의 자매회사입니다.
*저자와의 협의하에 인지는 생략합니다.